U0743631

本書係“古文字與中華文明傳承發展工程”、國家社科基金重大項目“戰國文字詁林及數據庫建設”（17ZDA300）、“戰國文字研究大數據雲平臺建設”（21&ZD307）的階段性成果。

愈愚齋雜俎

陳永正題

陳偉武 著

中西書局

陳永正先生贈詩墨寶（2021 年）

與潘允中師合影（1983 年）

同曾憲通師合影（2011 年於馬來西亞檳城）

同李新魁先生合影（1984 年）

同陳煒湛先生合影（2002年於澄海）

同陳永正先生合影（1997 年於順德）

同陳煥良先生合影（1997 年於潮陽）

同黄光武先生合影（2000 年於黄山）

同饒宗頤先生合影（1999 年於香港中文大學）

同張光裕先生合影（2001 年於香港中文大學）

同趙誠先生和曾憲通師合影（1996 年於長春）

同侯精一先生合影（2001 年於揚州）

爲中山大學汕頭校友會會刊題端

出土文獻名物考

陳偉武題

爲范常喜著作題端

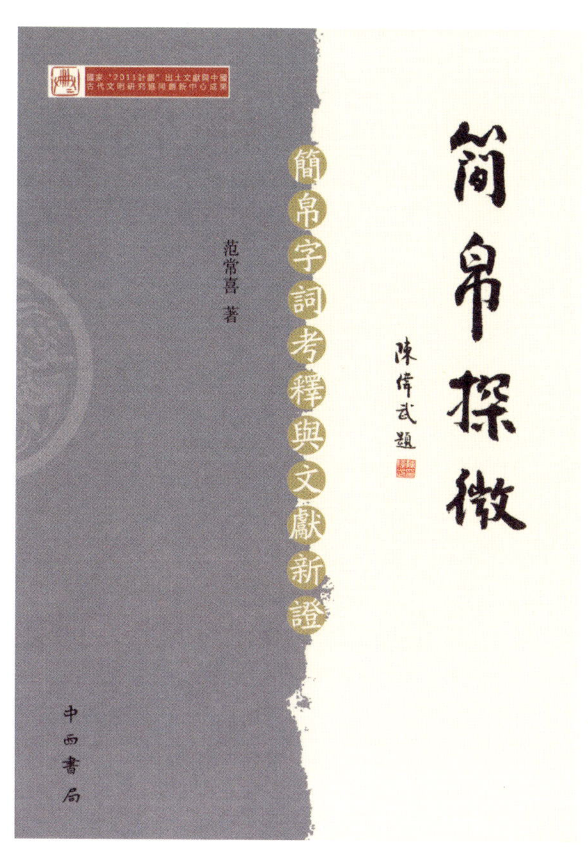
國家"2011計劃"出土文獻與中國
古代文明研究協同創新中心成果
簡帛探微
陳偉武題
簡帛字詞考釋與文獻新證
范常喜 著
中西書局

爲范常喜著作題端

杏园诗丛·杏园诗社选集·钟展南主编

明清落花詩研究

陳偉武題

黄晓丹 著

SPM 南方出版传媒
广东人民出版社
·广州·

爲黄曉丹著作題端

賀澄海中學百年校慶（2014 年 5 月）

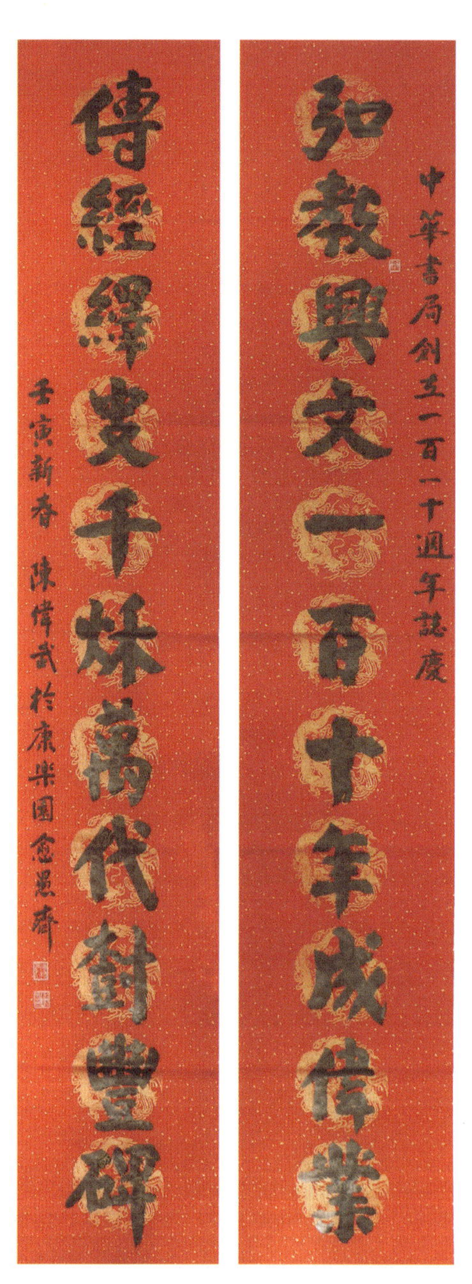
中華書局創立一百一十週年誌慶
弘教興文一百十年成偉業
傳經繹史千秋萬代創豐碑
壬寅新春 陳偉武於康樂園愈愚齋

賀中華書局成立 110 周年（2022 年 1 月）

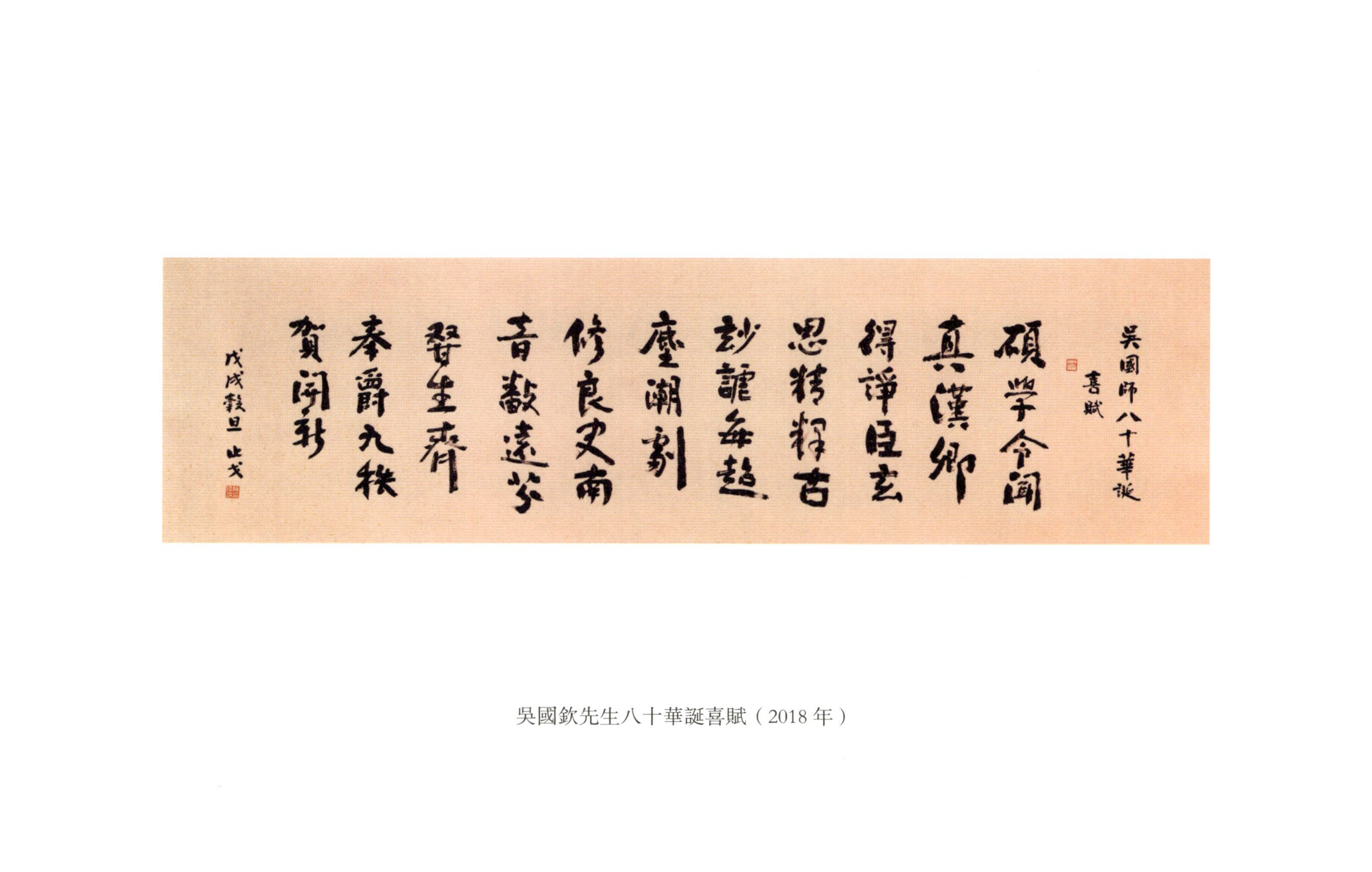

吳國欽先生八十華誕喜賦（2018 年）

2004年攝於賀蘭山老虎洞口

1998 年攝於峨眉山

目　録

雜感之什

雜議之什

雜考之什

雜詠之什

聯　語

雜感之什

商錫永先生瑣憶

今年（2012年）是太老師商錫永（承祚）教授誕辰一百一十周年，值得我們好好紀念。商老不朽，而好學者繼其志，我雖不才，也願與古文字研究所的同仁一道，把容老和商老共同開創的中山大學古文字研究的事業做下去。我生也晚，無緣從遊於商老。對商老的印象，除了拜讀商老的著作，大多來自師長輩的口述，有限的幾次接觸，却是没齒難忘，下面就想寫下自己一些零碎的記憶。

1979年，我考上了中大中文系，才知道有商老這位著名教授。當時古文字研究室在東北區18號二樓，黄光武先生在研究室任資料員兼管日常事務，我同黄先生是澄海的小同鄉，有時去研究室拜訪，也會偶遇容老或商老，但都只敢笑笑地點點頭，然後就肅立在側，聽他們同黄先生閒談，或者匆匆告辭，以免妨礙他們工作。

1983年底，大學同班同學戴曉軍在《佛山市報》當編輯，主持“專業户之友”欄目，托我請商老題寫欄目，我貿然答應了此事。其時商老家住東南區一號一樓，一天傍晚，商老正在家門口小路上漫步，我趁機上前請求題簽，商老從口袋裏掏出小本子，記下要寫的内容，約我一周後來取。我如約造謁，順利拿到商老的墨寶。

1985年秋天，古文字學教材研討會由中大主辦，規模小，規格高，參加者有作爲東道主的中大古文字研究室諸位先生，包括商老和曾憲通、陳煒湛、張振林、孫稚雛四大金剛，蒞會嘉賓有夏渌、趙誠、李學勤、裘錫圭、林澐、何峭等先生，何先生作爲四川大學伍士謙先生的代表出席。我們還是碩士生，旁聽了會議兩天的討論。會議開幕式就在物理系大樓舉行，中大副校長李華鐘先生當時兼任中大高等學術研究中心主任，主持開幕式。輪到商老致辭，商老藉李學勤先生的名字開玩笑："你是學勤，我是學懶，我得向你學習。"言辭詼諧，令人捧腹。

1985 年，王力先生應中文系中文刊授中心之邀來穗講學，住在中大紫荊園專家樓。我年少無知，冒昧造訪王先生，當時正好商老在客房同王先生晤敘，王夫人夏蔚霞女士也在場。我自報家門説是潘允中先生的學生，正在做碩士論文研究先秦反義詞，想向王先生求教，王先生一聽就説："潘允中的學生我不管，你去問別人。"商老見狀，忙替我説情："人家一個初學的小青年，你就指點指點吧。"自己早已忘了當時如何落荒而逃，但商老出面相助的情景却銘感在心。

大約是 1986 年夏天，我當時是碩士生三年級，曾有幸聆聽商老的一次演講，講座由中大書法篆刻社主辦，地點在舊教學樓（中區惺亭東北側，今稱數學樓）202 課室，座無虛席。商老腰板直挺，一身素白唐裝，手摇蒲扇，氣定神閒，口齒清晰，講的是書法篆刻方面的内容，主張楷書當學顔真卿，推薦《顔勤禮碑》，篆書力主學嶧山碑。正是聽過商老的講座之後，自己跑到北京路工具書店買了《顔勤禮碑》，還認真地臨寫了一陣子。商老以八十五高齡，全程站立講演，字正腔圓，輔以精妙絶倫的板書，簡直教我輩後學小子如癡如醉。

商老於 1991 年 5 月 12 日仙逝，1998 年，其哲嗣商志𩡝教授曾經將商老生前藏書捐贈中文系，入藏文科大樓容庚商承祚先生紀念室，黄光武先生、我和一批研究生將這些書整理上架，後來商志𩡝先生决定將書改贈學校圖書館，才把書搬走。商老對傳抄古文有專精的研究，專著《〈説文〉中之古文考》和論文《孫氏魏三字石經集録校正》都屬這方面的成果。商老對傳抄古文相關研究資料的積累至爲弘富。1999 年，我爲了準備赴臺灣高雄参加第二屆國際清代學術研討會，用數月時間，撰寫論文《試論晚清學者對傳抄古文的研究》，充分利用了商老的珍藏圖書，心中充溢着感恩之情。此文只在高雄會議論文集發表，大陸同行通常不易讀到，後來有數位朋友向我索取，可算是對我的最好獎賞。

商老是享譽海内外的大學者，在古文字學、考古學、書法學和文物鑒藏等領域卓有建樹，給我們留下了寶貴的精神財富。商老畢生熱愛祖國，對學術孜孜以求的品格更是激勵我們不懈努力、精進日新的永恒動力。

原載《師澤綿長——紀念商承祚先生百十周年誕辰專集》，

書藝出版社，2012 年；

又收録於《大學書法》2021 年第 3 期

學問越大越寬容

——深切懷念胡厚宣先生

胡厚宣先生是著名的中國古文字學家、歷史學家和考古學家。早在1949年前，胡先生就因參加安陽殷墟考古發掘、研究甲骨文與殷商史而蜚聲海内外。1947年，容庚先生在《甲骨學概况》一文指出：胡氏“於甲骨斷代與辭例，精熟如流，留平逾月，即成《戰後平津新獲甲骨集》。董氏之後，鉅子誰屬？其在斯人”。[①] 可見容老當時對胡先生評價之高與期許之殷。楊樹達先生認爲胡氏在甲骨研究上深得羅、王之學神髓，“既擅静安考釋之美，又兼叔言播佈之勤，以一人之身，殆欲併兩家之盛業，何其偉也”。[②] 我讀了胡先生的一些著作，真如古人所説，讀其書，想見其爲人。一直渴望能有機會拜見胡先生。1994年8月21—25日，廣州中山大學主辦紀念容庚先生百年誕辰國際學術研討會，我終於如願得以一瞻胡先生丰采，也有了親聆教益的機會。

我和同學鄭剛是曾師經法（憲通）先生指導的第一批博士生，容老百年紀念會之後的26日，我們的學位論文答辯榮幸地請到胡先

---

① 容庚：《甲骨學概况》，《嶺南學報》1947年第2期，第14頁。

② 楊樹達：《胡厚宣戰後京津新獲甲骨集序》，氏著《增訂積微居小學金石論叢》，北京：中華書局，1983年，第271頁。

生任答辯委員會主席。答辯會前，胡先生對我們説："這次來廣州參加容老紀念會的陳公柔先生學問很好，你們爲什麽不請他參加答辯?"記得當時我是這樣回答先生的："陳公柔先生爲我的論文寫了評審意見，按學校規定，負責書面評審的專家最好不兼任答辯委員。"會上有一些意見比較尖鋭，胡先生主動替我們解圍，以致陳煒湛教授都慨歎説："胡先生年紀大，學問大，真是學問越大越寬容。"27 日，諸師友二十來人同遊中山翠亨村孫中山先生故居和珠海市，一路上胡先生遊興甚濃，談鋒頗健，使我們得到許多教誨，這些都是永生難以忘懷的。在珠海住了一晚，次日回穗，29 日，胡先生由其哲嗣振宇兄陪同返京。

次年四月間，忽然得到胡先生仙逝的消息，心裏自然非常難過。1996 年冬天赴長春參加中國古文字研究會年會，我應張永山先生之約，爲《胡厚宣先生紀念文集》（科學出版社，1998 年）撰稿，提交了小文《睡虎地秦簡覈詁》，聊表對胡先生的緬懷之情。

2006 年在廣州從化參加中國古文字研究會第十五届學術研討會，承振宇兄惠贈胡先生重刊遺著《古代研究的史料問題》，寶愛不釋手，不時籀讀。此書誠如傅傑先生在《重刊弁言》所説："胡先生的這部書實在是不應該被遺忘的，因爲這是建國以後第一部討論學術規範問題的專著，無論是對幫助我們瞭解既往的學術史，還是對説明我們今天確立學術規範，顯然都還没有失去現實的意義。"① 今天學風日下，學術腐敗愈演愈烈，重温胡先生的教導，當然獲益良多。

---

① 傅傑：《重刊弁言》，胡厚宣著：《古代研究的史料問題》，昆明：雲南人民出版社，2005 年，第 8 頁。

選堂先生與中山大學之夙緣

中山大學有九十年歷史，選堂饒宗頤先生至今與中大結緣八十年。謹撰小文，略敘端末如次。

饒先生 1917 年生於潮州，家學淵深，天嘯樓藏書逾十萬卷，其尊人純鉤先生集學問家與詩家於一身，著述弘富，有《天嘯樓集》《潮州西湖山志》行世。

饒先生十六歲作《優曇花詩》，耆老驚爲神童，競與唱和。1934 年，此詩與温丹銘（廷敬）先生《廣優曇花詩》同刊於中山大學中文系《文學雜志》第十一期。

同年，饒先生理董其先君遺著，輯補《潮州藝文志》，使成完璧，都五十六萬字。翌年刊於嶺南大學《嶺南學報》專號。

1935 年，饒先生由温丹銘薦舉，受鄒魯校長禮聘，任中山大學廣東通志館藝文纂修，館址在文德路，先生居寓館中，容與優遊，博極群書。考據家温丹銘、冒鶴亭、冼玉清、黄仲琴諸先生均於通志館任職。

是年饒先生加入顧頡剛先生創立之禹貢學會。其時中大庋藏地方史志居全國次席，饒先生治古輿地之學，頗得力於此。錢賓四先生嘗謂屈原放居，地在漢北；《楚辭》所歌，本在江北。饒先生稽察群籍，撰成《楚辭地理考》一書（商務印書館，1946 年），同錢先生論難。

1936 年，饒先生撰《廣濟橋志》，詳考潮州湘子橋數百年史料，於中山大學文科研究所《語言文學專刊》第四期發表。同年，《海陽山辨》《惡溪考》二文刊於北平《禹貢》雜志第六卷第十一期。另有《顧影集殘本跋》《書李文饒到惡溪夜泊蘆島詩後》二文，俱載於中山大學文科研究所《語言文學專刊》第二期。

1937 年，先生撰《古海陽地考》，於《禹貢》第七卷第六、七期（古代地理專號）刊表。

1938 年，承中山大學羅香林教授之囑，撰成《潮州叢著初編》，由廣州市立中山圖書館印行。10 月，廣州淪陷，先生暫返潮州。

1939 年，中山大學爲避日寇兇焰，遷於雲南澄江。從詹安泰教授之議，中大研究院聘先生爲研究員，先生應聘前往，途經香港因病羈留未就。

1944 年，饒先生隨無錫國專遷入蒙山，是年冬天蒙山淪陷，先生二度逃難大瑶山。期間收到冼玉清自連州寄來詩文書劄，多有唱和，充溢國破時艱壯懷激烈之慨，抗戰勝利後成《瑶山集》，録詩 64 首。

1947 年秋，經中山大學鄭師許教授推薦，饒先生赴廣西無錫國學專修學校執教，先主講古文字學，後轉講詩詞。

1949 年以後，先生移居香港。歷掌香港大學與香港中文大學教席，業績彪炳，著述綦豐。亦嘗講學於星洲、印度、日本、歐美，遊歷五大洲，名聲遠播海内外。期間同中大容庚、商承祚、詹安泰、冼玉清諸教授或投贈新著，或詩書酬酢，交誼篤厚，未嘗衰歇。

1979 年 9 月，饒公在睽違故土三十年之後，首次重返内地即來到中大，參加中國古文字研究會第二次學術年會，論學揮毫，與學界舊雨新知把晤甚歡。會後吳南生先生邀請饒公多回内地旅行觀光。

1980年秋，先生赴成都中國古文字研究會年會畢，由曾憲通先生陪同，行經十四省市，飽覽三十三家博物館，暢遊名山大川，考察文物勝迹，凡三閱月。

1981年至1983年，饒公邀曾憲通先生至香港中文大學合作研究，先後出版《雲夢秦簡日書研究》《隨縣曾侯乙墓鐘磬銘辭研究》與《楚帛書》三書。

1987年4月，饒公再次光降中大，在原教學樓作學術演講，題爲“四方風新義”，以殷商甲骨有關四方風及祈年卜辭同《四土頌》相證發，令人耳目一新。《四土頌》爲近東開闢史詩，由饒公首次譯成中文。講演辭經黄光武先生謄録，刊於翌年第四期《中山大學學報》，後改題爲《四方風新義——時空定點與樂律的起源》，收録於《饒宗頤二十世紀學術文集》卷四。

1987年12月，饒公在中大作關於敦煌曲之學術演講。

1988年，撰《敦煌石窟中的誐尼沙》，載於中山大學出版之《陳寅恪先生紀念論文集》。誐尼沙指智能與學問之神。

1990年，饒公邀中大歷史系林悟殊先生至香港中文大學合作研究。

1991年，饒公師法司馬温公《資治通鑑》義例，主纂出土史料繫年長編，邀中山大學姜伯勤先生至香港中文大學共襄盛舉。此後十年間，中大學人陳煒湛、劉昭瑞、陳偉武亦嘗赴港與其事。

1992年，饒公爲中大題寫“永芳堂”匾額。

同年，林悟殊先生應饒公之邀，赴泰國華僑崇聖大學合作研究，歷時數載，1996年始返中大。

1993年4月，籌措編纂《饒宗頤文集》，擬由廣東人民出版社出版，在中山大學貴賓樓黑石屋召開編輯委員會首次工作會議，由曾憲通先生任編委會主任，中大文史哲諸系教師多有助編校之力者。此後饒公數度蒞臨中大，商討文集編務，數年後因故未能正式出版，經饒公親手修訂和劉釗、陳煒湛、譚步雲等學者先後校補之名著《殷代貞卜人物通考》原稿，竟被出版社遺失，令人痛心不已。

同年，《饒宗頤史學論著選》由上海古籍出版社梓行，中大胡守爲教授頗任選編之勞。

同年 8 月，與曾憲通先生合撰之《楚地出土文獻三種研究》由北京中華書局出版。內容涵蓋原在香港出版之《雲夢秦簡日書研究》《隨縣曾侯乙墓鐘磬銘辭研究》與《楚帛書》三書，且增録作者新作多篇。

同年 12 月，中山大學敦聘饒公爲名譽教授及中華文化研究中心名譽主任。

1995 年，饒公籌募資金，於中山大學創辦大型學術集刊《華學》，由泰國華僑崇聖大學、清華大學與中山大學合編。《華學》迄今已出十一輯，第一、二、五、七、十一輯於中大刊行。

1997 年，饒公爲中大題寫“郁文堂”匾額及“郁文堂題記”，文云：“堂名郁文，取自《論語・八佾》‘郁郁乎文哉’句，‘郁郁’，古多作‘彧彧’，新出定州漢簡最早《論語》鈔本亦然。選堂記。”

同年 9 月，中國音韻學研究會副會長、中山大學李新魁教授去世，饒先生作《減字浣溪沙》詞以悼之，詞云：“欲接清言除夢歸，素書猶是惜人非。梵天誰與定從違。茂草無端銷夏緑，深燈何處認宵輝？懷賢思舊一沾衣。”

1997 年 11 月，曾憲通先生主編《饒宗頤學術研討會論文集》由香港翰墨軒出版有限公司出版。

1999 年 12 月，姜伯勤先生《石濂大汕與澳門禪史》由學林出版社出版，饒公撰序。

同年，陳偉武《簡帛兵學文獻探論》由中山大學出版社出版，饒公題端。

2001 年 9 月，饒公主編、劉昭瑞先生著《漢魏石刻文字繫年》由臺灣新文豐出版公司出版。

2002 年 12 月 15 日，饒公來中大參加詹安泰教授百年誕辰紀念會。

2004 年 11 月 12 日，中大八十周年校慶，饒公題辭志賀："嶺學輝光，開來繼往。"

2009 年 11 月，中山大學陳寅恪故居開放，匾額"陳寅恪故居"由饒公題寫。

2010 年 12 月，花城出版社印行易新農先生和夏和順合撰之《容庚傳》，饒公爲之署端。

2012 年春天，饒公爲中大化工與化學工程學院豐盛堂題辭："芙蕖自潔，蘭若自芳。"

2013 年 3 月，中山大學古文字研究所編《嶺南藝緣——饒宗頤書畫作品集》由廣東畫苑出版集團出版。

2013 年 4 月，曾憲通先生著《選堂訪古留影與饒學管窺》由花城出版社出版。

2014 年 2 月，中山大學許寧生校長赴港拜會饒公，商議成立中山大學饒宗頤研究院事宜。

2014 年 10 月，中山大學傳統文化研究中心編《中大因緣——饒宗頤書畫展》由廣東畫苑出版集團出版。

2014 年 11 月 2 日，中山大學授予饒公"陳寅恪獎"。

中山大學爲南方人文淵藪，先生年方弱冠，躋身上庠，見重於碩學鴻儒，饒公幸甚，江山幸甚。先生之才，難以方量；先生之學，略無涯涘。以先生之身世才情，若久處板蕩家國，其是非成敗得失，未敢逆料也。天降奇才，復得奇緣，屢創奇迹，奇矣先生。方今紅塵擾攘，風習褊急，並世稱大師者夥頤。《周禮》有大師之官，掌六律，教六詩。而饒公業精六藝，博古通今，中西融貫，嘗深研曾侯乙鐘磬樂律，解讀敦煌琵琶譜，既善詩書畫，且雅擅鼓琴，真大師也。

2003 年 9 月初稿

2014 年 10 月增訂

2014 年 11 月再訂

原載《華學》第七輯，中山大學出版社，2004 年；

修訂稿爲《中大因緣》代序，廣東畫苑出版集團（香港），2014 年

取精用弘　儀態萬方

——選堂先生古文字研究之於書法

20 世紀是中國考古大發現的時代，古文字學突飛猛進，別爲甲骨文研究、青銅器銘文研究、戰國文字研究和秦漢文字研究四個分支。選堂饒宗頤先生對新材料和新發現有着天生的敏感，達到了酷嗜的地步，研究既廣博又精深，成就貫穿以上四個方面，在諸多領域的工作可説是戛戛獨造，成果卓犖。傳抄古文是經過歷代輾轉寫刻流傳下來的戰國文字，《説文》古文正是傳抄古文中重要的一部分。早在 20 世紀 30 年代，先生還在中山大學廣東通志館擔任藝文纂修時，就對《説文》古文作過專精的研究，撰有《説文古文考》一書。50 年代先生的楚帛書和楚簡研究，先人著鞭。這一時期出版的《殷代貞卜人物通考》，更是甲骨學的一座豐碑。80 年代先生對曾侯乙墓鐘磬銘文和睡虎地秦簡《日書》的開拓性研究，在學術史上值得大書特書。一直到 2001 年，先生還在武漢大學“簡帛”網上發表論文《上海楚竹書〈詩序〉小箋》，此後尚有多種古文字學論著風行海内外。

先生的古文字研究對其書法的影響，主要表現爲兩點：

一是儀態萬方，超凡絶俗。正因爲先生的學術研究根植於古文字學的各個方面，取精用弘，汲古獨深，對漢字源流的理解和掌握可説臻於化境，在古文字書法上也就得心應手，諸體皆能。在先生的墨妙中，有商代甲骨文、西周金文、春秋戰國之間的侯馬盟書、石鼓文、戰國文字中的中山王器銘文、楚帛書、竹簡（主要是楚簡）和秦簡，真是絢爛奪目，蔚爲大觀。

拜觀先生的古文字書法作品，撲面而來的是，既有高古樸茂的雅趣，又有俊秀超逸之豐神。一般的古文字書法，寫得再逼真，往往只是仿古之作。與我們常見的古文字學家的古文字書法迥異其趣，先生並不滿足於一筆一畫的臨摹，而是由形似而神似，爲筆下的古文字形體挹注了深刻的文化精神和豐富的學術内涵，完全屬於藝術的再創造，具備自家面目。

二是信手拈來，皆成妙品。古往今來，漢字長河奔流不息，爲漢字書法藝術提供了充分的條件，而先生的書法陶鑄古今，即使是草、隸、行、楷諸體的作品，有意無意之間也總是透露出古文字的信息，這正是先生深厚功力的自然揮灑，絲毫没有矯揉造作之弊。如《嶺南風韻》一書題耑的“風”字，右下一撇並非筆誤，而是遠有來自，楚帛書和楚簡“風”字都有這一撇作飾筆。再如先生落款有時將“頤”字寫爲“臣”，在《説文》中，正是“頤”之古文。“字”字所从之“子”，饒先生好於頭上加上三筆，正是古文字“子”字小兒頭上毛髮之形。他如以“疋”爲“雅”、以“延”爲“疏”、以“卤”爲“西”、以“效”爲“教”、以“茆”爲“茅”等，都能找到古文字學的依據，在在都是饒先生學養的自然流露。

不賢識小，借着饒學國際學術研討會在韓山師範學院隆重舉行的寶貴機會，淺議饒公書法藝術如上。

從幽默到沉默

——選堂先生諧趣散記

選堂饒宗頤先生有大智慧，有大學問，有大才情，論者如林，文心、詩心、童心、琴心均有專評。不賢識小，筆者僅想就選堂先生機鋒妙趣一面，擷取文趣、詩趣、書趣、畫趣、事趣數事，敷衍成文，以爲韓山師院饒公百歲華誕慶典助興。

饒公著書立説，偶觸機鋒，暗含詼諧，涉筆成趣。例如，《説糢餬、糢糊、模糊》一文爲俗字源考釋之作，以杜甫《送蔡希魯都尉還隴右寄高三十五書記（適）》詩的多種刻本異文爲例，結合蘇軾《石鼓歌》及清人方貞觀法書真迹，論證現代熟語“模糊”原當作“糢糊”，從而對《漢語大詞典》米部的“糢糊”條和木部的“模糊”條作了補正。並將此詞詞源溯至春秋，以爲莒國人名“‘瞀胡’當是‘糢糊’的記音，古有是語，現在無人知道了”。“‘模糊’應該是‘糢糊’的借音，原有當作糢，完全没有錯誤，不應妄指‘糢’爲非。杜詩被刻成糢糊，即其例證。糢餬、糢糊、模糊，多少年來，人們都在糢糢糊糊之中……因草此文，予以澄清。”饒公正本清源，考鏡“模糊”一詞書寫形式流變，我等習焉不察，“都在糢糢糊糊之中”而渾然不覺，讀文至此，當可會心一笑。

饒公《蟬居偶成三首・汪德邁新宅》詩：“蟬聲長是多饒舌，還伴清泉細細流。"① "饒舌"猶言"長舌"，似無他意。而在《題吳在炎指畫展》一文結尾説："因君屬題數言，爲論作畫難易之義，質之於君，勿笑余之饒舌也。"②《苞俊集·序》説："若岱嶺雖登，恨未興詠，齊魯青蔥，終古未了，以杜公詩在上頭，何敢饒舌耶!"③ 先生姓"饒"，故每好自稱"饒舌"，其妙處與"頤解選堂"④ 倒語即是"解頤"正同。

饒公大雅大俗，咳唾成珠，是爲詩趣。20 世紀 80 年代甲骨學界有"歷組卜辭"的論争，中山大學教授韋戈（陳煒湛）先生借今證古，在一篇嚴肅的學術論文中記載了選堂先生的一段逸事。"關於卜辭中的異代同名問題，《年代》《再論》等文的論證已相當詳盡，我只想借此機會，稍費筆墨，記下一則頗爲有趣的異代同名實例。今秋在太原參加中國古文字研究會第四屆年會後，我陪同香港中文大學中國文化研究所的饒宗頤先生遊大同，在華嚴寺見展出秘笈有清雍正版《金光明經》，其序文爲'慈覺大師饒宗頤'所作，不禁相視大笑，歎爲巧合。饒先生亦喜極，且謂《宋史·藝文志》著録釋宗頤《勸孝文》一篇。饒先生乃於翌晨得詩一首以紀此事，詩曰：'失喜同名得二僧，秋風代馬事晨征。華嚴寺畔掛瓢去，前生應是寫經生。'幽默風趣已極。同是'宗頤'，一爲《宋史·藝文志》著録之《勸孝文》作者，一爲清雍正版《金光明經》序文作者慈覺大師，還有一位則是古文字學界朋友都熟悉的饒宗頤教授，《殷代貞卜人物通考》

① 饒宗頤:《選堂詩詞集》，氏著《饒宗頤二十世紀學術文集》卷十四"文録、詩詞"，臺北：新文豐出版股份有限公司，2003 年，第 386 頁。下稱"《文集》"。

② 《選堂文集》，《文集》卷十四"文録、詩詞"，第 135 頁。

③ 《選堂詩詞集》，《文集》卷十四"文録、詩詞"，第 660 頁。

④ 陳韓曦編:《梨俱預流果——解讀饒宗頤》，廣州：廣東高等教育出版社，2006 年，第 95 頁。

的作者。倘若後人不明其間區别，將此三人混爲一談，把饒先生視爲宋釋或清僧，豈不謬誤之極？以今例古，則商代武丁時有婦好、望乘，並不排斥武乙、文丁時亦有一個婦好、望乘也。"① 異代同名之事，饒公在《宗頤名説》一文亦有記述："初，余於法京展讀北魏皇興《金光明經寫卷》，曾著文論之。八一年秋，遊太原，夜夢有人相告。不久，陟恒岳，於大同華嚴寺睹龍藏本是經，赫然見其卷首序題'元豐四年三月十二日真定府十方洪濟禪院住持傳法慈覺大師宗頤述'。又於《百丈清規》卷八見有'崇寧二年真定府宗頤序'。元普度編《廬山蓮宗寶鑒》（卷四）内慈覺禪師字作宗頤。元祐中，住長蘆寺，迎母於方丈東室制《勸孝文》，列一百二十位。曩年檢《宋史・藝文志》，有釋宗頤著《勸孝文》，至是知其爲一人，以彼與余名之偶同，因鐫一印，曰'十方真定是前身'。"② 可與韋戈教授之文互參。

後來饒公編訂《苞俊集》，録此詩題爲《大同華嚴寺展出秘笈有雍正本〈金光明經〉，前爲宋慈覺大師宗頤序文，記〈宋史・藝文志〉著録僧宗頤〈勸孝文〉，深喜名與之同，或有宿緣，因而賦此》，詩云："同名失喜得名僧，代馬秋風事遠征。托缽華嚴竇寺畔，何如安化説無生。"③ 與韋戈先生所記異文，當以《苞俊集》爲准。依筆者推測，韋戈先生所録應是饒公"詩草"，"慈覺大師饒宗頤"之"饒"字當是饒出衍文。饒公原以爲"慈覺大師宗頤"爲兩人，後知所謂宋釋、清僧實爲一人，於是改訂了原詩。

---

① 陳煒湛：《"歷組卜辭"的討論與甲骨斷代研究》，文化部文物局古文獻研究室編：《出土文獻研究》，北京：文物出版社，1985 年，第 11 頁；又收入氏著《甲骨文論集》，上海：上海古籍出版社，2003 年，第 93 頁。

② 《選堂文集》，《文集》卷十四"文録、詩詞"，第 165 頁。

③ 《選堂詩詞集》，《文集》卷十四"文録、詩詞"，第 673—674 頁。

《食東坡肉，三次前韻》：“茗搜文字腸枯槁，一見肥甘甘拜倒。海南所欠花豬肉，有詩可證公煩惱。豈真見卵求時夜，但覺思蓴計過早。無端人瘦肉偏肥，玉環那及張好好。一啄已令口腹充，再吞難令興不掃。幾輩屢冒先生名，麴米攤香與娱老。不見林婆壓酒來，藕絲湔胃殊草草。且語西鄰翟秀才，題詩爲公訴蒼昊。”① 前韻是指“坡老昊字韻”。此詩讀了，肯定絶倒。

《羈旅集》録有一詩，題爲《詩成後二日，與畫師蕭三同遊梅窩銀礦潭，竹樹荒翳，澗水清淺。余笑語：梅窩無梅，須君寫桃下種矣！歸途口占，戲爲此詩，三疊前韻》。詩長不俱録，末四句是：“無梅偏與黄昏近，童山其奈濯濯何。不如蕭八乞桃種，筆端應有神來呵。”②

饒公寫夜讀梵經：“梵經滿紙多禎怪，梵音棘口譬癖疥。攤書十目始一行，古賢糟魄神良快。”③ 梵文艱深，佶屈聱牙，梵經難啃，却是精神食糧，讀起來確實既“痛”且“快”。

尋常小事，饒公隨意點染，旋即妙趣横生，是爲畫趣。十六應真畫有一幀畫一僧袒衣用“不求人”在搔背，題記説：“上些不是，下些不是，搔着恰當處惟有自知。”④ 禪趣十足。所謂“恰當處”就是癢處，就是關鍵處，吃緊處。饒公説過，自己平生好寫劄記，短劄往往有“小中見大”的深意，“我的這些短文，敢自詡有點‘隨事而變化’，抓問題偶爾亦可能會搔到癢處”。⑤ “隨事而變化”本是元代文學家吳萊的話，饒先生十分欣賞，平素研究問題，目光如炬，善於

① 《選堂詩詞集》，《文集》卷十四“文録、詩詞”，第 676 頁。

② 《選堂詩詞集》，《文集》卷十四“文録、詩詞”，第 428—429 頁。

③ 《選堂詩詞集》，《文集》卷十四“文録、詩詞”，第 351 頁。

④ 《選堂書畫——饒宗頤八十回顧展》，香港：香港大學美術博物館，1996 年，第 56 頁。

⑤ 《選堂散文集》，《文集》卷十四“文録、詩詞”，第 197 頁。

“搔到癢處”，就是善於抓要害，解决關鍵問題。

饒公曾經與汪德邁教授連袂同行考察印度文化，有詩有畫記録同一趣事，《題印度伽利洞涉水圖》云：“冒雨遊印度伽利洞，汪德邁背余涉水數重，笑謂同登彼岸。辛巳，選堂憶寫。”① 原嘗有詩記其事，詩題云“《冒雨遊伽利（karlī）佛洞，汪德邁背余涉水數重，笑謂同登彼岸，詩以記之。用東坡白水韻》”。② 以雨景親歷趣事套用佛典，亦詩亦畫，畫有長跋，令人印象深刻。

饒公的論著多次提到“神趣”“理趣”。例如，饒公説：“六朝人講神趣。《廬山道人詩序》稱：‘其爲神趣，豈山水而已哉？’即説山水物色之外，更有令人細味回環之處。這是‘理趣’。‘理趣’是山水詩的提升，能供人細細玩味。”“所以詩在説理時還得有趣味，純理則質木，得趣則有韻致；否則不受人歡迎。理上加趣，成爲最節省的藝術手法。”又：“如果詩完全不使用典故，則不易生動，因典故可以增加趣味。”③

饒公舉手投足，天真浪漫，是爲事趣。1980 年 11 月，曾經法師陪同饒公至湖北省博物館參觀，“看到展品中有曾侯乙墓出土衣箱漆書 20 個字的摹本，盡是古文奇字，尚無釋文，不明句讀。譚維泗館長請爲試釋。先生經過一番琢磨，終於寫出‘民祀隹坊（房），日辰於維，興歲之四（駟），所尚若陳，經天嘗（常）和’20 個字”。釋文中“日辰於維，興歲之四（駟）”兩句末字合起來適與譚館長的大名偶然諧音，相隔兩千多年，煞是有趣。曾師《選堂訪古留影與饒學管窺》一書（花城出版社，2013 年）有專門記述，讀者自可

① 饒宗頤著，鄭會欣編：《選堂題跋集》，北京：中華書局，2006 年，第 309 頁。

② 《選堂詩詞集》，《文集》卷十四“文録、詩詞”，第 351 頁。

③ 《詩學論集》，《文集》卷十二“詩詞學”，第 175—176 頁。

參看。

饒公詩文書畫作品時稱“墨謔”“戲題”，如“歷年墨謔，略見端倪”。① “‘墨謔’的情趣”。② 詩云：“善戲謔兮，不爲虐兮。”（《衛風 · 淇奥》）1981年饒公與韋戈先生遊大同，有火車從頭上開過，饒公笑稱無端受胯下之辱。饒公説過：“第二屆國際客家學研討會開幕，主席要我説幾句話，我是不敢當的。我的先代從三河壩遷來潮州，到我已是十三世，早已數典忘祖，連客家話都不會説了。”③ “數典忘祖”，自責甚厲，正如今天所説的“自黑”，“自黑”不黑。

《史記》有《滑稽列傳》，《世説新語》有《排調》篇，這些都是中國文學史上的幽默元素。至如憂國憂民的杜子美，也並非一路呼天搶地。居夔州時留下了許多輝煌詩篇，饒公《論杜甫夔州詩》一文指出，此時老杜詩體多有創格，如“俳諧體”即是，《戲作俳諧體遣悶》二首五律其中頗用俗語。俗語自然多了鮮活詼諧的成分。饒公云：“如‘家家養烏鬼，頓頓食黄魚’，‘於菟侵客恨，粔籹作人情’之句。‘頓頓’‘作人情’皆俚俗之言，杜不之薄而驅遣自如。此體後人亦多仿效之。如李義山之《異俗》是也。《蔡寬夫詩話》以爲‘文章變態，固亡窮盡，高下工拙，各繫其人’。信然。”④

1999年，筆者應邀赴香港中文大學隨饒宗頤先生從事“戰國楚系史料繫年”課題合作研究，9月6日曾在香港中華文化促進會作過公開講演，題目是“出土戰國秦漢文獻中的格言資料”，講演會由饒先生主持。當天講演結束即是離港的截止日期，我把隨身行李帶到了

---

① 《選堂書畫——饒宗頤八十回顧展》，香港：香港大學美術博物館，1996年，第8頁。

② 陳韓曦編：《梨俱預流果——解讀饒宗頤》，廣州：廣東高等教育出版社，2006年，第95頁。

③ 《選堂散文集》，《文集》卷十四“文録、詩詞”，第257頁。

④ 《選堂文集》，《文集》卷十二“詩詞學”，第110頁。

會場，其中有爲姪女陳納新買的一隻藤製馬狀摇椅，饒公見藤馬可愛，還坐上作策馬馳驟狀摇了一番，把在場的人都逗樂了。有打油詩爲證："千金買馬馬鞍山，牽惹行人笑笑看。白髮選翁飛騎上，翩翩神采似童年。"

現代學術發展，條塊分割，畫地爲牢，學科愈分愈細，不叫魚蝦蟹，叫作"水生經濟動物"，連普普通通的"尿尿"之事，也有"尿流動力學"。世俗多喜稱這"家"那"家"，饒公學如汪洋恣肆，"十項全能冠軍"，却自稱"無家可歸"。①

饒先生雅人深致，而大雅大俗，常出人意表，則非天性、才調和學養莫能爲。選堂先生的幽默真是"饒有風趣"，只是在下不好再饒舌了。

2014 年在香港浸會大學參加饒宗頤先生國際學術研討會，開幕式上，饒先生由其女公子清芬女士推着輪椅款款而來，向與會學者拱手致意，只是一句話也没講，我雖然心裏很遺憾，而又十分理解。"雄辯是銀，沉默是金"。衷心祝願饒公萬壽萬福！

附記：小文初稿曾於"海絲·陶瓷國際論壇暨饒宗頤教授百歲華誕慶典"宣讀（韓山師範學院 2015 年 10 月 27—28 日），本欲刊於林倫倫校長主編的《饒學研究》，因修訂延宕而成了漏網之魚，改投《華學》，謹對林校長表示歉意和謝意。

2015 年 10 月 26 日初稿
2017 年 1 月 20 日改訂
原載《華學》第十二輯，中山大學出版社，2017 年

① 曾憲通：《大師的童心》，《潮學研究》第十輯，廣州：花城出版社，2001 年，第 1—4 頁；又收入氏著《選堂訪古留影與饒學管窺》，廣州：花城出版社，2013 年，第 87—89 頁。

補記：

爲紀念選堂饒先生仙逝五周年，鄭會欣先生來信邀稿，無文可奉，聊以舊作一通應命。此文原刊於《華學》第十二輯（中山大學出版社，2017 年），今略作補記如次。

1949 年選堂饒先生赴港定居，1979 年始首次返内地，到中山大學參加中國古文字研究會第二届學術年會。自此之後，饒公往返内地和香港日漸頻繁。

1986 年 7 月，我碩士畢業留在中山大學中國古文獻研究所工作。次年 4 月，饒公在中大教學樓 202 室作學術演講，題爲“四方風新義”，這是我第一次得以近距離瞻望饒公風采。1993 年 4 月，穗港朋友籌措編纂《饒宗頤文集》，擬由廣東人民出版社出版，在中山大學貴賓樓黑石屋召開編輯委員會首次工作會議，由曾師經法（憲通）先生任編委會主任，中大文史哲諸系多位教師直接參與編校工作。此後饒公數度蒞臨中大，商討文集編務，可惜因故未能正式出版。1993 年 12 月，中山大學敦聘饒公爲名譽教授及中華文化研究中心名譽主任。1995 年，饒公多方聯絡，籌措資金，在中山大學創辦大型學術集刊《華學》，由泰國華僑崇聖大學、清華大學與中山大學合編。因爲曾師負責編委的工作，我也得以從旁參加一些打雜的事務。1999 年，承曾師推薦，我應饒公之邀，赴香港中文大學從事合作項目“戰國楚系史料繫年”，爲期三月，受益良多。

2004 年中山大學八十周年校慶，編纂《華學》第七輯，曾師還讓我寫了一篇命題作文，就是《選堂先生與中山大學之夙緣》。爲了寫這篇小文，我跑了幾趟廣東省檔案館，查到有着饒公個人信息的 1937 年“國立中山大學廣東通志館人員名册”，附於文末。2015 年 4 月 2 日，中山大學饒宗頤研究院成立慶典上，羅俊校長贈送饒公的禮物就是放大精製的這份名册登記表。

1981 年，饒先生遊山西運城永樂宫，適值休息日不開放，好言懇説無果，管理者有意刁難，以永樂宫道教人物爲題請饒公作詩方許通行，饒公略一吟哦，口占一絶：“咸陽嘗見重陽碑，風雨中條謁古祠。閶闔廣開無極殿，諸天仙仗朝元時。”管理者歎服，饒公於是如願進永樂宫這一道教勝地飽覽。1997 年饒公曾在黑石屋貴賓樓揮毫，書贈我的墨寶正是《永樂宫》此詩，寫到第三句，先生忘詞，稍一遲疑，又奮筆寫就：“咸陽曾見重陽碑，風雨中條拜古祠。閶闔九天開寶殿，衆官仙仗朝元時。”落款爲“偉武兄屬　選堂於康樂園”。後來我檢校一過，發現有數處異文，希望以後編注饒公詩集者宜加措意。先生還爲我的小書《簡帛兵學文獻探論》題端（中山大學出版社 1999 年出版），又爲我寫了另一書名《古文字與古文化論稿》，條幅和兩書名題簽均未鈐章，後來曾師赴港開會，衹托曾師攜條幅至香港請饒公補章，書名題簽居然還是忘了補章。

2015 年暮春，中山大學饒宗頤研究院正式成立，陳春聲教授擔任院長，本人則負責一些具體的組織工作。中大饒研院籌畫舉行過多場饒學活動，我於選堂先生的德業不斷地有新的學習和認識。2018 年春天，選堂先生壽終正寢，遽歸道山，學問永生，精神永駐，令人永懷。

2022 年 6 月 18 日

今年中秋月全食

——深切懷念李星橋先生

蒙莊齊物我，一壽夭，等死生，至情至性之偉丈夫也。庸鈍者雖欲效顰，無乃傎乎？弔死傷逝，輸寫哀思，不亦宜乎？

“高樹多悲風，海水揚其波。”秋風乍起，大樹飄零。

公元 1997 年 9 月 13 日上午 6 時 20 分，麥兄耘同武倉皇奔赴醫院，星橋先生甫謝世，遺體尚有餘温，南向卧，口微張，欲語還休。師母哭訴，先生臨終長歎一聲，医者救護無效。“讀書人一聲長歎”，著書人一聲長歎，教書人一聲長歎，先生之痛苦、悲哀、眷戀與悵惘，俱在無言之中矣！月圓時節人未圓，今年中秋月全食。

朱德熙先生云：50 年代以來培養之學生，其中雖不乏傑出者，大致而言，失之於陋。① 星橋先生正屬傑出者之一。先生諱新魁，以業績言，人如其名，堪稱新中國音韻學界之魁首。音韻學號爲絶學，先生披榛莽，斬荆棘，氣魄、才調、學識、毅力，罕有儔匹。

北周庾信《七夕》詩：“星橋通漢使，機石逐仙槎。”唐李商隱同題詩：“鸞扇斜分鳳幄開，星橋横過鵲飛回。”“星橋”均指銀河之橋，亦稱鵲橋。相傳李冰守蜀，作橋，畫斗魁七星，是爲星橋。先生

---

① 據朱德熙先生大意引，原話見魯國堯：《魯國堯自選集》，鄭州：大象出版社，1993 年，第 312 頁。

由其外祖命字，義與名相涵，富於詩意，典自此出。

澄海乃粵東名邑，黄、李、高、陳諸氏，稱縣城望族，先生父黨、舅氏均一時顯貴，澄城有電燈、水龍，端賴先生先祖之力。先生六歲入數學家黄際遇先生家塾。一日，塾師命作文，題曰靈貓。先生一揮而就，呈上，塾師閲畢，輒濡筆批道："真靈貓也!"先生自幼聰穎，秉賦超凡。晚年嘗云：自忖一生治學，少有成績，既無家學，亦非勤勉，略具穎悟耳。先生自許聰慧甚是，謂不勤勉則過謙。先生遺物，有毛衣數襲，皆肘部洞穿，其勤耕力耨，案牘勞形，概可想見。睹物思人，不禁悲從心來。

先生性悻直，不曲學阿世，臧否人物，率真由衷，嫉惡如仇，恒曰：吾何畏彼哉！有才可恃，而後傲物。於後學晚輩，則教誨不倦，呵護有加。素來評審學位論文，或主持答辯會，先生笑稱其恪守之信條爲：教育從嚴，處理從寬。情理相濟，深孚人心。先生言必行，行必果，重然諾，廣結善緣，友朋遍宇内，凛然有學林俠士之風。雖早歲清寒，亦甚好客，後稍殷實，精鑒賞，善治潮州菜，常設食待學界同仁，晚年則每於酒肆宴客。偶與論及此，先生謂好客乃潮汕人習氣，潮諺云："前門留人客，後門當破裘。"當，典當也。家翁一介田父，乙丑年春遊穗城，先生饗以家宴，席間有潮州音樂。一飯之恩，豈敢或忘。

1993年初，先生罹惡疾，立遺囑，編平生著述成十六卷。歲暮，上京壽吕叔湘先生九秩榮慶。次年春，延名醫施治，病稍解。8月，先生赴東莞"紀念容庚先生百年誕辰暨中國古文字學研討會"，前此，爲籌措經費數下東莞，多方奔走。次年5月廣東省語言學會年會，先生赴會韶關，登梅嶺。8月中國語言學會第八届年會，先生與會貴州，臨黄果樹觀飛瀑，泛舟天河潭。次年8月中國音韻學研究會年會，先生因之遠征福州，且轉赴潮州"饒宗頤先生學術研討會"。

今年（1997 年）2 月全國方言學會第九屆年會，先生蒞會汕頭，竟是最後一次鄉梓之旅。初，醫家有言：膀胱癌患者存活期三至五年。一語成讖！先生自知不免，奮力著述，頻繁參與學術活動，非徒縱情山水林泉也。去歲盛夏，先生冒溽暑，忍疾痛，以逾月之功，披閱五十餘種佛學書，撰成《梵學的傳入與中國音韻學的發展——兼論饒宗頤先生對梵學研究的貢獻》，無慮三萬言。寫訖，歎曰：平素爲文，未如是之難者。今年 5 月，先生自河南醫院還家，未愈，竟受歷史系之托，强支病體，歷旬日，翻篋倒櫃，爲陳寅恪先生遺文校覈西夏文資料。嗣後，焚膏繼晷，完成《普通話語音史》結語，是爲先生絶筆。未幾，入住廣東省人民醫院東病區，遷延數月，卒至不起。或曰：先生有香車良宅，本可含飴弄孫，頤養天年，奈何矻矻矻矻汲汲於著書立説。誠如是，則非先生自家面目也。大學時代，先生誓曰：王力先生寫何種書，我即寫何種書！見賢思齊，一諾千金，終生不渝。先生以罹絶症之身治絶學，先生之精神不絶！豈特斤斤於點畫唇吻之間哉！

80 年代初，王了一先生南來，講學於廣州中山紀念堂，先生代爲板書。王先生論古文代詞用法，援《史記・項羽本紀》爲證："吾翁即若翁，必欲烹而翁，則幸分我一杯羹。"言猶未盡，李先生已書於板上，而事先並無寓目講稿，其熟稔古書文例如此，滿場訝異。

先生本壯碩，天質自然，善舞，講課言談聲若洪鐘，一舉手，一投足，儒雅淵涵，風姿特秀。年過半百尚滿頭青絲，黄家教先生嘗戲稱：新魁蒙受不白之冤矣。舊歲先生雖抱病，尚欲主撰《廣東方言大字典》，且擬日後寫一漢語史，含内部史，論漢語語音、詞彙、語法諸端之遞嬗從革，外部史則考漢語各方言之衍生滋蔓，爰及夷夏言語之互滲流播。先生心雄萬夫，志在千里，於兹可見。相術書言，耳長者壽，命大福大。先生相貌堂堂，雙耳垂肩，雖病篤，余嘗以此慰先生。嗟乎！彼蒼者天，殲我良人。天妒英才，不假以年，天誠不可測，神固難以明。

子曰："與其禮有餘而哀不足，孰若禮不足而哀有餘。"先生遺囑，喪事從簡。噫！臨終猶恐擾故舊，亦神契先哲垂訓云。雖然，送殯者衆，哭聲干雲，淚傾如雨。1982 年 9 月中文系擬開選修課"漢語音韻學""古文字學"，暑期將盡，某日晚餐時分，先生光降學生第二膳堂門前，作即興講演，紹介所開"音韻學"課，口才過人，神采俊逸，一時聽者如堵。陳煒湛先生所開設"古文字學"課亦由李先生代作紹介：古文字學家容庚先生和商承祚先生均馳名海内外，容、商二老門下有四大金剛，實力不俗。讀中山大學文史哲專業者，不學古文字，將會抱憾終生。當年修"古文字學"課者甚夥。先生一席話，終令我後來走上研究古文字之路。武與先生有同鄉之誼，本科畢業論文由先生指導，從先生遊，閱十數載。習藝誠未精，而先生呴伏之恩，銘心鏤骨。武有一小文，述曾師經法先生學術成就，先生竟閱數過，頗稱引。其實，非余文足觀，以曾師故也。文中有云：曾先生與著名音韻學家李新魁教授同鄉、同齡、同學、同事、同道，交誼甚篤，時相過從，切磋砥礪，疑義共析。緬懷星橋先生故事，余曰：先生視學術爲生命。曾師曰：非也，新魁視學術重於生命！知先生者，曾師也。慟失益友，曾師淚縱橫，武固悲永喪良師，復悲曾師之所悲矣！

靈貓轉世，驚羨神童。名師嫡派，煮字千萬見深功，凌雲健筆氣貫虹。論文臺港，魁斗耀夜空。東瀛傳道，蹈海亦英雄。　泥爐炭火初紅，正礦泉水滚，淺斟白葉單叢。我欲奉盞問學，星橋錮鎖，霧靄迷蒙。搦管揮涕恨秋風，悲難自已，無復銓次，遑論辭非工。

丁丑深秋

原載《李新魁教授紀念文集》，中華書局，1998 年

大家小丁

——爲趙誠先生“米壽”而作

漫畫家丁聰總是自稱“小丁”。本文的主角“小丁”則是著名語言文字學家趙誠先生。趙先生筆名有趙征、陳操、肖丁等，“肖丁”用得最多。“赵”字繁體作“趙”，从“肖”得聲，如戰國秦漢文字每用“肖”代表“趙”，“肖”从“小”得聲，“誠”从“成”得聲，“成”从“丁”得聲。趙先生參加學術會議時簽名作“小丁”，偶或以甲骨文書之。今年欣逢趙先生八十八華誕米壽之慶，在下“蓄謀已久”，想寫一篇輕鬆一點的短文，聊申拜賀之忱。

趙誠先生 1933 年 4 月出生於“人間天堂”杭州，加入解放軍後參加大西南剿匪，當志願軍赴朝鮮作戰，打過上甘嶺戰役。回國即解甲從文，1959 年畢業於南京大學中文系，後來長期在中華書局工作，曾經擔任編審和語言文字編輯室主任，一直到退休。中華書局與中山大學有幾代人的友誼，曾經法（憲通）師有過敘述。趙先生爲人豪爽，與我的大學本科指導老師李星橋（新魁）先生、博士指導老師曾經法先生號稱“語言學界三劍客”，成就卓著，交情篤厚。他們曾經多次連袂赴海内外開會和講學。

爲了籌備建立中國古文字研究會，吉林大學于思泊（省吾）先生與趙先生一老一少，往來奔波於北京和長春之間，忙乎諸多繁瑣的手續，1978 年底終於在長春舉行了中國古文字研究會的第一屆學術年會，宣告打倒“四人幫”後第一個全國性民間學術團體的誕生，新華社還作了專門的報導。

1984 年底，星橋與經法二師計劃赴湛江、海南爲刊授學員講授“古代漢語”和“文字學”的專題課。當時趙先生正在廣州，說這兩處正是自己很想去而没有機會去成的地方，表示願意同行。當學員知道趙先生是中華書局的編審時，紛紛要求趙先生也來講一講。趙先生說：“這兩門課有二位老師講過專題，我就不再講了。我做過一些社會調查，可以同青年朋友們談一談‘青年的婚戀問題’。”每天晚上二師講完課後，趙先生就來講他的“同青年朋友談談婚姻與戀愛問題”。連續兩晚，座無虛席。講座之餘，趙先生還特意到南海去試水温和曬太陽，盡興而歸。

1986 年，中國古文字研究會在山東長島舉行第六屆學術年會，正是靠趙先生在解放軍部隊中戰友的鼎力相助，海內外學者才能雲集蓬萊仙境研討古文字，同時還使不少學者平生第一次吃到了鮑魚。有一位學者吃了鮑魚却不知是鮑魚，經人一説，頗引爲憾，“食過返尋味”，幸好陳漢平先生又讓出半個鮑魚來。

20 世紀 80 年代中期，中山大學中文系辦中文自學考試刊授指導，有一次，李星橋先生與趙先生連袂赴汕頭市講課，晚上到海濱路散步吃夜宵，在大排檔吃了龍頭魚粥，美味至極，趙先生吃了不止兩“大碗公”（海碗）。師兄林倫倫教授在《中大中文系好吃的澄海人》一文中有繪聲繪色的記述。略可補充的是，那次喝粥，可能街頭攤檔不衛生，也可能是海鮮太鮮美，趙先生腸胃不適應，夜裏幾次鬧肚子。可是次日傍晚又纏着要李先生帶去喝龍頭魚粥，李先生問：“你不是喝了拉肚子嗎?”趙先生回答說：“喝得痛快，拉得也痛快!”

1992 年暑期，我參加星橋先生組織的廣州國學研究社考察團，赴家鄉潮汕地區作文化考察，先在揭陽縣舉行“語言與文化學術研討會”，然後行程經過潮陽、潮州、澄海和南澳等縣市。趙先生、侯精一先生、陳永正先生、瀨户口律子女士，雖非廣州國學社成員，都是李先生的好友，亦隨團同行。趙先生名氣大，而我初出茅廬，一路上不敢有多少接近。回穗後不久，我聽説中國古文字研究會第九屆學術年會將在南京召開，於是斗膽寫信給趙先生，請求參加會議，趙先生慨然俯允，寄來邀函。我認真準備，撰寫了《〈古陶文字徵〉訂補》一文，在會上宣讀後，得到了《文字徵》作者之一的高明先生的認可，這算是自己走向古文字學界的開始。當届年會原來計劃在湖北荆州召開，後來因故倉促改在趙先生的母校南京大學舉行，會務主要由趙先生和南大的萬業馨老師負責，人手嚴重不足，吳振武先生和我也幫幫忙。記得在張貼海報時，萬老師説：“振武剛評上博導，三十五歲，是中國最年輕的文科博導，真不得了。”會議中間休息時，學者在廣場紛紛自由組合照相留念，趙先生站在邊上，同陳煒湛先生、張桂光先生一一加以點評：“這是東北軍。”“這是川軍。”“這是粵軍。”“這是國軍。”……煞是有趣。

1994 年 8 月，在中山大學舉行紀念容庚先生百年誕辰國際學術研討會。會前我在星橋先生家裏偶遇趙先生。我的博士論文將在大會結束後答辯，學校並未請趙、李兩位先生評審或擔任答辯專家，完稿時我曾呈正於李先生。趙先生大概在曾師或李先生處翻閲過我的論文，見面還説寫得不錯。雖屬客氣話，但我却領會到趙先生對晚輩的關懷和大度。論文討論銀雀山漢簡通假字時，有與趙先生商榷的内容，趙先生並不以偉武爲忤。

2015 年，澳門收藏家蕭春源先生擔任社長的濠江印社成立，曾師、趙先生、吳振武先生和我都參加了成立典禮。其時趙先生腿脚不便，要坐輪椅。後來，趙先生對我説過：“吳振武不錯，在澳門他還推着我坐輪椅上洗手間。”世界上有職業叫“導演”“導遊”“導購”，吳先生和我（肯定還有更多朋友）都客串爲趙先生當過“導尿”。

1994 年，爲了紀念容庚先生誕辰一百周年，出版了《容庚選集》《頌齋述林》《頌齋文稿》三本書。曾師編的《容庚選集》由天津古籍出版社出版，出版前未經編者校對，錯漏頗多。後來我以《頌齋述林》與《容庚選集》對校，趙先生問我：“你知道《頌齋述林》是誰編校的嗎?”我表示不清楚，趙先生得意地說：“受禮平所托，《頌齋述林》是我編校的。”難怪錯誤那麽少。趙先生爲人爽朗慷慨，曾將啓功先生書贈自己的墨寶轉送香港翰墨軒主人許禮平先生。

趙先生參與創辦了中國古文字研究會、中國語言學會、中國音韻學會、澳門漢字學會。爲了把《古文字研究》打造成爲中華書局的金字招牌，趙先生嘔心瀝血，付出了長期的辛勞。1998 年有一次與趙先生閒談，我不經意間說過自己以前讀漢語史專業研究生，對古文字學重視不足，家裏又窮，錯過了購買《古文字研究》這樣的好書，現在想買都不容易。趙先生不動聲色，記在心裏，後來就從北京給我寄來了《古文字研究》多册，這樣的恩典令我没齒難忘。

2003 年 10 月 20 日上午，趙先生應邀蒞臨中大開學術講座，就在中文系“名師講壇”上講。題爲“上古漢語研究方法探索”，分“關係論”“語音論”“詞義論”“語法論”“訓詁論”諸方面闡述，以現代語言學理論聯繫漢語實際材料，結合自身的研究心得，令我等深受教益。講座次日，趙先生還要我陪同到曾師府上相訪，多年好友，晤談甚歡。有一次，我上京開會，乘機拜訪趙先生，先生還托我帶一盒人參贈送曾師。

曾師和我聯名主編的《出土戰國文獻字詞集釋》，中大古文字研究三代學人做了十五年，即緣起於 2002 年趙先生在中國古文字研究會理事會上的動議。他原來建議我們編《戰國文字詁林》，當時我覺得工程太大，後來曾師帶領我們所做的國家社科項目就改爲“出土戰國文獻字詞集釋”。在成書過程中，趙先生是我們名副其實的顧問，一直指導着我們的工作，還幫我們審稿。《集釋》署名原來有兩位顧問：趙先生和陳煒湛先生，我和范常喜君送呈曾師審定的作者名單上還有，可惜最後出版環節中出了紕漏，兩位先生都成了《集釋》幕後的無名英雄。此事讓我歉疚不已。2017 年我主持的國家社科基金重大項目“戰國文字詁林及數據庫建設”立項，仍然是趙先生當年指引的路子。去年某日，我和友生王輝（山東大學）到北京萬柳中路拜訪趙先生，趙先生又要我做某項目，我推辭説：“當年聽了您的話，一幹就是十五年，您别再‘害’我了，不然幹到退休還是一座爛尾樓。”

趙先生多年獨居於翠微路的單位宿舍，不與女兒一家一起生活，住處擁擠不堪，到處都堆滿書，名副其實坐擁書城，間可容膝，有客人來訪真正是促膝談心。我與王輝去過兩次，多數時候是自己單獨前往。一次我帶女兒可因訪趙先生，見面時可因説：“趙公公好。”趙先生開玩笑説：“叫趙公公不好聽，就像清宫戲裏的太監一樣。”中午趙先生請我們父女去翠微大厦的飯館吃飯，從口袋裏掏出一大疊餐館優惠卡，就像撲克牌一般，説是讓我們隨意挑一家。我記得那天吃的一道菜是紅燒海参，一道是宫保雞丁，其他記不清了。2010 年在北京香山飯店舉行中國古文字研究會年會，趙先生不知何故，不想開會，躲了起來。2015 年 8 月中國文字學會年會在中國人民大學舉行，我知道趙先生没來開會，20 日下午從首都機場抵達人大賓館，一放下行李就約上范常喜和劉秋瑞，一同奔赴翠微路大院拜訪趙先生。趙先生用酸奶招待我們，晤敘甚歡，我等移時方戀戀不捨地告辭。

近年趙先生参加學術會議總喜歡穿着一件大紅色風衣，分外鮮豔奪目。趙先生説："這樣穿人、車都得給我讓道，像紅燈一般。"我跟他開玩笑説："就像紅衣大主教一般。"

李星橋先生 1997 年去世，臨終前趙先生來醫院探視，李先生説最放不下心的是兩個女兒啓文和啓雲，其實她們都已成家立業。趙先生 2006 年來廣州參加中國古文字研究會年會之後，還專門前往東莞看望啓雲。

趙先生年輕時體魄强壯，健步如飛，但不主張體育鍛煉，説是信奉"龜息理論"。近數年出門須靠輪椅，都是久坐惹的禍。爲了趕寫《二十世紀金文研究述要》和《二十世紀甲骨文研究述要》兩部專著，趙先生長期伏案，鮮少活動，造成小腿動脈血回流不暢，引起血栓，卒至幾難直立走路。評説甲骨金文百年研究的是非得失，談何容易！趙先生博極群書，正本清源，探賾索隱，洞悉幽微，褒貶功過，直如字學董狐。雪齋張光裕先生説過，研究生研究金文，讀了趙誠的《二十世紀金文研究述要》和陳初生的《金文常用字典》，即可入門。

古文字學界的人多稱趙先生爲"趙公"，音韻學界的人或稱爲"趙公元帥"。過去有人説"趙誠誇誇其談"，其實，趙先生文字、音韻、訓詁、語法都造詣精深，著作等身，學者若多如趙公博學多才，則是學術界之大幸也！趙先生思維敏捷，講起話來條理清晰，邏輯嚴密，"矛盾論""實踐論""系統論""信息論""相對論"……高談闊論，頭頭是道，"辯證法""兩分法""二重證據法"……真有辦法。我曾開玩笑説："趙先生，您的理論就像電視臺的頻道一樣，一套一套的。"2019 年 12 月 6 日上午拜訪趙先生，他除了跟我講古文字的話題，還談起宇宙黑洞的東西，我似懂非懂。趙先生現在每天伏案讀書寫作，堅持用電腦著述不輟，而我自己却成天光陰虛擲，無所事事，兩相對照，真是慚悚無地。近年趙先生有句口頭禪："我知道。"其實有不少情況他也未必知道。

曾子説："狎甚則相簡，莊甚則不親。"自己與趙先生熟了，偶爾也會開開玩笑，好像没大没小，没完没了，很没禮貌。其實，相比於某些學者的可敬不可愛，趙先生於我而言，可是可敬又可愛的長輩。謹拜撰壽聯云：

戎裝换筆，等身著作添嵩壽；語學開疆，如炬目光建偉勳。

敬祝趙先生健康快樂，福壽綿綿，永葆學術青春！

2020年2月18日寫就

原載《説文論語》總第5期，2021年6月

經法先生白描

——爲曾經法師八秩嵩壽而作

青春黽勉學容商，
壯歲壯遊隨選堂。
八十功深閒著筆，
偶扶老伴到銀行。

舊時看戲，小丑出場，總會唸幾句上場詩。文章開頭，我先獻上最近剛爲曾師經法先生寫的一首順口溜。

曾師經法先生七十歲前的學術成就，《康樂集》已有專文述其梗概，七十歲後的成果，將另作補述。今年是曾師八十大壽，武也無文，追隨恩師三十年，不可無文爲師頌壽。這篇小文略記同曾師相關的逸聞瑣事，最多只能算是閒雜文字。

曾師的乳名叫雄鎮，1992 年，隨曾師遊南澳島，至鄭成功抗清遺址雄鎮關，我打趣説："老師，現在來到您這一關了。"曾師學名叫"憲通"，是進學堂時起的，前一字爲曾氏的輩序，後一字才是通名。曾師讀小學時，有一位南洋老闆回鄉，聽説小學裏有個學生與自己同名同姓，便氣衝衝地到學校來，想讓這個學生改名。一進校門，就看到這個同名同姓的人參加縣城"較藝"獲獎的大鏡屏，禮堂上還貼着同名同姓的作文作爲示範。老華僑仿佛覺得自己也臉上有光，便氣消而退，再也不提干預之事了。曾師的名字還不止一次被人誤寫和誤讀。20 世紀 80 年代，曾師到香港中文大學與選堂饒宗頤先生合作研究楚地出土文獻，出有專書，每年都有版税通過中國銀行匯回内地。有一次，寄到中大中文系的領款通知書寫的收款人是“曾灵通”，曾師悟到這“曾灵通”不是别人，應是自己，便拿着證件，帶上《新華字典》到銀行一查，工作人員拿出香港出版部門匯款傳真件，傳真件上果如曾師所料，是個不太清晰的繁體“憲”字，銀行的職員誤爲“靈”字，通知單又轉寫成簡體的“灵”字。後來我就此事告訴學生説，學好文字學，對領匯款也會有所幫助。最近中西書局出版曾師編纂的《容庚雜著集》，物流公司先打電話到曾師家，問道：“曹先生在家嗎?”曾師回答：“打錯了!”就把電話掛斷。回頭一想，莫非是送書的? 便又把電話打回去問：“你剛才説的曹先生叫什麽名?”對方説：“叫曹寬通，是送書來的。”曾師忙説：“在家在家，趕緊送來!”原來物流公司發送樣書的清單上不太清楚，送書者把“曾憲通”誤寫爲“曹寬通”，連姓都改了。曾師的雅號“經法”，則是選堂饒先生惠賜墨寶時起的，號與名意義相關，至爲允恰，也許還因爲馬王堆帛書中有《經法》篇，饒先生自然而然就聯想到了。

傳染病登革熱不是好事，眼下還在亞洲地區肆虐。可三十多年前李星橋（新魁）先生一家外出旅遊，委托曾師代看房子，曾師因代看房子而得了登革熱。但在看房子期間，却寫了一篇《三體石經古文與〈説文〉古文合證》的長文，後來廣爲學界引爲典據。這篇論文可算是登革熱的副産品了。

曾師性情温和，不着急。1992 年 8 月，廣州國學社在李星橋先生帶領下赴揭陽舉行“語言與文化研討會”，會後到南澳島旅遊，住縣城後宅金葉山莊，那天下午麵包車在賓館門口準備出發，正等待着曾師從樓上下來，趙誠先生説了一句話：“即使房子着火了，憲通也會從容不迫地説，没事，牆還没燒熱哩。”小書《簡帛兵學文獻探論》原是曾師指導下撰寫的博士論文，在出版社有著落之後，我向曾師乞序，曾師再三推辭，後來還是幫我寫了，幾乎用了三年時間，同我寫博士論文的時間差不多。可在商老錫永先生眼裏，曾師的性子並不慢。有一次，曾師向商老求字，商老説：“你急什麼?”似有嗔怪催命之嫌。

曾師爲人低調，更不喜作秀。1998 年到臺北開會，臺灣大學周鳳五先生對我説過：“你的老師曾先生呀，總是不聲不響就把事情辦好了。”

曾師 1981 年至 1983 年應饒選堂先生之邀，赴香港中文大學合作研究楚地出土文獻。據陳雄根先生説，曾先生很細心，晚飯後散步，從寓所到中國文化研究所要走路多少步都數過，走多少級臺階也數過。

在 50 年代，曾師讀大學時，學校高音喇叭經常提醒學生上課要穿拖鞋。原來，當時經濟困難，很多學生没鞋穿，上課時常打赤脚。斗轉星移，今天若有學生穿着拖鞋到課室，肯定被視爲不文明的行爲。曾師在本科階段學的是語言學專門化的方向，曾與老同學李星橋先生一道回家鄉開展推廣普通話的工作。後來曾師講的趣事常與“推普”有關。例如，剛進大學時，許多潮汕來的同學都不會説普通話，有一次，曾師的同班同學住院，曾師就同一位潮汕來的同學到醫院探病，該同學一進病房，就大聲説：“知道你人不好，特地來探你。”住院的同學面有愠色，反詰道：“我人不好，爲什麼你還來看我?”曾師忙解釋説：“潮汕話生病諱稱爲‘人孬’，直譯就是‘人不好’，這是不懂普通話引起的誤會。”這時，生病的同學才轉怒爲笑了。住院的同學發燒近 40 度，探病者驚叫起來：“我的父親，你都高燒了。”“我父”是潮汕話的常用感歎詞，此處亦爲直譯。師母沈老師與曾師都是潮州人，曾師介紹説，有意無意之間，沈老師對潮州人講普通話，樂於“推普”，對北方人講廣州話，展示了粵語作爲强勢方言的特點，對廣州人講潮汕話，對母語保留了一份眷戀。曾師介紹説，她總是有意無意之間隨着講話對象的不同而自動轉换，十分自然。

師母在廣州市第四十二中學教書，一直到90年代中期，工資都比曾師高。曾師年輕時擅烹飪，後來行政和學術活動太忙，一般是不下厨做菜的，師母很辛苦，下課後都得買菜炒菜做飯。有時晚飯後我去拜訪曾師，這時師母常會在客廳看電視或讀報，我問：“師母，老師呢？”師母就會朗聲答道：“在後邊洗碗。”可見曾師在做家務方面也是我們的楷模。近年我學着多做點家務，拖地拖得地板脱了皮，對寫毛筆字也稍有促進。

2002年春天，我隨曾師到汕頭大學出版社校對《曾憲通學術文集》，費時一個星期。然後曾師夫婦要回潮安彩塘鎮省親。曾師祖居驪塘鄉，已無直系親屬在鄉下。師母老家在鄰村華美，還有許多親戚。我提出想去參觀曾師故居，師母堅决反對，深恐有損曾師光輝形象。在我堅持下，曾師網開一面，師母才勉强同意。師母的堂弟開摩托載着曾師，我自己借一輛摩托跟着去看曾師的老屋。房子位於一個小四合院的東南角，房門鎖着，據説已由曾師的遠親租給民工住。瓦房早已破敗不堪，只有屋前的一棵皂角樹依然緑葉婆娑，生機勃勃。曾師徘徊良久，戀戀不捨地離開老屋。走到小巷口，剛好有一位八十來歲的老人認出了曾師，叫着曾師的乳名，曾師同這位老人聊了一陣，塞給老人兩百塊錢就匆匆坐上摩托走了。路過村口一個古榕掩映的小亭時，師母的堂弟特地停車讓我們參觀一番。曾師説，這個古亭就叫“急公好義亭”。清代光緒年間，這裏有一位前輩四處奔走，募捐錢款赴河南賑災，光緒皇帝特地賜匾“急公好義”以示嘉獎。師母的堂弟講述道，當年曾師同師母就是坐在這座古亭下談戀愛，附近的小孩便好奇地探頭探腦來窺視他們。師母畢業於華南師範學院政治教育系，先學政治，後教政治，對保姆的政治要求可能會高些。老師家的保姆，换過許多次，曾師戲稱家裏成了家政培訓中心，中心主任當然是師母。某日，曾師和師母都不在家裏，四川籍保姆小彭拿着濕毛巾爲客廳一幅啓功先生的墨寶掛軸掃塵，竟把一些筆畫都擦掉了。後來曾師就請人將這幅字轉裱成鏡片掛起來。2000 年，我有一位小親戚非常優秀，高考一科發揮失常，只上了中大選録綫，若要如願進中大，須經學校招生領導小組特批。其時曾師任人文學院院長，與主管招生的徐遠通副校長熟稔，我求曾師出手相助，纏得曾師有點煩。一天早上到曾師家裏，又講起此事，曾師默然，師母在旁替我講話，曾師少有地回嗆說：“你外公是楓溪的，徐校長也是楓溪的，你直接給徐校長打電話好了。”

容老住西南區 75 號二樓時，曾師毗鄰而居，“門當户對”。曾公子立純常常跑到容老家裏要漂亮的洋煙盒玩，有時趁着容老與曾師聊天不注意，趴在窗臺上把容老香煙盒裏的香煙一根根往樓下扔，只要那個精美的香煙盒，這就把樓下清潔工阿婆樂壞了，阿婆可是抽煙的。

1991 年夏天，曾師和李星橋先生應邀到厦門大學主持音韻學碩士生論文答辯會。厦大學生到賓館相訪時説：“我們的論文，還請兩位先生拜讀。”李先生趕緊回答：“我們一定拜讀，一定拜讀。”答辯會後，曾、李兩位先生連袂遊武夷山，李先生向來購物熱情高漲，此次買了十斤岩茶。遊九曲溪時，船夫遲遲不肯開船，問其故，説是李先生體重超重，須多給些小費，李先生給了二十元，竹筏就馬上解纜起程。在山上小憩時，有相士見李先生氣度不凡，糾纏着要爲李先生看相，李先生問：“你看出我是幹什麼的?”相士説：“一看就知道你是個大老闆。”李先生答：“不對，我是殺豬的。”説罷與曾師大笑而行。

我很想讓人們看到老師可欽可敬可親可愛的精神，可謂精誠可鑒，無奈人笨筆拙，雖不至於給恩師抹黑，却難以描摹出老師的高大形象於萬一，如能爲老師的祝壽專號撒點歡樂的添加劑，這篇名爲“白描”的小文也就不算白描了。

甲午冬至寫訖

原載《古文字論壇》第一輯，中山大學出版社，2015 年

老樹新枝，繁花似錦

——國際潮學研究會學術委員會主任曾憲通教授側記

一、 曾憲通先生簡介

曾師憲通先生，乳名雄鎮，大號經法，著名古文字學家，迄今有專書十數種，論文近百篇。

1935 年 1 月 5 日，先生生於廣東省潮安縣彩塘鎮驪塘鄉。1955 年 7 月從汕頭市金山中學畢業，即考入中山大學中文系，學習漢語言文學專業。受到多位著名語言文字學家的熏陶，選修了全部的語言學專門化課程，爲以後治學打下扎實的基礎，開始走上學習和研究祖國傳統語文之路。1959 年春天，著名古文字學家容希白（庚）先生帶領四位副博士研究生北上實習，曾先生以容老助手的身份隨行，歷時兩個多月，在全國各大博物館和文物工作隊看到了許多新出土的珍貴文物，拜會了多位名家巨擘。1959 年 7 月，先生大學畢業後，留在中山大學古文字學研究室工作，任容希白和商錫永（承祚）二位教授助手。1961 年秋天，曾先生隨商老到鄭州和北京摹校信陽楚墓出土的竹簡。1962 年 4 月，容老要改編《商周彝器通考》，到全國十四個省市作學術考察，收集了大量的青銅器資料，曾先生復隨容老同行。1974 年至 1976 年，先生隨商老到北京，參加由國家文物局組織的秦漢簡帛整理小組工作，先生參加整理或校注的簡帛文獻有《孫子兵法》《孫臏兵法》《尉繚子》和《睡虎地秦墓竹簡》等。先生曾先後多次赴日本、瑞典、德國、越南等國家和中國臺灣、香港地區講學、訪問或參加國際學術會議。如 1992 年 6 月任中日合作拍攝文物紀録片《漢字的歷史》學術顧問，赴日審查解説辭和製作作業。1993 年 11 月赴臺灣高雄中山大學及臺灣師範大學講學。1996 年 10 月至 11 月，赴日本大東文化大學講學，並出席日本中國語學會第 46 屆全國大會和第 3 屆國際漢字會議。2000 年 2 月至 7 月赴臺灣新竹清華大學任中國文學系客座教授一學期。

1978 年 7 月至 1985 年 10 月，先生任中山大學中文系講師、副教授。1985 年 11 月起，任中山大學中文系教授，1990 年 10 月經國務院學位委員會第九次會議批准爲漢語文字學專業博士生導師。1993—1998 年任中山大學中文系主任，1994—2000 年任中山大學人文科學學院院長。曾經擔任全國哲學社會科學規劃委員會語言學科組成員（1986—2003 年）、教育部高校中文學科教學指導委員會首屆委員、中國語言學會常務理事、中國郭沫若研究學會理事、中山大學中華文化研究中心副主任；目前主要社會兼職有：全國高等教育自學考試指導委員會文史類專業委員，中國古文字研究會理事（1992—1994 年任理事長），中國秦文研究會常務理事，廣東炎黄文化研究會理事，《華學》《古漢語研究》《古籍整理研究學刊》《語言科學》和《文與哲》（高雄）等雜志編委。

二、 與潮籍學人的學術交往

曾先生身爲潮州人，在大學求學階段和後來的學術生涯中，同諸多潮籍學人或者文化界和藝術界賢達之士建立了良好的關係，既有潮籍師長的提攜扶將，又有潮籍學友朋儕的結伴前行。如文學史家詹安泰和方言學家詹伯慧喬梓，方言學家黄家教，音韻學家李星橋（新魁），文化界名人梅益、吳南生、楊越等，港澳文物鑒藏家劉作籌，僑領陳偉南，僑領許世元和文物鑒藏家許禮平喬梓。先生同饒選堂（宗頤）教授的關係更是非同一般。1980 年，先生陪同饒教授到全國各地進行學術考察，歷時近三個月，行程數萬里。詳情見於先生《選堂訪古隨行紀實》一文（《華學》第七輯，中山大學出版社，2004 年）。先生治學固然植基於中山大學中文系，得力於容、商二老栽培，更兼有饒教授的器重，從而拓展區宇，重視古文字資料的文化史研究，碩實累累。1981 年 10 月至 1983 年 12 月，先生應香港中文大學之聘，任該校中國文化研究所訪問副研究員，在饒教授指導下共同完成了《雲夢秦簡日書研究》《隨縣曾侯乙墓鐘磬銘辭研究》和《楚帛書》三部著作，並在香港正式出版，90 年代經過增訂之後以《楚地出土文獻三種研究》爲名由北京中華書局出版。先生後來主編有《饒宗頤學術研討會論文集》，另撰有多篇論文闡述饒教授的學術成就和治學經驗，如《〈選堂集林〉讀後》《饒宗頤教授傳略》《選堂先生與荆楚文化研究》《大師的童心》《二十世紀國學研究的豐碑》《治學遊藝七十春——賀饒宗頤教授"米壽"》等，足見先生於饒教授感情之厚和研究之深。

曾先生與著名音韻學家李星橋教授同齡、同鄉、同學、同道、同事，聲求氣應，交誼最篤，切磋砥礪，相得益彰。1997 年李先生不幸逝世，曾師不勝傷感，撰有《難以忘却的懷念》，並以不同形式組織了悼念李先生的活動。

三、 從事與潮學研究有關的活動

早在上大學的時候，曾先生就屢次同李星橋先生一起到潮汕地區作方言調查，開展推廣普通話活動，合作發表《潮汕人學習普通話的難點和克服方法》一文。這可算是先生從事潮學研究的開始。後來先生多次到潮州、汕頭、揭陽、澄海、南澳等地講學、開會和參觀考察。例如，同黄家教、李星橋兩位教授赴汕頭爲中山大學中文刊授學員作學術講演，參加第二屆閩方言研討會（汕頭大學，1990 年）、語言與文化學術研討會（揭陽，1992 年）、饒宗頤學術研討會（潮州，1996 年）、饒宗頤教授八十五歲祝壽會（汕頭，2001 年）、慶祝饒宗頤教授九十華誕學術研討會（潮州，2006 年），等等。2002 年，《曾憲通學術文集》列入“二十世紀潮人文化萃英”叢書，由汕頭大學出版社出版。是年 5 月，先生由筆者作陪，客寓汕頭大學中，以旬日之功校勘和審訂書稿。先生在《文集》的《編後記》中説：“作爲一名潮籍學人，有機會將自己的涓滴細泉匯入到二十世紀的韓江文化洪流中去，是自己夢寐以求的夙願。”《文集》的出版，既是潮汕人民對先生學術成就的認同和嘉許，又是先生對家鄉文化事業的支持和幫助。2005 年，《文集》榮獲廣東省哲學社會科學優秀成果獎著作類二等獎。饒選堂先生是潮學的倡導者和帶頭人，曾先生爲《二十世紀饒宗頤學術文集》（臺灣新文豐出版有限公司，2003 年）的纂集和編校，做了大量的組織工作，將它視爲潮學研究的有機組成部分，也未嘗不可。

四、 撰寫潮學研究的論著

長期以來，曾先生的專業領域在古文字學，高度重視新出土的古文字資料，立足學術前沿。其治學特點在於擅長追溯文字的初形朔義，考釋出一系列的古文奇字；所考釋之字，涉及甲骨文、金文、璽文、陶文、玉石文、楚簡、楚帛書、秦漢簡帛和傳抄古文等多種古文字資料。如考釋楚公逆鐘銘、吳王光編鐘銘、曾侯乙鐘銘、楚帛書、包山簡等，創見迭出，嚴謹可信，屢被學界引爲典據，《説繇》一文尤其膾炙人口。先生諳熟古文字錯綜複雜的構形體系，善於形音義相推求，將古文字研究同漢語史研究緊密結合起來。每每從古文字的構形入手，窮源竟委，按照該形體在具體語言環境中的意義和用法，探索其音義互動和演變的軌迹，從形的分化、義的引申和音的轉移考察文字孳乳、繁衍與同源的關係，爲字族詞族的研究提供可靠的綫索。總是聯繫傳世文獻記載與出土文獻挖掘古漢字所藴藏的文化内涵，闡明作爲中華文明載體的漢字體系，具有更深層次的文化含義。可見先生的古文字研究，並非局限於純粹的語言文字學研究，落實到最終目的都是爲了研究祖國古代的社會歷史文化，爲中華優秀文化傳統的發揚光大服務。

先生研究潮學身體力行，更有許多實績，成果主要體現在對七種明本潮州戲文的研究上。《明本潮州戲文所見潮州方言概述》（《方言》1991年第1期）一文討論了明本潮州戲文與潮州方言的關係、明代潮州戲文中的俗字、潮州戲文所見潮州方言詞語、明本潮州戲文中的潮州方言句型。先生駕輕就熟，發揮了自己的學術專長，以研究語言文字學的理論和方法來研究家鄉的出土文獻和傳世文獻——明本潮州戲文，對其中所反映的文字、詞彙和語法現象作了比較深入的闡釋，爲人們研究明本潮州戲文掃除了不少閲讀上的障礙。

先生的《明本潮州戲文疑難字試釋》一文，刊載在《方言》雜志1992年第2期，是對《概述》一文的深化。宣德抄本《劉希必金釵記》和嘉靖抄本《蔡伯皆》，是迄今所見時代最早的潮州戲文，用行楷抄寫，並夾雜不少草書。另外五種刊本皆爲嘉靖至萬曆年間所刻，也有不少據草書楷化的簡體字，給人們的釋讀帶來諸多困擾。先生專門考釋了這類不易辨析的疑難字，結合文例對它們在戲文中的意義和用法作了精詳的分析。

《明本潮州戲文〈蘇六娘〉人文背景考察》一文分爲幾部分：考證了《蘇六娘》戲文本事與民間傳説；介紹了戲文中的曲牌、科介和貼占；探討了戲文所反映的潮汕民俗和戲文中的方言俗字（原載《汕頭史志》1993 年第 1 期）。

先生另有一文《明本潮州戲文〈金花女〉之語言學考察》，發表在《方言》雜志 2005 年第 1 期。

十數年間，先生鍥而不捨，以其深厚的學問功力，從戲文寫本刊本的解讀入手，進而對四五百年前潮州方言的本來面貌加以勾勒，闡述明本潮州戲文的語言風格，探討當時當地泉州話與潮州話的關係、官話與方言的關係以及正字戲地方化的演變過程，考察明本潮州戲文所反映的文化背景，有助於人們對明代潮汕一帶社會歷史風貌的認識。先生的這一系列成果，在漢語方言學、俗字學、中國古代戲曲史和潮汕史研究諸方面都有重要的學術價值，在研究方法上也是富於啓迪意義的。

先生的《古文字與出土文獻叢考》2005 年出版，爲其數十年學術論文之薈萃，與《曾憲通學術文集》，珠聯璧合，各擅勝場。

爲慶賀先生七十壽辰，中山大學古文字研究所編輯出版了《康樂集——曾憲通教授七十壽慶論文集》（中山大學出版社，2006 年）。去年 11 月 15 日晚，我們在廣州市從化區東方夏灣拿酒店舉行《康樂集》首發式座談會。其中有曾先生多年的至交、日本和臺灣地區遠道而來的貴賓、曾門弟子及再傳弟子。大家對先生的學問和人品既有崇高的評價，又有幸福的回憶，更有溫馨的追述，還有生動的發揮。居高聲自遠，紅霞正滿天。目前先生正主持國家社科基金項目“出土戰國文獻字詞集釋”，還在主編由門下弟子主撰的“古文字與出土文獻研究叢書”，撰寫教育部規劃教材《漢字源流》，並帶領着更多青年學者沿着饒選堂先生開創的潮學研究之路繼續奮進。

原載《廣州潮訊》2007 年第 2 期

韋戈先生佚事紀略

語言學家陳煒湛教授爲江蘇常熟人，號三鑒齋主人，又號韋戈，成就多方，尤以甲骨文研究著稱於世。2018 年欣逢先生八十華誕，我從先生習古文字之學有年，感念先生教誨之恩，且頗知先生劭德嘉言懿行趣事，敢奮禿筆，略述一二，綴輯成文，聊資談助，亦以爲先生壽也。

1982 年，先生爲中山大學中文系高年級本科生開設“古文字學”選修課，自編教材《古文字學綱要》，此舉在同類高校中文系當屬首創。《綱要》修訂時與唐鈺明先生合作，1988 年由中山大學出版社正式出版，後由譚步雲、黄文傑、禤健聰等協助增訂，2009 年作爲普通高等教育“十一五”國家級規劃教材出版第二版。先生講授“古文字學”課二十年，首次開課時我作爲大四學生有幸修習，只是自己基礎太差，没有好好用功。學期中間先生曾佈置作業，要求我們臨寫一幅小篆的作品，先生都用毛筆一一批改。我寫的字醜，先生的批語是：“要好生注意篆書的筆法。”有同學用了硬筆，先生旁批説：“毛筆何在?”有同學用劣質墨汁書寫，先生批道：“臭不可聞!”當時研究生隨班聽課，有師姐貌美如花，古文字書法平平，先生的眉批是：“字不如人。”辭約旨豐，照我理解，有兩層意思，其一，師姐人長得漂亮，字不怎麽樣；其二，書法比不上別人。師姐頗開心，領會的是第一層意思，讓幾位老同學一起欣賞了先生的批語。

1984年暮春某日下午，大學畢業後在廣東民族學院任教的譚步雲兄來中大，先在我們的研究生宿舍廣寒宮飲茶閒敘，又去馬岡頂古文字研究室外拍照留念，再同李銘建兄和我一道拜訪先生。先生其時住西南區75號一樓，請我們吃飯，還喝了花雕酒。席間談及讀研求學有時會影響女同學的婚戀大事，造成不少大姑娘、老姑娘。先生説："大姑娘，老姑娘，大老姑娘，老大姑娘。"説罷哈哈大笑。

先生最喜著布鞋。1988年5月廣州國學社成立之日，首次穿皮鞋，即引來幾位同道好奇的調侃。1992年8月，李星橋（新魁）教授邀集廣州國學社和語言學界的一些朋友赴潮汕地區作文化考察，先在揭陽舉行"語言與文化學術研討會"，再遊覽潮州、澄海、南澳和汕頭。在澄海風景區萊蕪島落成不久的金葉山莊住宿時，房間的抽水馬桶壞了，先生頗不快。晚上酒店主人請先生揮毫，先生固辭，一個甲骨文也不肯寫。我當時還開玩笑説："陳老師在我們家鄉真是片甲不留了。"中大古文字研究室原來位於東北區18號。資料員黄光武先生有一次在研究室鐵門上用粉筆寫了留言："因公外出，稍遲即歸。"回來後，黄先生發現門上的"公"字變成"厶"字，"八"的兩筆被擦掉了，黄先生説："肯定是小青年幹的。"猜得没錯，"小青年"是韋戈先生的雅號，一般只有幾位老同事才敢如此稱呼。《韓非子·五蠹》説："自環者謂之私，背私謂之公。"《説文》引"私"作"厶"；八，背也。韋戈先生正喜歡此類文字遊戲。

1995年，赴韶關參加廣東省語言學會年會。會間陳之犢（初生）教授邀韋戈先生、林倫倫學長和我同遊丹霞山。時值初夏，樹木濃緑蓊翳，山花爛漫，小溪清澈潺湲，而走在山路上不久却汗流浹背。韋戈先生幾十年罕著背心，文化人喜穿文化衫，此時文化衫都被汗水濕透，索性脱下來坐在小溪旁用清水浣洗一番再穿回，自是凉爽無比。

我們師友數人參觀了陽元石祖，我說：“北京亞運會上韋唯唱主題歌《亞洲雄風》，應來這裏取外景。”還在車上胡謅了幾句打油詩：“陽元石祖振雄風，求子女男競折躬。莫笑此君無掩飾，錦袍一襲是蒼穹。”算是“到此一遊”之類。

1998 年赴四川大學參加徐中舒先生百年誕辰紀念會，會後遊青城山。下山時排隊坐纜車，我剛好同先生兩人一車，車如吊籃，四面透風，一出發就遇故障。先生説，這麽高，摔下去肯定粉身碎骨。我安慰先生説：“纜車旁邊山崖上有巨幅觀音畫像，没事的。”快到山下終點站時，纜車又突然停了，先生説：“現在離地面低了，我們跳下去也没事。”我説：“不行，少説也有七八米，又是水泥地，跳下去非斷腿不可。”

2000 年 8 月赴安徽大學參加中國古文字研究會年會，會上大合照留念，吳振武先生安排陳先生前排就座。陳先生説：“以前没得坐，今天有得坐，以後没得坐。”説的也是學術生態的自然法則。會後遊黄山，吳先生爲陳先生和林澐先生合照。吳先生回長春後寄來照片托我轉交，先生端詳片刻，説：“貌合神離。”聯繫到甲骨文斷代研究的一些論争，此語意味深長。

2000 年 10 月，赴厦門參加中國語文現代化研討會後，途經汕頭大學，副校長林倫倫教授請先生作學術講演，由圖書館館長黄挺兄主持。回廣州後，我問先生在汕頭大學講了什麽題目，答曰：“甲骨文。”我説：“要講就講真古文，怎麽講了甲（假）骨（古）文?”先生接着又説：“黄挺主持講座輕聲細語，慢條斯理的。”我説，主持人“挺哥”厲害，主講人“韋戈”更厲害。

先生嗜花雕酒，曾師經法先生譽爲“花雕王”。2002 年 10 月，隨先生同往泉州師範學院參加全國古漢語研討會，會前先經我的家鄉澄海鹽竈，小住一宿，與我夜宿在海邊養蟹池塘上的凉棚。時值中秋，凉風習習，月光瀉銀，品茶閒談，好不愜意。我三位胞兄其時都在養螃蟹或買賣螃蟹，先生吃了我三哥煮的蟹粥，直説好吃，還感歎説太浪費了。好像只有清蒸或燒烤才好，若用來送花雕酒就更妙了。泉州會後應林志强兄之邀，赴福建師大各開一場講座，把福建師大賓館僅有的兩瓶花雕酒都喝掉了。好酒還要有好菜，先生説："有好酒，没好菜，辜負了好酒；有好菜，没好酒，辜負了好菜。"頗有辯證的精神，可視爲先生的"酒德頌"。陪先生小酌數盅，自是幸福無比之事。據步雲兄講，先生屢説"陳偉武點菜我放心"，可算是對我的高度肯定了。燕雲子張海鷗教授曾撰有歌行體長詩紀事，詩題爲《康園三鑒齋夫子大閘蟹行》，詩甚精妙，只是詩題似有歧義，無知如我者易誤解爲陳煒湛教授像大閘蟹一般穿行於康樂園之中。

有一次，謝湜的父母從家鄉澄海來遊中大，謝湜因此邀請蔡鴻生先生、曾師、陳先生和我在紫荆園共進午餐。酒過三巡，蔡先生又舉杯對鄰座的陳先生説："來，我們比一比。"陳先生頗愕然問："噢，您要跟我比一比？"我趕緊解釋："蔡老師不是要鬥酒比試，説的是舉杯做做樣子。我們潮汕話的'比'有比劃的意思。"

南京年會之前我隨曾師和陳先生遊覽鎮江，陳先生有復旦同學任鎮江市文化局副局長，安排我們參觀了博物館，還請我們吃晚飯。飯前局長問："喝不喝啤酒？"陳先生答："不喝。"於是以茶代酒。回南京的路上，先生説："我這老同學的局長真不知怎麽當的，啤酒不喝，不等於白酒花雕酒也不喝呀。"1993 年秋，我們七九級畢業十周年紀念活動，在康樂園酒酣耳熱之際，老同學蔡照波兄走過來給先生敬酒，説："陳老師，我們完了，你怎麽還没完？"説的是杯中酒。先生説："出言不遜，罰酒三杯。"桌上一瓶白酒早喝光了，吴茂芹兄趕緊給我們這一桌又加開了一瓶。

明清小説稱二便爲"水火"，"小處可以隨便"。走在武夷山的小路上，遠近亦無茅厠，一時内急，陳先生只好鑽進樹下草叢中就地解決，出來時解嘲説：“得方便時且方便。”我也應和説：“堪逍遥處任逍遥。”回到福州客舍，先生竟書此聯相贈，使我大喜過望。

世界很小，武夷山半山有摩崖石刻“崎嶇丘”，先生和我坐在道旁對弈，志强兄觀戰在側，且有攝影留念，恰逢劉釗先生同厦門大學的客人旅遊路過，彼此寒暄了一陣子方才揖别。

70年代整理鳳凰山漢簡期間和後來參加中國古文字研究會年會，陳先生多次與姚孝遂先生對弈。2000年赴安徽大學參加古文字研究會年會，路經南京，由施謝捷兄安排我們一行四人住在南山專家樓賓館。先生和我在莫愁湖勝棋樓下了一局象棋，黄光武先生和黄文傑兄當觀衆，買了一壺緑茶，邊喝茶邊對弈。至殘局時，我多了一只馬，居然被先生磨成和棋。下了勝棋樓，先生問文傑兄照像没有，文傑兄回答説：“剛才你們對局的形勢太緊張，我看得入神，竟然忘了。”以前同先生下棋，若形勢吃緊，先生會停下來，起身倒開水喝喝茶，或在茶几附近踱踱步再坐下來走子。我若偶爾走出妙着，先生還會口中念念有詞：“這小子好狠毒呀!”這與老棋王胡榮華對局時猛擦萬金油熏得對手心煩意亂有異曲同工之妙。不過，先生弈罷還會悉心訓誡説，下棋誰都會犯錯，形勢好的時候要注意少犯錯，形勢不好的時候要耐心等待對手犯錯。

象棋特級大師許銀川作爲體育特長生曾於中文系就讀，1995—1996年陳先生擔任過銀川的指導教師。陳先生説：“誰想跟我下象棋，得先赢了我的學生再説。”先生指的就是銀川，銀川可不易赢啊。有一次，陳先生請銀川吃飯，黄光武先生、步雲兄和我陪吃，飯後在陳先生客廳同銀川對弈，陳先生下了兩盤，黄先生、步雲兄和我各下一盤，結果當然是銀川全赢。最有意思的是，黄先生平時與我們下棋頻頻長考，與銀川下棋不計時反而走得飛快，真想亂棍打倒

“少年姜太公”。其實，銀川多次榮獲全國冠軍和世界冠軍，十八般武藝樣樣精通，同他下棋，下得慢，可以死得慢，下得快，就死得快，黃先生一點都不珍惜同世界冠軍對局的機會。銀川還送了一副仿玉象棋給陳先生，棋盒上有墨書題簽。

先生珍藏一副象棋可說天下無雙，1986 年長島古文字年會時在海邊沙灘撿的珠璣石，洗净，用甲骨文書寫象棋名稱，上清漆以防墨色脱落。在先生書房曾以此棋對弈一次。先生對弈，最喜有人觀戰。2009 年紀念徐中舒先生誕辰一百一十周年學術研討會後，四川大學組織遊李莊，途經岷江，有一景點似無趣，我在江邊又陪先生下兩三盤棋，時有顧青等朋友在旁圍觀。先生精於象棋，能下盲棋。圍棋習《棋經》，研古譜，《三監齋餘墨續編》有作品可證。張海鷗兄時不時會與先生下圍棋，説：“先生年紀大了，有時下棋得讓着點。”正常情況下，先生棋高一着，海鷗兄讓不起啊。

2006 年饒選堂（宗頤）先生九十華誕慶祝活動，先在香港大學，然後移師潮州舉行。我弟偉鴻在澄海公安局工作，精心安排我們一行五人遊覽南澳島，讓同事林少欽臨時客串當導遊。韋戈先生剛在學習用手機，想給曾師打個電話，撥不通，少欽接過手機幫忙撥號，撥號的鍵盤音正在響，這時車上有朋友放了一個屁，韋戈先生不解地説：“手機不是這種聲音呀。”惹得大家都笑了起來。

2009 年參加中國文字學會年會之餘，先生在武夷山正山村茶坊揮毫，惠贈福建師範大學葉良斌和陳鴻夫婦墨寶，以甲骨文書“茶緣”二字，後來陳鴻裝裱懸掛於客廳，有友人反向讀之曰：“緑茶。”

幾年前，京城一位編輯朋友與先生乍一見面，就親切對先生説：“陳老師，最近我讀了您在上海出版的那本小書。”先生冷冷回答説：“請多指教。”心裏覺得“小書”本來是寫書人謙稱己作，豈能如此使用。在出版界，與卷帙浩繁的大製作相比，開本小的書通常稱

“小書”。只是我們這些出版界的外行就容易産生誤會了。

先生贈我墨妙多種，以後將另文細述。

時光飛逝，而碩士論文、博士論文答辯會上先生嚴肅教誨的鏡頭如在眼前。陳先生治學爲人都嚴以律己，同時也嚴格要求學生，這種嚴師的形象，與曾師的循循善誘、和藹可親相映成趣。不過，隨着先生年事漸高，性情也平和了許多。想着向先生求學問字、隨先生遊歷飲酒的點點滴滴，温馨可珍。衷心祝願先生福壽無疆！

原載《古文字論壇》第三輯，中西書局，2018 年

沚齋先生佚事漫記

久聞沚齋陳永正先生大名，如雷貫耳，可是直至 1986 年 7 月，我從中山大學中文系碩士畢業留校，到了中國古文獻研究所工作，始得識荆。沚齋先生是研究所領導小組成員兼嶺南文學研究室主任，我被分配到明清文學研究室，無緣在先生直接領導下工作。不過，暇時常與所裏的同事三三兩兩前往拜訪，或茶敘，或求字，其樂融融。

沚齋先生祖籍廣東高州，世居廣州，1941 年 12 月出生，1962 年大學畢業後到廣州第三十六中學任教，1978 年考入中山大學中文系，從容希白（庚）、商錫永（承祚）兩位教授讀研究生，1981 年碩士畢業留在古文字學研究室工作，1983 年調到新成立的中大中國古文獻研究所，成了創所元老之一的研究員，又擔任中文系教授和博士生導師，兼任過中國書法家協會第四屆、第五届副主席，兩屆廣東書協主席，中華詩教學會會長。

甲骨文中商王貞卜生育休咎，若生男則稱“嘉”，生女稱“不嘉”。沚齋先生結婚頗遲，讀碩士研究生時始成家，喜得一女，反甲骨文之意而用之，命名爲“允嘉”。如今允嘉已爲人母，家庭幸福，先後生了一對寶貝兒女。

80 年代後期，學校因沚齋先生業績顯赫，獎勵分配了一套兩室一廳的房子。作爲獎品的這套房子，就是位於中大最靠西北角的蒲園區 698 號 104 室，低濕且采光較差，圍牆外就是怡樂村的農家。可喜的是，房子後面居然有一塊二百平方米的荒地，綠樹蔽日，雜草叢生，沚齋先生着手修整，精心栽種簕竹，命名爲簕竹園。園與時任外國語學院院長、後任副校長的吳增生教授爲鄰，兩家友好，只有一行低矮的花木隔開，可以“隔籬呼取盡餘杯”。修整後的簕竹園，鳥鳴嚶嚶，綠草如茵，有一間簡陋的磚瓦房，既是書房，又是會客室，草地中間用紅磚砌了一條十幾米的小徑，靠圍牆的西南隅有一小水池，池裏養着兩隻烏龜，當初由師母從市場買來，白天有時會爬到草地曬太陽，有時又爬到客廳。喂養多年，變成老龜，煞是有趣。可惜後來竟有宵小之徒在月黑風高之夜翻越圍牆，偷走了水池裏的兩隻老龜。事隔多時，與當年古文獻所的朋友談起此事，朋友説那兩隻龜是金錢龜，我説，不對，沚齋先生最不貪財，怎麽會養金錢龜呢？兩隻龜那麽喜歡在草地曬太陽，那麽喜歡在小平房看先生寫草書，談草書，一定是草龜。近來質諸先生，果然是草龜。有一次，番禺一位畫家送來四隻金錢龜，先生嫌喂養麻煩，一轉身就送給黄錦前兄了。

沚齋先生的尊人明德公，象棋功力深厚，年輕時曾代表工廠與廣州四大天王之一的盧輝對弈，退休悠閒，時常到中大西區工人村一小雜貨店圍觀人家下象棋。黄光武先生、譚步雲兄和我偶爾也會到簕竹園同明德公下棋，只是棋力懸殊，七十多歲的明德公往往不假思索，落子如飛，黄先生却喜歡長考，每逢此時，明德公就會稍顯煩躁，起身來回踱步，似有催促黄先生走子之意。有一次，我偕同黄先生訪簕竹園，黄先生與明德公對弈，我負責冲茶，沚齋先生在旁觀棋閒談。水由師母剛煮開而灌好，我正要冲茶，暖瓶掉在地上，砰然作響，“銀瓶乍破水漿迸”，大家都嚇了一大跳，幸未燙傷人。我有一壞習慣，倒水冲茶喜歡先用手抓住暖瓶瓶口，拎起來再握住把手倒水，没想到這個鋁殼暖瓶用了多年，壺口與壺身突然脱節，在物質生活高度緊張的年代，這傳家寶貝被我失手摔爛，嚇得我連聲道歉，沚齋先生反而老是安慰我説没事。

1991年9月，我考上曾經法（憲通）師的在職博士生，論輩分，沚齋先生爲容、商二老入室高弟，應是我的師叔輩。沚齋先生詩詞賦和儒釋道無不精通，學問淵雅廣博，超凡脱俗。1992年秋，同李星橋（新魁）先生一道往揭陽參加語言與文化學術研討會，會後在潮汕地區作文化考察，遊覽了揭陽、汕頭、澄海、潮州和南澳等地，同行的侯精一先生悄悄評論説："你們看，陳永正雖然年紀不大，却是一派仙風道骨。"

1994年初，我正在趕寫博士論文《簡帛兵學文獻探論》，其中"軍術考述"一節寫完初稿後，就請沚齋先生審閲，訂補了一些失漏。例如，與軍事有關的方技數術稱爲"軍術"，1999年博士論文以同題小書出版後，有學者曾對"軍術"的提法作過討論，劉樂賢兄説："陳偉武先生的意見值得重視，用'軍術'指稱軍事數術，比用兵陰陽指稱軍事數術更爲合適。"① 其實，"軍術"一詞並非在下的發明，當年沚齋先生提點説，《昭明文選》中江淹《詣建平王上書》李善注引用過《抱朴子·軍術》篇，所述内容確是與軍事有關的數術，而《軍術》篇已佚，不見於今本《抱朴子》。

2000年秋，表侄謝湜初上大學時，我引薦他拜訪曾師、蔡鴻生先生和沚齋先生。有一次春節後剛開學，謝湜帶了一些家鄉特産和我同訪沚齋，臨别時，先生將禮物拎着放到門外，説："我家是風景區，不能隨便帶東西來，也不能隨便帶東西走。"

多年前，我住在園西區745號之二302室時，有一天傍晚，先生

① 劉樂賢：《從出土文獻看兵陰陽》，原載《清華中文學林》第一期，新竹清華大學，2005年；又收入氏著《戰國秦漢簡帛叢考》，文物出版社，2010年，第235頁。

和師母提着一籃釋迦（番鬼荔枝）走到我樓下，説是東莞朋友所送而轉贈於我。前不久的一次拜訪，敘談移時，我正準備告辭離開，適逢快遞員送來水蜜桃兩箱，先生執意要我帶走一箱，説是幫忙處理。

先生生活簡樸，1998 年從簕竹園喬遷西翠園，裝修新居僅用了兩萬七千多元，家裏擺放的書架，還是當年研究生畢業時從學校買到的無門舊書架，一個只有十幾元錢。

先生既是大學者，又是大書法家，名滿天下，求字者衆，而先生急公好義，淡薄金錢。在擔任廣東書協主席期間，爲了支援希望工程，讓慕名求字者在書協登記交款，賣字所得款項經由中大古文獻所同事仇江先生轉達希望工程負責機構。中山大學位於珠江南岸的康樂村，爲嶺南大學故址，古木参天，水澤處處可見，曾師經法先生云，50 年代初上大學時，中大有幾十口池塘。後來，隨着學校建設的需要，不斷地填池建樓，池塘也就越來越少，屈指可數了。90 年代初，學校要填掉西洋菜地的一口池塘建樓，沚齋先生爲民請命，上書力諫校長，希望留住一片水面。可惜學校不爲所動。

中大至今罕見沚齋先生書迹，反而數見書法家廖蘊玉先生手筆。原來，當年商老請廖氏來到中大古文字學研究室抄書，廖氏爲自己的飯碗着想，曾勸剛留校工作的沚齋先生少在中大顯山露水揮毫題字。沚齋先生爲仁善君子，一諾千金。如今廖氏作古數年，我們倒是希望沚齋先生能爲中大樓臺亭榭多留墨妙，爲校園文化增光添彩。近時永芳堂重修告竣，歷史系主任謝湜造謁沚齋，敦請先生題寫“歷史學系”的匾額。匾額現在掛起來了，神清骨俊，筆力千鈞，令人歎賞。

商錫永先生十七歲時撰有著名的《詠蟹》詩：“公子無腸不解愁，江湖豪氣孰能儔？橫行郭索空千里，直吐珠璣泄九秋。入籪有時傾澤國，乞符何異屬監州。平生玉質真知己，换得尖螯妙句投。”後以金文書之，詩書輝映，書贈韋戈（陳煒湛）教授，洵爲稀世之珍。

有一次北京將舉行書法展，沚齋先生登門商借，韋戈先生慨然相借，毋須借條或辦理其他手續，展畢完璧奉還。彼此情誼於斯可見。

沚齋先生雍容大度，曾告誡我要與人爲善，不要得罪小人，不要把小人變成敵人。可是，爲了《容庚法書集》的編輯出版，先生正氣凛然，拍案而起，當面斥責無理取鬧者説："這般做法，佛都有火!"先生主持多項集體項目，往往身先士卒，任勞任怨，親力親爲。有一項目原由先生擬定全書框架，分工佈置任務，可是交稿時間到了，只有先生寫出預定的章節，其他同事幾未着筆，後來先生無奈只好自己完成，這就是力作《詩注要義》（上海古籍出版社，2017年）。

先生詩心不老，常有雅語妙謔之舉。有一次，中大古文獻所的同事十餘人在康樂園餐廳餐敘，服務員端上來的菜是紅燒乳鴿，盤子中間有一朵紅蘿蔔雕成的花，兩隻乳鴿嘴對着嘴，沚齋先生就説了一句："兒童不宜。"我説："用餐的都是成人。"2021年11月17日，分春館門人齊聚廣州岳雪樓美術館，舉行"翰墨分春"朱庸齋師生書法展，紀念朱庸齋先生百年誕辰。沚齋先生身穿唐裝，翩然來到會場，戴着墨鏡，有異尋常。桂園張桂光先生和之犢陳初生先生見狀，齊聲喊道："大師兄今天怎麽那麽酷啊!"沚齋先生答道："一輩子追求光明，没想到老來才害怕光明。"原來，去年先生爲了趕寫兩三部書稿，每天工作七八個小時，用眼過度，得了乾眼症，爲了護眼，就遵醫囑戴了墨鏡避光。

有一段時期，中大肉菜市場設於大榕樹路一帶，我住在蒲園區667號102室，與市場近在咫尺。市場有一茶葉店，老闆喜歡下象棋，我稍暇就跑去那裏下棋，與老闆也熟稔了。1994年春節，我想去沚齋先生家拜年，實在找不到合適的禮物，於是到了茶葉店，請求老闆將賣茶用的大茶罐轉讓給我，我不買茶葉，只買罐子，這可算是現代版的買櫝還珠。大茶罐爲銅質葫蘆狀，我送先生裝茶葉用。師母説："我家哪有那麽多茶葉裝，用來裝米還差不多。"我説："裝米也没錯。我們潮汕話就把茶葉叫作茶米。"最近拜訪先生，聊起此佚事，先生説，那銅葫蘆還在，裝着普洱茶。

先生於我多有贈"書"，有書籍，更多的是書作。所贈書籍有其撰述之作，如《嶺南書法史》《嶺南歷代詩選》《沚齋詩詞鈔》《王國維詩詞全編校注》《沚齋叢稿》《沚齋詩》《沚齋餘稿》《詩注要義》《沚齋百律》《百年文言》（主編）和《陳永正手録詩文選》《陳永正書法集》《當代最具潜力書法家之一·陳永正》《沚齋書聯》《書法雅言　書法約言譯注》等；也有他人之書，如《何紹基書法集》《陳夢家編年事輯》《邵雍文集》等。應我請求而賜題書名之書有：我參與編輯或主編的《古文字與漢語史論集》《康樂集》《曾憲通先生八十慶壽書法作品集》《古文字論壇》及拙著《愈愚齋磨牙集》《愈愚齋磨牙二集》和《愈愚齋磨牙三集》（待刊）、《愈愚齋雜俎》（待刊）。

我表叔廖仰聰在汕頭市中心醫院當外科醫生，1988 年應徵赴西藏支邊一年。我擬了兩句贈言："藏南嶺表，遊刃膏肓，上醫其敢當？"冒昧懇請沚齋先生賜題，爲我表叔壯行色。我還曾請先生爲黄挺教授題齋名"懷海室"、爲林倫倫教授題齋名"讀行齋"、爲張涌泉教授題亭名"樂亭"、爲中大歷史系校友鄭澤民學兄書寫拙撰一聯"海上弄潮堪憶，爐邊煮酒誰雄"、爲我表兄余琪書寫拙撰一聯"聽琴每憶潮消漲，烹茗頗知天雨晴"、爲我表弟陳偉鴻書寫康有爲集宋詩聯"江湖萬里水雲闊，草木一溪文字香"。先生贈我表弟陳偉洲婚聯云："對月恰如親素友，觀書猶可語紅妝。"先生贈我墨寶多件，如爲寒齋愈愚齋題匾，2017 年贈我春聯云："春酣思酒，天遠聞雞。"又如横幅書《淮南子·本經》語："秉太一者，牢籠天地，彈壓山川。”等等，以後將另文介紹。

先生的書法，數十年孜孜不倦，陶冶古今，求變求新，戛戛獨造，久享盛譽，或如臨潼兵馬俑，列陣井然，肅穆高古，劍氣冲霄；或如壺口瀑布，砯崖轉石，萬壑雷鳴，浩蕩而東。專家論之甚多，此不贅述。

沚齋先生精研方術，淹通中醫，養生有道，如今已臻八秩高年，依舊身輕如燕，健步如飛，早上或在家打坐，下午或至西大球場運動，一天只吃兩餐，亦如古人。先生筆耕不輟，治學之勤奮程度，真令我輩後學望塵莫及，愧怍無地。欣逢先生八十嵩壽，回首前塵往事，在下受惠受教甚多，敢奮禿筆，略述先生佚聞趣事，聊表敬仰之心，並祝先生康泰嘉樂，長壽無疆！

2021年11月8日初稿

2021年11月28日改訂

原載《羊城晚報》2021年12月19日A7版

詩人之學與學人之詩

——紀念何琳儀先生

何琳儀先生名門出身，又學有淵源，爲于思泊先生入室高弟，精通文字、聲韻、訓詁，在古文字學上成就卓著，於戰國文字研究貢獻尤巨，已有學者作過全面評價，兹不贅述。這次安徽大學舉行古文字學國際學術研討會，紀念何琳儀先生誕辰七十周年，可謂意義深遠。我想寫這篇小文，記下自己的一些瑣碎見聞，由衷表達對何先生的崇敬之情，也寄托自己深切懷念之意。

何先生的學問，是詩人之學。他能把學問做得如此之大，固然得力於其根柢之深，得力於其用功之勤，此外，值得强調的是，還得力於充滿詩人的激情來治學，對古文字學傾注滿腔熱情，堅韌不拔，耗盡畢生的精力而未悔。古文字考釋與詩歌創作有共通之處，同樣需要靈感，需要觸發，需要頓悟。正是詩人的氣質，使得何先生研討商周古文奇字展現了神奇的想象力和創造力，考釋疑難字詞創獲良多，碩果累累。何先生的詩名爲其學問所掩，其所作詩、詞、聯語，多已見於《㮤散韻語》一書（澳門學人出版社，2006 年），分爲“白雲詩鈔”“楹聯”“殘貝詞鈔”三類。此書宣紙綫裝印刷，精美可愛，惜其流佈不廣。承陳永正先生惠贈乙册，令我寶愛不已。何先生的詩，屬於學人之詩，包含淵博的古代歷史文化知識，工於格律，精於用典，揮灑自如，記録了古文字學界所熟知的諸多人物、文物和事件。

環顧中國近世文苑，詩人兼治古文字學者，有郭沫若、聞一多、唐蘭、陳夢家、饒宗頤等前輩。何先生一輩，兼擅古文字學與舊體詩詞創作者，已如鳳毛麟角。沚齋陳永正、桂園張桂光兩先生同何先生惺惺相惜。桂園以金文爲《樗散韻語》署端，復延請沚齋出手相助。沚齋聯繫澳門學人出版社刊行《樗散韻語》，安排自己的學生負責編輯，並題寫了一首五古序詩云："歷落古文字，抱獨人不識。棲棲吳楚間，弦誦唯自適。大智掉臂行，小慧窘轍迹。舉世逐軟塵，誰能丘山積？識君二十載，君書立我壁。巍然長在前，瞻視不敢逼。新詩忽寄我，晶光射几席。遥想絶代才，亦解書有色。華辭未忍棄，閉户句時覓。哲士苦多情，静安嘗歎息。招我蓮花峰，長嘯泉石激。松上霜飆生，會當千里極。"墨影落款爲"奉題《樗散韻語》即呈琳儀兄兩政　　丙戌開歲陳永正"。陳永正先生超凡拔俗，輕易不肯贊許人，但於何先生詩推崇有加，當非溢美。

筆者出道頗晚，認識何先生也遲，先讀到其論著多種，至 1992 年在南京參加中國古文字研究會第九屆學術年會才有緣結識。次年何先生要往香港中文大學參加第二屆國際中國古文字學術研討會，途經廣州，爲免攜帶不便，遂同姚孝遂和劉釗等先生一道將寒衣寄存我處。後來我將姚、劉二位先生的衣物郵往長春奉還，何先生自港赴臺講學歸來始取回行李。原來，經多名臺灣學人盛情相邀，何先生慨然赴臺講學，此舉屬於"搶跑"動作，赴臺往返機票由臺灣友人購買，保證人爲季旭昇先生。回到廣州之後，何先生將未用過的自港至臺機票贈與曾經法師，説：若要赴臺，看看是否可用。何先生之率真於此可見。曾師説，如能退票，必將票款奉還。過了兩天，曾師剛好要到香港中文大學中國文化研究所參加簡帛語料庫驗收會，會後經沈建華女士指引，曾師專門至中環置地廣場某售票處爲何先生退票，得到的答覆是，打折的機票不准退。曾師與何先生情誼頗深，切磋學問，屢有書簡往還，何先生《長沙帛書通釋校補》一文即引曾師書簡考釋“䴏（翼）”“鳶”“梟”等从鳥諸字。《戰國古文字典——戰國文字聲系》初版出版，何先生曾經贈書曾師，敦請曾師撰寫書評。曾師回函婉謝，謙言自己音韻學功力不足以評價何先生這部大書的得失。

90 年代初，何先生一直想南下工作，書法家劉啓林是何先生的好友，就在汕頭大學工作，曾經幫何先生聯繫商調汕頭大學執教。詩集中有句云：“感君嶺外生花筆，寫我江南憶夢心。”（《寄潮州劉啓林》，頁 47）何先生在《汕頭大學學報》1991 年第 5 期發表了一篇論文《南越王墓虎節考》，可算是尋求南遷的一點印痕。

2000 年 8 月，中國古文字研究會年會在安徽大學召開，會後遊黄山，路上我同何先生敘談甚歡，受教亦多。2000 年冬，臺北“中研院”史語所舉行第一屆出土文獻與古文字國際學術研討會，在一次酒席上，我再次目睹了何先生的海量豪飲。周鳳五先生熱情勸酒，何先生來者不拒。席間何先生謙稱自己的學問一般一般，周鳳五先生調侃道：“一般”即是中等，也就是不上不下，“卡”字就不上不下，你又是著名戰國文字專家，以後你的謚號可叫作“何文卡公”。如今想來，頗覺戚然。

2003 年初《戰國文字通論（訂補）》出版，何先生惠贈一册於我，我寫信致謝，何先生回信説：“偉武教授雅鑒：尊劄奉悉，拙著謬承獎譽，誠惶誠恐，今特呈上刊誤表一紙，乃女弟子程燕所校，恐仍有遺漏，尚祈指正。再煩請複印轉交曾憲通先生及其他同仁，拜托拜托。又劉昭瑞《宋代著録商周青銅器銘文箋證》一書早已售罄，穗城是否仍有存貨，懇請留意。專此奉復，即頌暑安。何琳儀頓首。六月廿三日。”

2003 年 7 月，中國文字學會第二屆常務理事會在安大開工作會議，會後與諸位同道暢遊九華山。離開合肥時，何先生執意到火車站送行，時間尚早，還在咖啡廳請喝黄山毛尖，至今餘甘在心。

何先生詩集中有奉呈于思泊先生、孫曉野先生之作，也有與啓元白先生唱和之作。何先生與大詩人陶淵明同鄉，又有一位能飲能詩的外祖父，《樗散韻語》中收有與其外祖父酬唱的詩作，如《和外王父庚子自壽十八韻》《雪詩呈外王父二首》《外王父歸潯》《答外王父五首》《和外王父立冬獨酌》等。酒能澆愁，能怡情，可迎客，可養生。何先生嗜酒，在詩集裏隨處可見。詩酒一家，還是翩翩少年時，何先生早已鍾情詩酒，《花間》詩云：“花間獨飲杏花村，經宿梨花帶雨痕。一片暗偷明月色，故欺人醉入芳樽。”（頁 1）此詩作於 1959 年。《元夜》：“風冷木瀟瀟，燈前久寂寥。春星三四點，明月古今霄。清愁宜酒破，孤影倩人描。漸覺爆聲迴，襟情逐落潮。”（頁 8）此詩作於 1962 年。《答外王父五首》之四：“達人貴適志，五柳漫成居。微雨吟青簡，春江釣白魚。頑孫泥遠近，親友話盈虛。更有杯中物，翛然卧故廬。”（頁 9）何先生推測，有酒，外公的老年生活就更加美妙了。《宗明偉夜至二首》之一：“阮公未飲亦稱狂，欲瀉玉壺光滿堂。有酒酬君千日醉，無聊把卷一燈黄。夜嚴豈免驚弓影，言切真堪淬劍鋩。已分它年明月約，留髡投轄引杯長。”（頁 23）真是酒逢知己，一罄契闊。《獨酌》：“空齋呵凍少清歡，幾許陰晴釀淺寒，但覺愁來天地窄，那知人在酒杯寬。櫺光斑白雕牆静，柳色青黄帶雪殘。書卷滿床何所用？無才莫怨路行難。”（頁 25）“人在酒杯寬”精警無比。《萬州夜泊》：“買來籐椅亦玲瓏，星火醉顔相映紅。沈睡不知船解纜，醒來已居萬州東。”（頁 30）買到自己稱心的籐椅，端坐椅上，星火點點，清風徐來，臨江夜飲，小舟出發竟渾然不覺，在這樣的情景，詩人可稱“臨江仙”了。《醉石》：“青松嶺下一雲根，細細香泉染醉痕。應是酩酊渾不語，先生以下更何論。”（頁31）《重題醉石步嘉靖閩中郭波澄卿父原韻三首》之一：“幾時泉石有？石上醉泉明。醉裏諳真味，何關濁與清？”之三：“牛馬非仁者，山眉對我青。翛然眠石上，一醉那能醒？”石雖不語，詩人會意，全是酒話。何先生“聚飲”或涉酒的詩作尚多，如“微醺宜小憩，一洗旅塵清。”（《桃花源》，頁47）“難銷病至酒魂繞，猶償老來詩債纏。”（《自題詩集二首》，頁65）……恕不具引。

但有一詩不可不提，《止酒》詩云：“時鳥變物華，春來詠止酒。酒幻賓客花，帶移休文柳。秋去吟酒箴，月下如失偶。搖落詩情衰，陟屺瞻酒母。阮櫥旨酒多，新停恨白首。盛筵日見稀，婉辭謝酒友。醫云酒傷肝，何以醫从酉。二豎笑秦醫，惡名酒獨有。老來節雖遲，三慎憶尼叟。不可挹酒漿，空懸直北斗。”（頁65）此詩題注説：“夢中得‘醫云酒傷肝，何以醫从酉’句，覺而戲成十韻。”遵醫囑而戒酒，有違詩人的本性。“秋去吟酒箴，月下如失偶”。秋月如霜，透骨清寒，詩人在月下吟哦戒酒的箴言，這種苦悶只有失偶差可比擬。戒酒事出無奈，連做夢都在用古文字學知識爲嗜酒辯解，令人心酸。

何先生一生諸多坎坷，“哲士苦多情”，嘯傲山水，壯遊天地之間，大江南北，海峽兩岸的名勝古迹，多有詩篇記遊。詩情如水，詩思泉涌，想象瑰奇，文采綺麗，造語鮮活，元氣淋漓。酒是詩的催化劑，詩是酒的化合物。酒催生了多少詩篇佳作，此爲詩壇之幸，却是古文字學界之悲。酒傷害了何先生的健康，使他過早地離開了我們。若是天假以年，何先生一定能爲學術界寫出更多的專著和論文來。何先生活在其名著《戰國文字通論》之中，活在他一筆一畫書寫的

《戰國古文字典》之中，更是永遠活在我們心中。

附記：小文承曾經法師審閲教正，謹致謝忱。

2013 年 8 月 1 日初稿

2014 年 1 月 26 日改訂

原載《漢語言文字研究》第一輯，上海古籍出版社，2015 年

百年來潮籍社會科學家群英譜淺説

“江山代有才人出”，潮汕人在各行各業都有出類拔萃的表現，回首百年來的現代學術史，在哲學社會科學的學術舞臺上，活躍着一大批潮汕籍的學人。有影響的潮籍哲學社會科學家實在太多了，筆者臨時定的擇人標準是：年齡在七十歲以上，在海内外有崇高學術地位及影響者。他們用自己豐碩的學術著作和卓越的學術活動，爲中華民族的文化現代化譜寫了輝煌的篇章。研究這批潮籍學人的燦爛人生，總結他們的治學經驗和特點，宣傳他們的學術成就，無疑具有積極的現實意義。筆者謹就耳目所及，稍事梳理，依年齒羅列這些可敬可親的鄉賢前輩，略加紹介，並談一點個人粗淺的感悟。

温廷敬（1869—1954），大埔人，文獻學家、古文字學家、詩人，被譽爲“嶺東大儒”。曾任惠潮嘉師範首任校長、中山大學廣東通志館纂修兼主任。生平著述多未正式出版。主要著作有《補讀書樓文集》《經史金文證補》《重訂金文疑年表》《續編金文疑年表》《石鼓文證史訂釋》等。

吴貫因（1880—1936），澄海人，史學家、語言學家。代表作有《中國經濟進化史論》《史學概論》《中國語言學問題》等。

陳梅湖（1881—1958），饒平人，文獻學家。清末秀才，曾任孫中山秘書、大元帥府諮議官、饒平縣長、大埔縣長、潮梅自治總會會長、中山大學廣東通志館編纂等職。總纂《南澳縣志》，撰有《饒平縣志補訂》等。遺著多未出版。

黄仲琴（1885—1942），潮安人，文獻學家、詩人、書法家。曾任中山大學廣東通志館金石纂修、教授，嶺南大學教授。撰有《嵩園詩草》《湖邊文存》《木棉庵志》等，其子永年編有《黄仲琴全集》四册未完待刊，生前藏書由其後人捐獻漳州市圖書館。

翁輝東（1885—1965），潮安人，方言學家，曾任惠潮嘉師範代理校長、上海醫學院生物學教授、潮州文獻館主任、廣東文史館研究員。著有《潮州方言》《潮州風俗志》《潮州茶經》《潮州文物圖志》《潮州文概》等。

黄際遇（1885—1945），澄海人，數學家、教育家，先後畢業於日本早稻田大學和美國芝加哥大學，曾任河南中山大學校長、青島大學理學院院長、廣州中山大學數學天文系主任。黄氏除在理學院、工學院開課外，還在文學院開“《説文解字》研究”“歷代駢文”等課程。人文著作有《班書學説》《潮州八聲誤讀表》等，另有《萬年山中日記》等遺著數十册，内容包括數學、音韻、訓詁、文學、歷史、書信、對聯、詩文、棋譜等多方面成果。

張競生（1888—1970），饒平人，留學法國八年，獲里昂大學哲學博士學位，1921—1926年任北京大學哲學系教授，是20世紀初葉中國思想文化界的活躍人物，哲學家、美學家、教育家、性學家，曾經開展“鄉村建設運動”，與梁漱溟齊名，率先提倡計劃生育。

杜國庠（1889—1961），澄海人，馬克思主義哲學家、歷史學家、教育家；早年留學日本，回國後任北京大學教授。中華人民共和國成立後曾任中國科學院哲學社會科學部學部委員、中國科學院廣州分院院長、華南師範學院院長。主要著作有《便橋集》《杜國庠文集》等。

饒鍔（1891—1932），潮州市人，文獻學家、詩人，饒宗頤先生的尊人，著有《潮州藝文志》（合撰）、《天嘯樓集》、《潮州西湖山志》、《法顯〈佛國記〉疏證》等。

詹安泰（1902—1967），饒平人，文學史家、書法家，中山大學中文系教授，擅長詩詞創作，被譽爲“一代詞宗”，有《詹安泰全集》行世。

許滌新（1906—1988），揭陽人，政治經濟學家，曾任中共中央統戰部副部長、中國科學院哲學社會科學部學部委員、中國社科院副院長兼經濟研究所所長、汕頭大學首任校長。晚年重新修訂《廣義政治經濟學》三卷本，是中國廣義政治經濟學研究的先驅，還積極宣導生態經濟學，撰寫《生態經濟學探索》一書。有《許滌新選集》行世。

黄天鵬（1908—1982），普寧人，1927 年創辦了《新聞學刊》，任主編，曾在日本早稻田大學留學，1930 年任上海復旦大學新聞系教授，1949 年以後定居臺灣。代表作有《韓昌黎守潮考》《中國政治制度》《新聞學概要》等。

陳維實（1912—1974），潮安人，哲學家、教育家。1935 年參加“馬克思主義研究同盟”“馬列主義哲學研究小組”和新哲學大衆化、通俗化運動。因撰寫並出版《通俗辯證法講話》《通俗唯物論講話》和《新哲學體系講話》三書而成名。其書與艾思奇《大衆哲學》齊名，故有“南陳北艾”之稱。曾在陝北公學、抗日軍政大學、北方大學、華北大學執教，後任南方大學副校長、華南師範學院院長。遺著有《陳維實文選》等。

梅益（1914—2003），潮州市人，新聞學家、翻譯家，曾任中國大百科出版社社長兼總編輯、中國廣播事業局局長兼黨組書記。有譯著《鋼鐵是怎樣煉成的》等。

薛汕（1916—1999），潮安人，作家、民俗學家，曾任北京市圖書館館長、中國通俗小説研究會會長、北京東方文化館館長，有俗文學論集《書曲散記》，校訂《三春夢》《花箋記》《二荷花史》。

饒宗頤（1917— ），潮州市人，歷史學家、古文字學家。饒先生卓有建樹的領域包括甲骨學、簡帛學、楚辭學、詞學、考古學、歷史學、金石學、敦煌學、目録學和書畫等門類，學貫中西，格局恢宏，饒先生曾戲稱自己“無家可歸”，即不知道應該歸類在哪一家，似是自嘲，更是自豪。不過我認爲他最突出的貢獻依然在於歷史學。很多學問歸根到底還是史料之學，爲研究中國古代社會歷史文化服務。有《饒宗頤二十世紀學術文集》《饒宗頤新出土文獻論證》等。

秦牧（1919—1992），澄海人，作家，在文藝理論研究領域也多所貢獻，有《花城》《藝海拾貝》《長街燈語》等著作。

黄家教（1921—1998），澄海人，中山大學中文系教授，曾任中國方言學會理事，主要著作有《語言論集》、《漢語方言論集》（合著）等。

林蓮仙（1925— ），潮安人，音韻學家，曾任香港中文大學中文系主任，抗戰時期畢業於中山大學，主要著作有《喬梓集》《楚辭音韻》《蕖浦論文稿》等。

詹伯慧（1931— ），饒平人，方言學家，曾任廣東中國語言學會會長、暨南大學教授兼文學院院長，代表作有《現代漢語方言》《漢語方言文集》等。

羅宗强（1932— ），揭陽人，文學史家，南開大學教授、國立新加坡大學客座教授、中國唐代文學學會副會長。主要著作有《李杜論略》《隋唐五代文學思想史》《魏晉南北朝文學思想史》等。

蕭灼基（1933— ），潮陽人，北京大學教授、經濟學家，改革開放以後參加過經濟學領域的多次重要論争，代表作有《商品經濟就是市場經濟》《馬克思傳》《恩格斯傳》等。

蔡鴻生（1933—　），澄海人，歷史學家，中山大學歷史系教授、宗教文化研究所所長、國際潮學研究會學術委員會主任。主要著作有《俄羅斯館紀事》《清初嶺南佛門事略》《唐代九姓胡與突厥文化》《學境》《仰望陳寅恪》等。

曾憲通（1935—　），潮安人，古文字學家，中山大學中文系教授、國際潮學研究會學術委員會主任。曾任中國古文字研究會理事長、中國語言學會常務理事、中山大學中文系主任、人文學院院長。主要著作有《曾憲通學術文集》、《古文字與出土文獻叢考》、《長沙楚帛書文字編》、《楚地出土文獻三種研究》（與饒宗頤先生合著）、《選堂訪古留影與饒學管窺》等。

饒芃子（1935—　），潮州市人，文藝評論家，曾任暨南大學中文系主任、副校長，中國世界華文文學學會會長，主要著作有《文學評論與比較文學》《藝術的心鏡》等。

李新魁（1935—1997），澄海人，音韻學家、方言學家，中山大學中文系教授，曾任中國音韻學研究會副會長、廣東中國語言學會副會長。著作等身，主要有《古音概説》、《韻鏡校證》、《漢語音韻學》、《漢語等韻學》、《李新魁自選集》、《李新魁語言學論集》、《漢語文言語法》、《中古音》、《韻學古籍述要》（與麥耘合著）、《潮汕方言詞考釋》（與林倫倫合著）、《廣東的方言》、《漢語語音史》（待刊）、《普通話語音史》（待刊）等。

陳建民（1935—2004），海豐人，語言學家。曾任中國社科院語言文字應用研究所社會語言學研究室主任、北京語言學會常務副會長。主要著作有《語言文化社會新探》《現代漢語句型論》《中國語言與中國文化》等。

曾騏（1937—　），潮州市人，考古學家，中山大學人類學系教授，廣東省文史研究館館員，曾任中山大學人類學系副系主任。對新石器時代考古多所建樹，主要著作有《新石器時代考古教程》《珠江文明的燈塔：南海西樵山古遺址》等。

盧鍾鋒（1938—2012），潮州市人，歷史學家。曾任中國社會科學院榮譽學部委員，歷史研究所研究員兼副所長、黨委書記；著有《盧鍾鋒文集》《中國傳統學術史》等。

吳國欽（1938— ），汕頭市人，文學史家，中山大學中文系教授，主要從事中國古代戲曲史和宋元明清文學研究，著作有《中國戲曲史漫話》《關漢卿全集校注》《論中國戲曲及其他》《西厢記藝術談》和《潮劇史》（與林淳鈞合著）等。

鄭良樹（1940— ），祖籍廣東潮安，文獻學家，出生於馬來西亞，獲臺灣大學博士學位，曾任馬來西亞大學中文系主任、香港中文大學中文系教授。主要著作有《淮南子通論》《竹簡帛書論文集》《古籍辨僞學》和《諸子著作年代考》等。

林悟殊（1943— ），潮州市人，中山大學歷史系教授，以中外文化交流史爲主要研究方向，對古代中國的外來宗教摩尼教、瑣羅亞斯德教、景教深有研究，建樹尤多；曾在瑞典隆德大學、英國倫敦大學、泰國華僑崇聖大學等歐亞高校從事學術研究多年，著作弘富，有《波斯拜火教與古代中國》《泰國大峰祖師崇拜華僑報德善堂研究》《摩尼教及其東漸》《唐代景教再研究》《中古三夷教辯證》《中古夷教華化叢考》《林悟殊敦煌文書與夷教研究》等，譯作有《古代摩尼教藝術》《達·伽馬以前中亞和東亞的基督教》等。

……

上列學者個個都是各自學術領域上響噹噹的人物。當然，其中有許多人屬於一專多能，在多個學術領域有傑出貢獻。筆者孤陋寡聞，相信被我遺漏的潮籍社會科學家前輩定然不少。

我上面列舉的是老一輩（70 歲以上）的著名學者，假如不加年齡限制，著名的潮籍學者還有許多，比如香港中文大學校長、計量經濟學專家劉遵義，教育部“長江學者”特聘教授、北京大學中文系原主任陳平原，教育部“長江學者”特聘教授、《中山大學學報》主編吳承學，中國史學會副會長、中山大學副校長陳春聲，著名語言學家、韓山師範學院校長林倫倫，韓山師範學院潮學研究院副院長、國際潮學研究會秘書長黄挺，都是學界精英，潮人翹楚。

列舉了這麽多名人，無非是想證明一個事實：潮汕地區鍾靈毓秀，學者輩出。這其實有深遠的歷史根源，比如説新石器時代，在饒平已有“浮濱文化”存在，在普寧有虎頭埔陶窯遺址，都是粵東文明的典型代表，足以同中原文明相媲美。不能認爲潮汕文化地老天荒，簡單地歸類爲邊緣的地域文化，潮汕文化不僅是中原文化輾轉流徙到這裏的文化，更是融合了在潮汕大地生長起來的土著文化，從而形成有鮮明色彩的區域文化。

所謂潮汕人善於學習，並非偶然如此。探尋潮籍學者群成功的緣由，大致有如下數端：社會文化制度的誘導，地方傳統文化習俗的推動，周邊自然環境的影響。教育是舊時代吏治的有機組成部分，官方的興學對人才的成長、選拔有着重要的作用。宗族的支持、家長的重視都綜合構成潮汕重學助學的文化傳統，這也是促使潮汕優秀人才層出不窮的機制。因爲潮汕靠海，潮汕人與海外的文化交流就更爲便利，無論這種交流是主動的，還是被動的。例如我的家鄉澄海鹽竈村，1849 年基督教就已傳入，迄今一百六十多年了，雖然有外來文化滲透的因素存在，但是客觀上産生了很多積極的影響，比如西醫、抽紗工藝以及教育，辦小學，還有女學。再如汕頭市的聿懷中學就是教會學校，作育英才無數，如前述的羅宗强和蔡鴻生兩位先生都上過教會學校。

有時候王侯將相真的有種。在學者圈裏面，有“血緣人才鏈”，就是深深受到家人的良好影響，像饒宗頤先生，假如没有他父親的教導，没有優越的家庭條件，没有天嘯樓的十萬卷藏書，也就没有今天的饒宗頤先生。黄際遇先生是文理兼通，博學多才，黄家教先生可謂幼承家教，淵源有自了。詹安泰先生和詹伯慧先生喬梓也是兩代著名學者。這正應了“龍生龍，鳳生鳳，老鼠的兒子會打洞”這句俗話。潮籍學者群還存在相互影響的效果，有喬梓争輝，有朋儕相益，有師生共榮。例如，吴貫因先生對杜國庠先生有獎掖之功；饒宗頤先生受過温廷敬、詹安泰等先生的提攜；饒先生對曾憲通師的學術道路影響甚大；李新魁先生小時候在黄際遇先生家上私塾，際遇先生哲嗣家教先生於新魁先生可謂亦師亦友。林蓮仙先生早年受教於黄際遇先生。

潮汕籍社會科學家中有不少是學界領袖，時代弄潮，引領風騷，不光學問上卓有建樹，在社會活動方面，也是廣結善緣，呼風唤雨，擅長組織學術界同仁開展專業研究活動，推動學術發展。如温廷敬、陳維實、梅益、杜國庠、許滌新、黄際遇等。

饒宗頤、林蓮仙、鄭良樹等學者長期旅居海外姑且不論，張競生、杜國庠、梅益、黄際遇等學者都有到歐美或日本留學的經歷，他們的學術實踐具備國際性和大局觀也就不難理解了。若非潮汕地區便於對外交流，這些學者的人生軌迹恐怕又是另一番光景。

生物學上除了遺傳，還有變異。知識改變命運，學習是獲取知識的津梁梯航。這也是很多農民鼓勵自己的孩子刻苦讀書、争出人頭地的原因。上列許多前輩學者出身清寒，除了天性穎悟，更多的是靠後天的刻苦拼搏。潮汕話裏勸學的熟語不少，例如，“賣皮當骨都愛繳奴囝讀書”，“生囝不讀書，不如飼大豬”，片言隻語，足見父母苦心。既然是讀書種子，就要千方百計給它創造好的條件，要讓種子發芽、紮根、長葉、開花、結果，就要給它空氣和陽光，還要有水有泥，而不是把種子種在水泥地上。

2012 年 11 月初稿

2013 年 4 月二稿

原載《時代潮人》2012 年第 4 期

海外潮人是潮汕文化走向世界的重要推手

潮汕文化是中華文化的有機組成部分，世界各地的潮籍社團在弘揚中華文化或者潮汕文化方面居功至偉。同時，家庭、家族的基礎作用也至關重要。潮人很重視文化的傳承，這種傳承往往從家庭開始，例如講潮汕話，泡工夫茶，時年八節的禮儀習俗，等等，都如春雨時至，潤物無聲。海外潮人的成功其實就是潮汕文化走向世界的一個縮影。海外潮人精英的推動，讓世界領略到潮汕文化的丰采。潮人精英走向世界，曾經引領或正在引領時代潮流的現象一直存在。政治、經濟、新聞、藝術等領域的海外潮人都有傑出的人才，學術界也不例外，從華僑領袖到政商名流到碩學鴻儒，如陳慈黌、蟻光炎、蟻美厚、鄭午樓、李嘉誠、陳偉南、差猜、饒宗頤、丘成桐、劉遵義……可謂人才輩出，燦若繁星。海外潮籍人文學家取得輝煌成就的因由，值得我們深入探究。

成就卓著，潮籍人文學家名揚海外

名人是某一族群或領域的文化坐標和文化品牌，在文化傳播的過程中，影響往往既深且廣。因爲本人的學術研究主要集中在漢語言文字學領域，相對較多關注人文科學方面的人、事、物。饒宗頤先生才高八斗，學富五車，成就多方，名滿天下，毋勞我們在此贅述，今天想簡單介紹另外幾位海外潮籍人文學家。

蕭遥天，潮陽人，1913 年生，1990 年故去。蕭先生交遊甚廣，早在 30 年代的時候，著名的詩人郁達夫就爲其詩集寫序。此外，他和著名畫家張大千的交流互動也非常頻繁。這與蕭先生的人格魅力和成就是分不開的。他曾應饒宗頤先生之邀，作《潮州志·潮州戲劇音樂志》，還有《中國人名研究》《中國姓氏研究》等著作。蕭先生後來移居馬來西亞，從事教育工作和新聞業，有“東南亞潮人一枝花”的美譽，也有人稱他爲“天南一支筆”。

林蓮仙博士 1925 年生，卒年不詳。又名林漣仙，潮安人。其父林舜階是我國著名潮籍教育家黄際遇的好友，這使林蓮仙自幼受到良好的家庭文化熏陶，愛好書法藝術，抗日戰爭時期畢業於中山大學文學院，著有《喬梓集》《楚辭音韻》《蕖浦論文稿》等。後來林博士前往香港定居，執教於香港崇基學院、香港中文大學，擔任中文系主任。林博士在香港是知名語言學家，在漢語音韻學、方言學、楚辭學及書畫藝術等方面都造詣深湛，貢獻良多。

鄭良樹，字百年，祖籍廣東潮安，1940 年出生於馬來西亞柔佛州柔佛巴魯，1960 年赴臺求學，後獲臺灣大學中文系博士學位。曾任馬來亞大學中文系主任、臺灣“中研院”、倫敦大學與香港大學訪問學人、臺灣大學客座教授。1988 年起任香港中文大學中文系教授，2003 年榮休返馬，於 2009 年榮獲馬來西亞“百年樹人獎”。鄭教授數十年主攻中國傳統學術，尤長於先秦兩漢典籍校勘、考證與辨僞，兼及簡帛學、方言學、譜牒學、大馬華文教育史、華族史料和德教研究等，也擅於中國書畫，創作散文小説，是全能型的學者，也是馬來西亞飲譽國際漢學界的第一人，標幟着新馬漢學研究的最高成就。主要著作有《淮南子通論》《竹簡帛書論文集》《古籍辨僞學》《諸子著作年代考》和《馬來西亞華文教育發展史》等。

除了上面列舉的三位名家，海外還有許許多多成功的潮籍人文學者，通過這些文化精英的名人效應，潮汕的知名度得以提高，潮汕文化得以在世界各地發揚光大。

用創意傳播潮汕文化

在馬來西亞還有一位著名的文化人——陳再藩，他是在馬來西亞出生的“潮二代”，專欄作家、詩人、音樂人、漫畫家。現任馬來西亞南方大學學院行政總監，馬來西亞石油化學工業協會（MPA）顧問，柔佛州柔佛巴魯中華公會理事，柔佛巴魯陳旭年文化街委員會主席……多年來不遺餘力地在海外弘揚中華文化，推動潮汕文化的傳承。他不僅將當年潮人前輩“下南洋”帶過去的“營老爺”民俗發展成大馬衆所周知的“古廟遊神”，還大力促成其申遺成功並於 2012 年被正式列入馬來西亞非物質文化遺産。1988 年，他和著名作曲家陳徽崇合作，將潮汕大鑼鼓融入中國傳統的二十四節氣，結合南粤獅鼓和傳統書法藝術的特點，創造出一種前所未有的鼓樂表演藝術——二十四節令鼓，風靡世界。二十四節令鼓因其氣勢磅礴、撼人心魄，深受馬來西亞華僑華人喜愛。2009 年，大馬文化部宣佈二十四節令鼓爲國家非物質文化遺産，二十四節令鼓也成爲馬來西亞僅有的兩個由華族創作的國家非物質文化遺産之一。陳再藩利用推陳出新的藝術方式來推廣祖輩留下的中華文化，效果奇佳。

簡析海外潮籍人文學家成功的原因

海外潮籍人文學家爲什麽能够成功，學問能够做得那麽好？我想簡單談談幾點感想。第一點是家國情懷。不論是在海外出生的，還是在大陸生活了一段時間再出國的潮人，對祖國都懷着深厚的感情，對故鄉潮汕大地的山山水水有着無限的眷戀。這應該是他們不甘人後、奮發圖强的原動力。第二點是潮汕文化的哺育和熏陶。在海外潮籍人文學家長達數十年的學術研究過程中，中華傳統文化尤其是潮汕文化的浸潤滋養，讓他們有深厚的國學底子。前文列舉的幾位都是著作等身的大家，而且都是多才多藝的學問家和藝術家。而在理工科方面，請原諒我没有進行嚴謹的調查，但如所周知，揭陽是“專門”出院士的寶地。如中國古生物學和地層學的奠基人、新中國地層古生物教育事業的開拓者楊遵儀院士，中國化學工程學家、燃料化工專家侯祥麟院士，目前主要從事功能配位化學和配位聚合物晶體工程研究的陳小明院士，他們都是揭陽人，都是學成歸國的洋博士。爲什麼這些院士都集中在揭陽，别的縣比較少，甚至没有呢？我認爲這與文化底蘊有關係。揭陽市是大潮汕地區最早的文化發祥地，也是最早的政治經濟文化中心，所以就算是理工科人才，人文精神的滋養也是至關重要的。第三點是機緣與國際環境。海外潮籍人文學家之所以能够成功，很大程度上取决於他們走出了國門，有了揮灑個人才華的更大舞臺，雖遇到更大的人生挑戰，但也迎來了更多的機緣和更好的發展環境。

原載《時代潮人》2013 年第 4 期

談談學術自覺與學問之路

2020 年 11 月 12 日，我曾爲中山大學中國語言文學系全體研究生開過一次關於學風的講座。2020 年 11 月 22 日，又承蒙中國古文字研究會會長吳振武先生和吉林大學諸位同道的厚愛，邀我作爲“古文字與出土文獻青年學者論壇”系列名家講座第一場的主講人，在網絡上爲青年朋友開設一場講座。我只好冒昧應命，結合在中山大學中文系講座所準備的相關内容及同學們的反饋意見，講一個比較空洞的題目，談談學術自覺與學問之路。大致的意思是，研究古文字與出土文獻的青年學者，自己的學術人生正如日之升，如月之恒，要有崇高的追求，懷揣爲國爲民的人生理想，在求學路上踏實而行，自覺才能自律，自律才能自信，才能精進日新，才能達致更高的學問境界。雖然我自己的學問不怎樣，但並不妨礙我鼓勵青年學子勇攀高峰，追求崇高的學問境界。做學問就要有好學風，既要勇於開拓創新，説話寫文章又要認真嚴謹，自己獨立完成，套用流行的養生格言，叫作“管住自己的嘴，邁開自己的腿”，在漫長的學術道路上行穩致遠。

一、學術自覺與自學

知識的積累和傳承有一定的規律，學習是人類的一種重要能力。

從知識的學習到知識的創造，有一個發展的過程。模仿是允許的，有時還是必需的。如《紅樓夢》出了名，就有《續紅樓夢》《紅樓前夢》《紅樓後夢》，等等；《少林寺》火了，就有《少林小子》《南北少林》。詩文創作的模仿祖述前賢有深遠的傳統。陳永正先生指出："詩文家摹擬襲用前人，初時似覺不大光彩，甚至以此互相攻訐。……但後來這已成文人的慣技。其實，不必忌諱，摹擬前人佳作，是學詩必由之徑。習詩如同習字，臨摹古代名家碑帖，先力求逼肖，然後才取其神韻。幾乎所有需要講究技法的文藝門類，不從摹擬入手，則終生只能作門外觀，難以升堂入室。"①

學術自覺是對未來學術發展的自我期許，是一種人生定位。若想做一個有作爲的學者，一定要有清醒的學術自覺，上天入地，焚膏繼晷，對創造性的研究有强烈的進取心，將學問的追求變成永不止息的内驅力。純粹的學者不應有掠美、抄襲之類的失範行爲。"立志"很重要。毛主席説過："久有凌雲志，重上井岡山。"梁漱溟先生説："……從那維新前進的空氣中，自具一種超邁世俗的見識主張；使我意識到世俗之人雖不必是壞人，但缺乏眼光見識，那就是不行的，因此，一個人必須力争上游。所謂'一片向上心'，大抵在當時便是如此。"又："由於這向上心，我常有自課於自己的責任，不論何事，很少需要人督迫。……所謂自學，應當就是一個人整個生命的向上自强，最要緊的是在生活中有自覺。……向上心是自學的根本，而所有今日的我，皆由自學得來。"②

大約小學五六年級開始到中學畢業，自己就長期閱讀《人民日報》和《解放軍報》，還是學到不少時事知識。後來做簡帛兵學文獻

① 陳永正：《詩注要義》，上海：上海古籍出版社，2017年，第89頁。

② 梁漱溟：《我的自學小史》，陳引馳選編：《學問之道：中國著名學者自述》，杭州：浙江大學出版社，2008年，第77—78頁。

研究，與小時候這種閱讀恐怕也有一些關係。1975 年讀高中一年級時，聽了校長林紹文先生一次講話之後，我還寫過一篇作文，題目就叫《評“胸無大志”》。那時語文課本收的古文篇目極少，語文課許慈祥老師講的一篇補充材料叫作《陳涉起義》，出自《史記・陳涉世家》，其中有一句話：“燕雀安知鴻鵠之志哉！”這句話一直伴隨着我沐風櫛雨，砥礪前行。古人説：“大丈夫當雄飛，安能雌伏。”1991 年秋，我考上在職博士生，從曾憲通先生習戰國秦漢文字，陳永正先生惠賜墨寶，我請求寫的内容是《淮南子・本經》的話：“秉太一者，牢籠天地，彈壓山川。”沚齋先生跋語還謬贊説“足見器度”。2012 年夏天，博士生王輝（號小松，現爲山東大學文學院副教授）即將畢業，我爲他書寫的贈聯是：“博士亦嘗種地，小松當可參天。”這固然是對學生的殷殷寄望，看作夫子自道也未嘗不可。

今天聽講的諸位同學讀了本科，進入研究生階段，對人生目標、學習目的和個人的能力特點都有了比較清醒的認識，有了更好把持自己的能力，這就是“自覺”。有了“自覺”，才能“自主”，才能“自決”，才能更好地“自學”（但千萬不能“自經”）。可以説，人的一輩子中自學比起被動地受教占了更大的比例。老師的傳授反而是短暫的。研究生期間雖説有“導師”，但導師的作用僅僅是引導而已。治學之“利己”與“利他”，《荀子・勸學》篇説過“君子之學也，入乎耳，着乎心”“小人之學也，入乎耳，出乎口”，荀子原話的大意是，道德好的人，求學是爲了提升自己的素養，道德差的人，求學是爲了讓人知道。儒家講究修身齊家治國平天下。“修身”是其他諸項實現的基礎。既要“獨善其身”，德才兼備，又要有家國情懷，“兼善天下”。有理想，有抱負，有大局觀，不做井底之蛙，關心時事政治。清華大學收藏的戰國竹簡中有許多治國理政的篇章，至今還焕發着耀眼的光芒。自覺方能體現反省精神，朱熹説：“人之病，只知他人之説可疑，而不知己説之可疑。試以詰難他人者以自詰難，庶幾自見得失。”① 在實現國家利益和集體利益的同時，也實現了自己的人生目標，體現自身的個人價值。常言道，笑貧不笑娼。檢討自己大半輩子，庸庸碌碌，對社會貢獻微不足道，社會對自己的厚愛已讓我頗爲知足。以前李星橋（新魁）教授常教導我們説：“學問做好了，經濟也就會好起來。”這其實也是“書中自有黄金屋”的道理。可惜幾十年過去了，我不怕大家笑話，自己學問没做好，經濟也就一直好不起來。只能用“君子固窮”來自我安慰了。

二、 讀書與選題

陳永正先生説：“在當代，社會對傳統文化的漠視，知識傳承體系的斷裂，致使人們，包括‘讀書人’在内，已經不大讀‘書’了，學者不學，更成爲高校文科的癥結，研究者每倚仗電腦，搜索網絡資料，粘貼成文，並以此爲能事。作爲一位注釋家，一位社會的文化傳承者，須博聞多識，貫通古今，解讀‘四部’之要籍，有深厚扎實的學問功底，對中國傳統文化有總體的認識。”② 真可謂語重心長，振聾發聵。年輕人如何完成研究生學業、實現自己的人生理想？無論如何，刻苦讀書、練好基本功是必要的前提。機會總是留給有準備的人的。

容庚先生 1940 年 12 月 25 日在日記中寫道：“並世諸金石家，戲爲評騭：目光鋭利，能見其大，吾不如郭沫若。非非玄想，左右逢

---

① ［宋］朱熹撰，朱傑人、嚴佐之、劉永翔主編：《朱子全書（修訂本）》第 14 册，上海：上海古籍出版社，合肥：安徽教育出版社，2010 年，第 344 頁。

② 陳永正著：《詩注要義》，上海：上海古籍出版社，2017 年，第 4 頁。

源，吾不如唐蘭。咬文嚼字，細針密縷，吾不如于省吾。甲骨篆籀，無體不工，吾不如商承祚。操筆疾書，文不加點，吾不如吳其昌。若鍥而不捨，所得獨多，則彼五人似皆不如我也。"① 容老能成爲大學者，引以爲傲的正是這種鍥而不捨的治學精神。曾師經法先生說："（容庚、商承祚）二位前輩長期從事古文字資料的搜羅和撰集工作，他們擅長字形分析和强調第一手材料、注重實證的嚴謹學風，對我影響至深，特别是容庚先生一貫倡導的'人一能之己百之，人十能之己千之'的自强不息、鍥而不捨的精神，至今仍是自己克服困難的座右銘。"② 韓愈在《答李翊書》中說："將蘄至於古之立言者，則無望其速成，無誘於勢利，養其根而竢其實，加其膏而希其光。根之茂者其實遂，膏之沃者其光曄。"朱東潤先生說："我敢說我决没有一絲一毫想要做一位古文家的意思。可是韓愈那兩句'養其根而竢其實，加其膏而希其光'的思想，對我是起着莫大的影響的。"③ 上大學之前，我學過一年的木工，跟我姐夫學的。從前，我姐夫的爺爺去幾十里外的山區親戚家當學徒，學習木工手藝。整整三年只學了一個品種，製作擺放棺材的條凳。練就了過硬的榫卯基本功。平時人們形容事物格格不入是"圓鑿方枘"，而我姐夫的爺爺在附近鄉村名氣頗大，做的木器是榫頭與卯眼契合，恰到好處。不用釘子，不用楔子，却堅固無比。

人們常用"學海""書海"來形容知識海洋之浩淼廣博。要讀的書真如恒河沙數，而能讀到的書却非常有限。老作家孫犁建議人們多

---

① 容庚著，夏和順整理：《容庚北平日記》，北京：中華書局，2019 年，第 638 頁。

② 曾憲通：《學術自傳》，氏著《曾憲通自選集》，廣州：中山大學出版社，2017 年，第 4 頁。

③ 朱東潤：《我怎樣學習寫作的》，文史知識編輯部編：《與青年朋友談治學》，北京：中華書局，1983 年，第 11 頁。

讀選本是有道理的。但做學問光讀選本當然遠遠不够。讀選本可當作一種重要的讀書方法，對某一方面的書有“鳥瞰式”的瞭解，或對某一專題的材料有一個精要的掌握，以此爲嚮導，再作更全面而深入的閱讀和探索，這才是治學的合適途徑。讀書做學問，有打井式的，長期做一個題目，打持久戰。學士論文做的題目，碩士論文接着做，博士論文又繼續深入，掘地三尺，“批深批臭”。出土秦代簡牘的考古遺址有“睡虎地”，也有“放馬灘”。有老師開玩笑説某位學者“十年都睡在睡虎地裏”。其實，如此治學真能出成績。這位學者治學的認真和毅力都值得欽佩，專著進了國家社科成果文庫，還晉升教授。這樣治學屬於燉老火靚湯的烹飪法。蘇東坡《和子由論書》詩：“多好竟無成，不精安用夥。”另一種方法是撒網捕魚法，先廣撒網，再慢慢收攏，綱舉目張。讀書可使人改變氣質。做一個讀書的種子，明辨是非，洞悉高下。書讀多了，“識”才會高。火候還没到，差一口氣。也可選定若干題目，圍繞題目來讀書。真的是“戲法人人有，變化各不同”。

結合我本人的問學之路，談點感想供大家參考。苦練内功，先易後難，由淺入深，亦雅亦俗。我在《中山大學研究生學刊》1986 年第 1 期發表了《〈詩經〉同義動詞説例》，算是入道之始。1988 年 5 月參加廣東省語言學會年會，寫了一篇《駡人話研究》的論文，算是文化語言學的學習心得，1992 年正式發表在《中山大學學報》時改名爲《駡詈行爲與漢語詈詞探論》。寫《〈古陶文字徵〉訂補》這篇會議論文，用了八個月時間。《〈甲骨文字詁林〉補遺》，都是自己爲了讀書而做的題目。《簡帛文獻中的殘疾人史料》原是題爲《古代殘疾人與禮、俗、法》的講演稿。博士論文《簡帛兵學文獻探論》，是研究古人如何殺人的學問，後來一段時間治簡帛醫藥文獻，是研究古人如何救人的學問。將漢語史與古文字、古文獻緊密結合起來研究，逐漸形成自己治學的特點。回首前塵往事，讀了一些雜書，只是走了不少彎路，先天不足，後天失調。《出土戰國文獻字詞集釋》是與曾師經法先生聯合主編的書，此書是中大老中青三代學者二十多人十五年艱苦奮鬥的結晶。我的體會是：態度决定一切。在一個團隊中，需要有合作的精神。上海博物館收藏的戰國楚簡《性情論》說："凡憂患之事欲任，樂事欲後。"① 講的也是奉獻的精神。

葉燮《原詩》說："大抵古今作者，卓然自命，必以其才智與古人相衡，不肯稍爲依傍，寄人籬下，以竊其餘唾。竊之而似，則優孟衣冠；竊之而不似，則畫虎不成矣。"② 若無新見，文章大可不必作。寫出來的東西要"人人心中所有，人人口中所無"。鄭天挺先生說過："在技術科學中，某些方法，在歷史研究中也適用。如在技術改革和研究中，每討論一個問題，都要從對你的整個事業有無作用着眼，然後把問題分成若干小的單元，再從三方面加以研究：一、這個選題是否必要，能否取消它？二、能否和別的題目合併？三、能否以別的東西取代它？"③ 容老說："有題目我還不自己做，還留着讓你做？""馬國權找不到題目，張維持不能維持。"自己讀書多了，題目都做不完，用不着去抄襲剽竊。陳永正先生說過："我像你們這般年紀的時候，滿腦子都是題目，還可給別人出題目。"尋找學術的問題點、焦點，開拓新材料，尋求新方法，作出新考釋。蔡鴻生先生說："從蘇東坡的詩（按：《題西林壁》）可以悟出學理：要避免主觀、片面性，歷史認識一定要堅持整體認識，包括縱横、内外的觀察。這當

---

① 馬承源主編：《上海博物館藏戰國楚竹書（一）》，上海：上海古籍出版社，2001 年，第 264—265 頁。

② ［清］葉燮著，蔣寅箋注：《原詩箋注》，上海：上海古籍出版社，2014 年，第 78—79 頁。

③ 鄭天挺：《漫談治史》，文史知識編輯部編：《與青年朋友談治學》，北京：中華書局，1983 年，第 18 頁。

然要花大力氣。做學問應從容、寬容。從容，才可慢慢探討，從難從嚴要求自己。寬容，是指對他人；對古人固不宜苛求，對今人也不要苛求。在當今的學術和教學的評估體制下，從容是非常難做到，於是有人尋找種種捷徑，如用第二、三手資料，或通過現代技術手段，綜合別人的成果而没多少新意，甚至抄襲，改頭换面，喬裝打扮，招摇過市，這是不能做好學問的。”① 明目張膽的抄襲，巧取豪奪，故意隱匿、淡化或抹殺他人的學術貢獻，都不是真正讀書人應有的行爲。

三、“煉眼”與“養心”

讀書要“煉眼”，“眼”即眼力，見識。裘錫圭先生説：“我在學習和研究過程中，深感治學應有三種精神：一、實事求是；二、不怕苦，持之以恒；三、在學術問題上，對己嚴格，對人公平。”②

讀書還要“養心”。常言道：“知人知面不知心。”“人心不古。”“心”太難懂了。兩千多年前的戰國時代心性學説就已在中國流行。《孟子·告子上》説：“心之官則思。”清華大學藏戰國竹簡的《心是謂中》篇説：“人之有爲，而不知其卒，不惟謀而不度乎？如謀而不度，則無以知短長，短長弗知，妄作衡觸，而有成功，名之曰幸。幸，天；知事之卒，心。必心與天兩事焉，果成，寧心謀之，稽之，度之，鑒之。”③ 中醫的“心”似乎比西醫的“心”含義更寬泛。西

---

① 蔡鴻生：《歷史眼界的詩性闡釋》，陳春聲主編：《學理與方法——蔡鴻生教授執教中山大學五十周年紀念文集》，香港：博士苑出版社，2007 年，第 39 頁。

② 裘錫圭：《治學的三種精神》，氏著《裘錫圭學術文集　第六卷·雜著卷》，上海：復旦大學出版社，2012 年，第 215 頁。

③ 清華大學出土文獻研究與保護中心編，李學勤主編：《清華大學藏戰國竹簡（捌）》，上海：中西書局，2018 年，第 88—89、149 頁。

醫的“心”指心臟，有時爲了更明確，就直接説“心臟”，不説“心”。二十多年前我爲了趕博士論文，總覺得胸悶，一坐到書桌前就透不過氣來，跑去校醫院看中醫科，醫生説是“心悸”，B超結果是“左心室心律不齊”。大毛病也不是，只能説，“我心臟不好”。不説“我心不好”。心臟不好是病人，心不好是壞人，當病人還是比當壞人好。

裘錫圭先生在接受青年學者訪問快結束時説：“該講的都講了，最後强調一下我的主要意思。我不反對提倡或引進好的理論、方法。但是我感到，就我比較熟悉的那一部分學術界來説，存在的主要問題不是没有理論或方法，而是研究態度的問題。要使我們的學術健康發展，必須大力提倡一切以學術爲依歸的實事求是的研究態度，提倡學術道德、學術良心。我不是説自己在這方面就没有問題，一個人不可能完全不受社會環境的影響，何况還不可避免會有認識上的偏差。大家共勉吧！”① 裘錫圭先生引用《吕氏春秋·誣徒》：“善教者則不然，視徒如己，反己以教，則得教之情也。所加於人，必可行於己。”② 師法古人，師法今人，博古通今。《論衡·謝短》篇説：“夫知古不知今，謂之陸沉……夫知今不知古，謂之盲瞽。”一心前行，必有善果，修成正果。學術之路很漫長，跋涉前行，總能修成正果，《西遊記》中的白龍馬都能修成正果，馬是畜生，我們是人，爲什麽不能呢？

調節好心態，先難受，後享受。“煉眼”就是長學問，“養氣”

---

① 裘錫圭、曹峰：《“古史辨”派、“二重證據法”及其相關問題——裘錫圭先生訪談録》，氏著《裘錫圭學術文集　第六卷·雜著卷》，上海：復旦大學出版社，2012年，第304頁。

② 裘錫圭：《談談“反求諸己”》，氏著《裘錫圭學術文集　第六卷·雜著卷》，上海：復旦大學出版社，2012年，第219頁。

就是長精神。比“養氣”更根本的是“養心”。我有一個水仙花盆，用於春節期間，一到夏天閒置在側，於是買來小睡蓮，以清水供養茶几上，差不多每天早上到工作室之前，路經社區或中大樹下，揀數朵雞蛋花置於花盆中，鵝黄的花與睡蓮嫩緑的葉相映成趣。以前饒宗頤先生喜歡給人題字：“如蓮華在水。”語出《法華經》。如此境界我們難以做到，先來個“如雞蛋花在水”，倒也不錯。梁漱溟《我的自學小史》中談道：“《東西文化及其哲學》一書，在人生思想上歸結到中國儒家的人生，並指出世界最近未來將是中國文化的復興。這是我從青年以來的一大思想轉變。當初歸心佛法，由於認定人生惟是苦（佛説四諦法：苦、集、滅、道）。一旦發現儒書《論語》開頭便是‘學而時習之，不亦樂乎’，一直看下去，全書不見一個‘苦’字，而‘樂’字却出現了好多好多，不能不引起我的極大注意。在《論語》書中與‘樂’字相對的是一個‘憂’字。然而説‘仁者不憂’，其充滿樂觀氣氛極其明白，是何而爲然？經過細心思考反省，就修正了自己一向的片面看法。此即寫出《東西文化及其哲學》的由來，亦就伏下了自己放棄出家之念，而有回到世間來的動念。”① 在學習和工作之餘，多發現生活中的樂趣。尤其要善於苦中作樂。陳永正先生説過：“西瓜就讓别人去抱吧，自己撿點芝麻算了。”平和的心態，往往能做出實實在在的成績。

臺灣著名醫生、病理學之父葉曙先生説過：“不過也有像不修邊幅的人一樣，滿不在乎陞等不陞等，心想只要我有學問、有能力，萬年副教授又有何妨？優秀臺大人中，各院都有這一類的名士。……像上述的人物，稱之爲超俗的逸士固無不可，要説他們都是些懶於寫論文而又怯於争先的懦夫，你也無法爲他們辯解，不幸優秀臺大人中，

① 梁漱溟：《我的自學小史》，陳引馳選編：《學問之道：中國著名學者自述》，杭州：浙江大學出版社，2008 年，第 91 頁。

便不乏這種人物。"① 老先生的話，確實值得我們警省。

四、 學術自律與學問境界

20 世紀 90 年代，學術界對學術規範問題曾有過一場熱烈的討論，參加者有梁治平、鄧正來、楊念群、徐友漁、朱學勤、陳少明、王緝思、錢乘旦、雷頤、朱蘇力、陳平原、陳來、林毅夫、劉東、周國平、童世駿、樊綱、丁東、謝泳等著名中青年學者。楊玉聖先生對這場影響深遠的學術争鳴作了很好的評述。② 進入 21 世紀，葛兆光先生曾發出這樣的提問："中國學術界的規範和底綫崩潰了嗎？"③ 學術失範的現象觸目驚心，名利地位的誘惑成了學術不端滋生的社會土壤，急功近利，一失足成千古恨。張昌平先生在《方國的青銅與文化：張昌平自選集》自序的結尾説："我的一些文字及觀點有時會有意無意地被有的學者'雷同'，或者被更高明的學者在'錯誤的觀點'這樣的話之後作出引注，暗示讀者該錯誤源自於我而不是我已經提出他正在論述的東西。對此我也曾經鬱悶，但念及這種特殊的方式或許也算得上是對於學術的一點貢獻，最終釋然。"④ 劉釗先生在《古文字構形學》的後記中説："這篇博士論文遲遲没有出版，也使

---

① 葉曙：《優秀臺大人之另一面》，氏著：《閒話臺大四十年》，合肥：黄山書社，2007 年，第 101 頁。

② 楊玉聖：《九十年代中國的一大學案——學術規範討論備忘録》，氏著《學術批評叢稿》，瀋陽：遼寧大學出版社，1998 年，第 22—54 頁。

③ 葛兆光：《想像的邊界——關於文史研究的學術規範》，氏著《思想史研究課堂講録：視野、角度與方法》，北京：生活·讀書·新知三聯書店，2005 年，第 359 頁。

④ 張昌平著：《方國的青銅與文化：張昌平自選集》，上海：上海人民出版社，2012 年，第 6 頁。

得學術界的某些人得以故意裝作沒看見，從而不加解釋注明地任意取用。臺灣學者邱德修先生曾熱心建議我在臺灣出版該論文，並開玩笑地説：‘再不出版就要被人偷光了。’對此我只能報以苦笑。”① 考釋一個甲骨文獎十萬元，確實能刺激人的神經。學術不端的學者，與運動場上服用興奮劑的運動員很相似，都是抱着僥倖的心態對待人生。人窮志不窮，不墜青雲之志。古人説：“人必自辱，而後人辱之。”没有污染的緑水青山就是金山銀山，金杯銀杯不如學界同道的口碑。自己的骨頭要長肉。我們要適應環境，順時而作，將自尊、自愛、自重、自律當作畢生追求，不因某些誘惑而出現學術不端。没有失範行爲的學術人生，才能贏得人們的尊敬，缺乏學術自覺的人肯定自律不嚴，未來的學問境界肯定高不到哪去。我們深爲一些前輩學者惋惜，平生嚴謹治學，一旦失範，終致貽人話柄。

有了學術自覺，珍惜自己的羽毛，自尊自愛，才能自律。不做幫兇，不推波助瀾，不當槍手。自己勤奮讀書，勤於思考，題目都做不完，就不會生出妄念，想去抄襲、剽竊別人的成果。

要把學問做好，必須有正確的“三觀”：世界觀、人生觀、價值觀。金岳霖先生曾經講到清末民初美國人在中國辦雅禮大學時指出：“學校教育這一勢力範圍的佔領是頭等重要的大事。頭一點要强調，它的對象是青年，不是老年。老年就是爭取到了也没有用。要佔領的是青年的什麼呢？意志、情感、思想，或者兩個字，‘靈魂’。古人對於這兩個字是有某種迷信的，這裏的意義只是前三者的代名詞而已。前三者非常之重要，佔領了它也就是佔領了整個的人。這也就是説，這一勢力範圍的佔領製造了許多黄臉黑頭髮而又有中國國籍的美國人。當然這只是極其初步的美國人，單靠在中國辦學校也只能做到

① 劉釗著：《古文字構形學》，福州：福建人民出版社，2006 年，第 376 頁。

這一點。”① “爲誰服務” 的問題、“把自己培養成什麽人” 的問題一定要講的。在追求中華民族偉大復興的社會主義新時代，我們正處於百年未有的大變局，年輕人要有理想，有擔當，有作爲。讀書要有大局觀：瞭解學術史，大至一個學科的發展脈絡，小至某一知識點、問題點的研究史、演變軌迹。開門見山，要討論哪個問題，在書或論文開頭，人家看你的概述，大致就可知道你的學術背景的深淺。一個人治學的 “格調” “氣象” 是很重要的。希望大家練好本領，把學問做大，看看到底是翻江倒海捲巨瀾，還是激起學海的一點小漣漪。陳煒湛先生説過：“静心、認真、老實、無畏、嚴謹五者，至關重要，互有關聯，遵此五者，必有所成，反之則難望佳績也。”②

劉夢溪先生説：“人文科學的作用不是現在時，而是將來時，它有潛移默化的作用。宋代大思想家、理學家、哲學家朱熹，認爲讀書可以變化氣質，真是一語中的之言。如果很多人都有機會念書，就會形成集體的文化積澱，每個人都有人文方面的修養，這樣的人群的氣質就不同了。……另外學術還是一種象徵，一種文化精神的象徵。我在過去文章中，講過學術思想是一個民族的精神之光。王國維説一個國家有最高的學術，是國家最大的榮譽。而大學，就是擁有最高學術的學府。……陳寅恪的一個文化理想，就是希望國家能够尊禮大儒。總之人文科學的作用，對個人來説是變化氣質，對國家和社會而言，則是可以轉移風氣。”③ 王國維《人間詞話》説：“古今之成大事業、

① 金岳霖：《回憶》，陳引馳選編：《學問之道：中國著名學者自述》，杭州：浙江大學出版社，2008 年，第 94 頁。

② 陳煒湛：《認真讀書與學術勇氣——關於讀書治學的一些補充》，氏著《三鑒齋雜著集》，上海：中西書局，2016 年，第 83 頁。

③ 劉夢溪：《人文與社會科學研究的幾個問題》，氏著《學術思想與人物》，石家莊：河北教育出版社，2004 年，第 371—372 頁。

大學問者，罔不經過三種之境界：‘昨夜西風凋碧樹。獨上高樓，望盡天涯路’，此第一境界也；‘衣帶漸寬終不悔。爲伊消得人憔悴’，此第二境界也；‘衆裏尋他千百度。回頭驀見，那人正在、燈火闌珊處’，此第三境界也。”① 前不久中山大學中國語言文學系主任彭玉平教授在第七屆全國中文學科博士生論壇開幕式上致辭指出，博士生階段大體相當於第二境界。艱難困苦，玉汝於成，向幸福進軍！

最後有兩句話與大家共勉：我們都要愛黨、愛國、愛民、愛自己，不要礙黨、礙國、礙民、礙自己。祝願大家勇攀學術高峰，達致崇高的學術境界！

原載《學位與研究生教育》2022 年第 3 期

① 王國維撰，彭玉平疏證：《人間詞話疏證》，北京：中華書局，2014 年，第 76 頁。

工夫茶的苦與甘

人説廣東三件寶："工夫茶、蜜鳳梨、潤腸開胃大香蕉。"工夫茶列於三寶之首雖是好，却也容易把人醉倒。《健康報》談及醉茶現象，指出最能使人眩暈的便是工夫茶。不習慣喝工夫茶者常常訴"苦"。"誰謂荼（茶）苦？其甘如薺！"個中甘苦，飲者自知。

正如"大壺茶"流入潮汕平原一般，工夫茶也隨潮汕人的足迹走向大江南北。衣食住行反映了不同地區、不同民族、不同時代的人們的生活習俗、生活水準和生活觀念。飲茶屬於人類文化生活的一角，從大壺茶與工夫茶的對流，我們看到了區域性文化的互相滲透和融合，融合往往出現變異。在家鄉喝工夫茶，理髮店的茶用以廣徠生意，敬老院的茶不會賞給童稚小輩。過去上萬人的村落，茶爐屈指可數。從集體化運動到農業學大寨，糧食問題始終困擾着潮汕人民。肚子缺乏"經濟基礎"，工夫茶自然無用武之地。"四人幫"倒臺後，我僥倖考上大學，四年寒窗，面有菜色，臣心如水的清湯更無需工夫茶來幫助消化。説實在的，那時囊中絶對掏不出買茶葉的錢！對比現在汕頭大學學生宿舍每室必有工夫茶具，不勝今昔之慨。

參加工作以後，過慣了緊日子，工夫茶却喝上癮。開放改革，帶來紛紛難解的社會現象，面對社會現實，窮秀才一籌莫展，遇師友往來，促膝團坐，灌下兩盞清茶，也屬好事。烈酒不可澆愁，濃茶足以醒心，我選擇濃茶自娱。

飲茶如人生。有波瀾，有曲折，人生方有佳味，耐咀嚼。飲茶初須濃郁，入口似略挾苦澀，餘甘綿長不退，這正如人方少壯，自應吃苦耐勞，捭闔馳騁，拓展天地。茶之漸淡，味雖甘醇，離棄之時亦近。此猶人之將老，恬静寡欲，得其宜矣。

原載《太平洋郵報》1990 年 2 月 25 日第 2 版

“上山下鄉”小記

今天要寫的題目叫“‘上山下鄉’小記”。其實，我對“上山下鄉”只有一知半解，1977 年我才高中畢業，而早在前此一年隨着“文革”的結束，“上山下鄉”運動也就壽終正寢了。即使“上山下鄉”運動不結束，自己最多算是回鄉，還没城鎮讀書人那上山下鄉的資格呢。農村是一個廣闊天地，自己從小生長在那裏，生活雖清苦，倒也過得愉快。生長在城鎮的讀書人到農村落户，叫“上山下鄉知識青年”，生長在農村的讀書人，只能叫“回鄉知識青年”。

大約十餘年前，我在《太平洋郵報》上發了一篇《工夫茶的苦與甘》之後，就没再做遊戲文字。偶爾寫點散文，心裏雖嚮往，實際上却舉筆維艱。都是“功名”造的孽，爲了混職稱，往上爬，拼命抓題目，找材料，有時還真的像傅斯年先生所説那樣：“上窮碧落下黄泉，動手動脚找東西。”材料找齊了，鼓搗了半天，寫成所謂學術論文，枯燥乏味，面目可憎，有時還累得自己頭疼腰疼牙疼的。寫散文才好，散，亂也，筆隨心轉，信馬由韁，亂寫一氣，那多愜意！

今年（2002 年）3 月 11 日，先隨曾師經法先生到香港大學參加了“第一屆中國語言文字學國際學術研討會”，15 日到香港中文大學隨雪齋張光裕教授做楚簡研究的項目，這是第二階段，爲期兩個月。去年夏天來過三個月，屬第一階段。中文大學在新界沙田吐露港畔，依山面海，過去余光中先生説人住山上就成了“仙”，可我看中文大學能成“仙”者肯定很少，大多行色匆匆，争分奪秒。

這次托中文大學中國文化研究所沈建華女士幫我在赤泥坪租了一間農民屋，月租金兩千元，三樓，三面環碧，鳥聲啾啾成韻。可惜房間既無窗紗，又無蚊帳，一到晚上，就處在兩難選擇之中，要麽挨蚊子叮咬，要麽打開“美的”牌空調機，接受現代文明的吹嘘，讓噪音折磨自己的神經。赤泥坪緊挨着中文大學，長期受到高等學府學術氣氛的熏陶，蚊子長着花翅膀和長腿，智商也許比較高，咬人也狠。不過，燈下一邊讀着古書《文子》，一邊喂着赤泥坪的蚊子，正所謂得失參半是也。

赤泥坪是山下的一個小村落，全村人都姓邱，村民大多以出租房屋爲生。爲了學問的“前途”，幾乎每天都到錢穆圖書館看書。我不會使用電腦查閲圖書，幸好“錢圖”不大，没幾天就能弄清自己要用的書大致放在哪裹。“錢圖”就在山上，晚上才回赤泥坪客舍，這就是本文稱作“上山下鄉”的由來。鳥聲本是賞心悦耳之物，但也不盡然。夜晚飽受蚊子騷擾，早上五點多鐘，鳥兒開始一問一答，一唱一和，把我吵醒，這時的鳥聲，並非同周圍的花香相配合的“鳥語”，更像駡人的“鳥話”。

我的“大師兄”

我的“大師兄”是曾師經法先生家裏的一隻大花貓，名字叫癡哥。每次到曾師府上，都有爲“大師兄”寫篇小文的衝動。

1993 年，友人陳小敏將癡哥送給曾師，其時癡哥尚未周歲，渾身毛色素白，首尾和後腰點綴着數處墨黑，師弟陳新稱之爲“雪中送炭”。後來曾師從康樂園蒲園區 618 號 402 室喬遷園西區 747 號之一 101 室，此貓曾跑到二樓住户家裏與女貓談戀愛，回家受阻，滯留窗臺置空調機處，欲下不敢，欲上不能，哀聲不止，師母只好命保姆辜姨客串消防隊員，用竹籃將貓接應下來。經此一役，曾師哲嗣立純就叫此貓爲“癡哥”。

當初癡哥剛到曾師家，小敏的女兒琪琪割捨不斷，三天兩頭吵着要她父母來中大探視。曾師的外孫女之韻比琪琪小一歲，也非常喜愛癡哥。有一次，之韻打電話來，師母接聽，之韻説：“外婆，我想到你們家。”師母説：“好呀，你要來看我嗎?”之韻説：“不，我要看你家裏的貓。”師母有點生氣説：“你别來了，我都比不上一隻貓。”

癡哥與曾師朝夕相處，聽曾師講課論道的總課時遠遠超過我們這些博士生、碩士生，古文字素養自當不遜於只有三脚貓功夫的我，這也是我稱癡哥爲“大師兄”的緣由。

曾師家五室一廳，客房朝東，早晨陽光初照，柔和温煦，窗前樹影搖曳，窗臺上有立純太太從冲繩老家帶來的小石牌一面，上刻“石敢當”三字。癡哥常在書桌上享受日光浴。

我到曾師家裏拜訪，癡哥與我多年相識，常常躺在我旁邊，有時故意用嘴巴拱拱我的脚以示友好，或弄得我衣服上沾有不少貓毛。我與曾師茶敘，有時癡哥突然從沙發上一躍而下，跑到門口叫起來。這時一定是師母回家了，癡哥聽覺靈敏，隔着消防鐵門也能聽到師母的脚步聲。癡哥有時也會在門口癡等，原來癡哥嗜吃青草，師母、立純每從校園回來，常會順便爲牠帶來一點。曾師家的客廳以前擺着一個木墩，專供癡哥磨礪爪牙，很像拳師練打沙包。有一次，師母一人在家，正在煎中藥，忘了關煤氣爐就要外出，走到門口，癡哥叫喚不止，且咬住師母褲腿往回拉，師母這才想起煮藥之事。虧得癡哥提醒，避免了一次意外事故的發生。

曾師的兒媳婦西銘從日本帶來了一隻貓，名叫 mabo，聽起來有點像“抹布”。第一次進曾師家門時，西銘拎着大箱小箱，搬來貓屋貓糧和其他專用物品，當時還不會講漢語，呼喚着人地生疏到處亂竄的小貓，曾師却到陽臺拿來一條舊毛巾遞給西銘。弄清了誤會，在客廳茶敘的陳焕良老師和我都樂了。“抹布”來後，見人們對“抹布”很熱情，癡哥有點失落，躲着不肯露面。立純在客廳沙發上説起癡哥幾天不出現，索性買一只小貓回家算了，癡哥似乎聽得懂，跑到立純身邊蹭了蹭，立純誤以爲癡哥對自己表示友好，就用手摸了摸癡哥，誰知癡哥朝立純咬了一口就跑進房間躲起來了。

癡哥十三歲生日，立純爲牠寫畫，數年後，曾師題詩一首：“癡哥當年一十三，狗棍清泉洋餅乾。半睡半醒正常態，惟妙惟肖黑白花。”落款是：“丙戌立純素描，庚寅經法。”“狗棍”，廣州話稱一種海魚。

數年前，我陪久未拜謁曾師的陳新到曾師家，陳新一見癡哥，驚訝地指着牠説:"你……你……還……"意思是"你還健在",因驚奇而説話都不利索。簡直就是奇迹,二十多年過去了,癡哥還健在,若折合成人的壽命,大概相當於九十餘歲。犬子可哥才三歲,很想逗癡哥玩,師母説:"癡哥老了,你不能打癡哥。"癡哥老了,磨礪爪牙的木墩早已用不着而收走。有時老鼠竟然膽大包天,跟癡哥一起享用着客廳擺放的進口貓食和清水。癡哥年輕時,與"抹布"見證了中日和平友好。癡哥老了,與鼠同食,又讓我們看到了天敵如何化敵爲友。日本貓"抹布"走了,癡哥形影相弔,踽踽而行。曾師説,癡哥近時視力也不好,走路常常看不清楚而撞到沙發。聽了真是心酸。爲了對付日益猖獗的鼠患,曾師家又養了一隻年輕力壯的貓,這只小貓前不久竟將客廳書架上一個大鏡框撞翻在地,玻璃摔得支離破碎,還好,没傷及人,紅木鏡框摔不爛,鏡子裏饒公的墨寶"貞石萬載"更是不會撞爛的。

潮汕諺語説:"貓書讀一肚,唔知貓娘甲貓牯。"用來嘲弄人家死讀書。我確實讀過一些貓書,很有必要寫一點與貓有關的文字。

2013年10月13日寫於京廣列車上

附記:聽曾師講,最近癡哥走失了,全家人遍尋不獲,悵然久之。

2014年3月12日

原載《古文字論壇》第一輯,中山大學出版社,2015年

雜議之什

《曾憲通教授八十壽慶書法展作品集》引言

“曾憲通教授八十壽慶書法展”即將在廣州曉港公園善本堂舉行，展出作品凡四十五件。

曾師經法先生在古文字學界和語言學界都是德高望重的學者，八十大壽本應張燈結綵慶賀一番，可時下提倡厲行節約，反對鋪張浪費。我們根據自身的專業特點，自發組織曾門弟子及再傳弟子以書慶壽，同時邀請與曾師關係密切的一些朋友助陣，以壯聲威。1992 年在南京舉行中國古文字研究會第九屆學術年會，全體與會者在大合照之後，又三三兩兩自由組合照相，肖丁趙誠先生、韋戈陳煒湛先生和桂園張桂光先生一直站在旁邊點評：“吉林大學是東北軍。”“北京大學是御林軍。”“四川大學是川軍。”“臺灣學者是‘國軍’。”“我們是粵軍。”2005 年到華南師大粵海酒店評選參加第十六屆中國古文字研究會年會論文，桂園先生稱曾師爲“粵軍司令”，韋戈先生爲“粵軍政委”，雖屬戲稱，自有其道理。中山大學爲國内古文字研究的重鎮，素有重視書法篆刻的優良傳統，頌齋容希白先生和契齋商錫永先生既是飲譽海内外的古文字學家和考古學家，又是著名書法家，門下弟子精通書學者衆。桂園先生大文《廣東古文字學者的書法》，刊於《書藝》卷一（嶺南美術出版社，1988 年），已有精到評述。

容商弟子沚齋陳永正、桂園和之犢陳初生三位教授於古文字學各有建樹，都是當今中國書壇耆宿，20 世紀 70 年代末嘗從曾先生受課，與曾先生的關係介乎師友之間，可多年來執弟子禮甚殷，尊師重道，堪爲我等後輩楷模。一聽説我們要籌辦曾師八十壽慶書法展，都踴躍撰寫壽聯。沚齋的金文書法平時難得一見，此次以金文寫了一個大“壽”字壽屏。且撰聯云：“康强開九秩，文字接千春。”以沚齋體行書出之，大氣磅礴，筆力千鈞。又雷厲風行地爲展覽題寫展標，一揮而就。我近爲曾師作小詩一首云：“青春黽勉學容商，壯歲壯遊隨選堂。八十功深閒着筆，偶扶老伴到銀行。”後又戲擬一句“閒唤小貓摸蝨子”，與末句合爲一聯，以萬年紅宣紙試筆呈教於沚齋先生，先生説：“謔則謔矣，書以紅紙，慶壽意味稍欠耳。上聯改爲‘時有雄文鳴海宇’可也。”點石成金，境界判若雲泥，而且曾師扶師母上銀行就有稿費拿了。曾師爲之犢先生審校過《金文常用字典》，之犢先生此次原擬有一四言聯，旋覺意有未盡，於是重撰八言聯云：“輔弼容商情牽後學，辨章簡帛審校金文。”以自己最得意的秦隸書之，且作有長跋記述自己對容、商二老和曾先生的感激之情，自信地説：“我這副壽聯肯定是全場最大的!”桂園先生人正字正，撰聯云：“言行中和用妥（綏）福佑，文史遊觀以遣歲年。”頗能道出曾先生爲人治學的特點，以金文書之，莊重醇正，令人歎服。蔡照波和陳小敏在大學本科階段，先後擔任過中山大學書法篆刻社的社長，在書法篆刻上均親炙過商錫永先生的教誨，他們又都是曾師的潮安小同鄉，與曾師過從頗多，此次亦有小篆和金文書法作品參展。從譚步雲、陳小敏、林志强、陳斯鵬、田煒和秦曉華的金文對聯，都可看出容、商二老的古文字書法經由“四大金剛”和沚齋、桂園、之犢等先生而得到很好的傳承。

參展者中，工於篆刻的有蔡照波、陳小敏、蕭毅和田煒，沚齋、之犢、譚步雲、吳曉懿、陳斯鵬、秦曉華、任家賢等均治印，參展書作的用印，多見自鐫之璽。此次參展的作者幾乎都是學者，外地學者除曾師的弟子林志强、張連航、蕭毅和再傳弟子劉傑之外，還有岳麓書院陳松長、韓山師範學院林倫倫和黄挺等幾位朋友，都屬道義相挺。

學人書法，寫字也像做學問一樣嚴謹。以正書作品參展的學者有林倫倫、黄挺、吳承學、黄文傑、吳曉懿和謝湜等。黄挺兄寫的壽聯爲："稱觥頌壽，景行追風。"北碑正書，蒼茂開張。承學兄的顔體横幅"蘭馨松茂"，端嚴可愛。承學兄平時難有閒暇寫字，這次爲了給曾先生賀壽，練了幾天字，還怪我辦公室在他隔壁，使他"近墨者黑"，弄得書桌上墨蹟斑斑。我辯駁説，他只講對了一半，我爲他的墨妙提供了紅紙和印泥，這也是"近朱者赤"。倫倫兄大書"天保九如"四字，典出《詩經》，辭約旨豐，得柳書風神，挺拔勁秀，落款行書則雅健灑脱。文傑兄以寸楷節臨《聖教序》，不肯用現成的墨汁，寧可費了一個多鐘頭研墨作書。字如其人，一絲不苟。謝湜在冬至夜晚上八點多才接到我的邀請電話，忙完家務，十點多跑到歷史系永芳堂四樓辦公室裏，一直寫到深夜三點多才完成了小楷作品凡六紙，所用宣紙詩箋購自上海，品質上乘，圖案精美，抄録了《潮州西湖山志》中姚瀚的組詩來爲曾先生頌壽。

曾師在學術界以温和仁厚著稱，張羅書展過程中，我們感受到許多朋友和學生對曾師的由衷愛戴和深深祝福。書法是最具中國特色的藝術形式之一，古文字書法包含豐富的文化内涵，此次書展可説是以古文字書法爲主，且書風純正清新，與狂野怪誕之作大異其趣。於幾位著名書家而言，足以引導後學熱愛中國本土文化，重視研習中國傳統藝術。於陳斯鵬、田煒和吳曉懿等青年學者而言，此爲才藝展示。他們以學術和藝術並舉，以學術研究爲重，而在書壇上也已初露鋒芒，或兼工書畫，如曉懿，或以篆刻見長，如田煒。斯鵬的書作有斗方金文“壽”字，有金文對聯，有楚簡對聯，有以行書録志强兄爲曾師頌壽的藏頭詩。爲了組織這次書展，我未奉邀許多擅書的朋友揮毫，却對不少書法新兵軟磨硬泡，發掘出不少書法的習作。有朋友字寫好了，却没印章，或借同學的閒章“長吉”，或借丈母娘的閒章“逃禪煮石之間”，或有了印章，却没有印泥。於我輩不擅書者而言，“書法”談不上，稱“書迹”或勉强可以。“忽來案上飛墨汁，塗抹詩書如老鴉。”志在參與，無關乎審美，獻醜而不怯，精神可嘉，愧對師門。自己字寫不好，老覺得是紙筆品質不行，連續跑了誼園、三多軒和粵雅堂選購，這正應了潮汕話俗語：“不會游水，總怪小弟弟拖後腿。”此次參展，無非想爲自己製造一點壓力，促使以後更多拿起毛筆練字罷了。孫稚雛教授曾經督促我練字，他説：“研究古文字，還要會寫古文字，好比一隻老虎，有了幾根鬍子，就更加威風了。”我研究古文字乏善可陳，字又寫不好，自我解嘲説：“學問做不好，字練好了，也是一只有鬍子的貓，能有啥威風的?”桂園高弟任家賢獻給曾師的篆書聯云：“堂上春風傳絳帳，尊前仁者駐紅顔。”祝福曾師永葆革命青春，曾師笑稱：“平時我不喝酒，看來以後要多喝點紅酒，才能駐紅顔了。”曾師素少寫詩，此次參展作品爲仿曹操《龜雖壽》的詩作：“盈縮之期，不唯在天。養怡之福，可得永年。”屬於自壽之作，曾師稱爲“自勵”，對我們可是“共勉”了。

善本堂小巧玲瓏，景致清幽，甚適於小型展覽。善本堂主人陳釗文兄與曉懿友善，富收藏，擅書畫，惠借曉港公園一角供此次展覽之用，人如堂名，本於至善，可欽可感。尚品堂主人王學琛先生爲我多年好友，慷慨資助此次書法作品集印刷，盛意殷殷，亦令我等篆感在心。

中山大學古文字研究所同廣州美院書法篆刻研究所有過許多合

作，這次慶祝曾師八十華誕書法展籌備過程非常順利，主要靠曉懿的精心策展和組織。雖然稱爲“書法展”，其實從内容到形式還頗豐富，其中有詩、畫、對聯、跋語、條幅、扇面等等。曾師開心了，我們也開心。衷心感謝支持此次書展的諸位師友，衷心祝願曾師健康長壽！

甲午冬至後六日

原載《曾憲通教授八十壽慶書法展作品集》，

中山大學古文字研究所、廣州美術學院書法研究所，2015年

大文小引
——讀韋戈先生《我如何研究古文字》

陳煒湛先生，筆名韋戈，江蘇常熟人，中山大學中文系教授，語言學家、古文字學家。

先生從復旦大學中文系本科畢業後，到中山大學讀研究生，師從容庚和商承祚二老，精研三代文字，尤擅甲骨學，成就卓犖。先生閒暇喜揮毫，偶與朋儕生徒對弈。書法造詣高妙，有《三鑒齋餘墨》行世（由先生入室高弟譚兄步雲等編集，澳門原木出版及文化推廣有限公司印行，2008 年），陳永正教授嘗贊先生所書甲骨文“運筆如刀”，一語中的。先生作書好用一閒章，印文爲“江南布衣，容商弟子”。曾經法師曾經戲稱：“你都當中文系黨總支書記了，還是布衣嗎?”陳先生答：“總支書記下臺了，還是布衣。”身爲布衣，好着師母親手納的布鞋，摇一把蒲扇，扇上墨書甲骨文八字，一面是“好風”，一面是“今日其雨？不雨”。早晚時常漫步於康樂園的林蔭小道，一派江南名士風度。2000 年 7 月 30 日，前往安徽參加中國古文字研究會年會，途經南京，客寓南京師大南山專家樓。當天，施謝捷兄假座隨園餐廳宴客，赴宴者有陳煒湛、魯國堯、黄光武、董志翹、黄文傑諸位師友和我。席間，魯先生建議陳先生將蒲草寶扇捐贈江蘇省民間藝術博物館，陳先生大笑朗然，堅不忍予。

先生有一大文:《我如何研究古文字》，原是講課録音，由聽課研究生夏翠萍整理成文。回首自己數十年的治學道路，坦坦蕩蕩，無怨無悔，先生的寶貴經驗，足以讓後學晚輩受用無窮。

既强調師承，又重視創新。文中深切懷念前輩學者陳望道、容庚、商承祚諸位先生對自己治學道路的指導及積極影響。先生追求真理，實事求是，不逐隊隨人，如對卜辭命辭性質和斷代問題的論争。

先生提出不少學術主張，如指出作甲骨文分類研究可將甲骨學引向深入；提倡古文字研究與漢語史研究相結合；强調語文規範化，對損害祖國語文純潔性的行爲深惡痛絶；强調古文字學知識的普及……所有這些，總是身體力行，寫出相應的專書或論文，實踐自己的學術主張。如專著《甲骨文田獵刻辭研究》（廣西教育出版社，1995 年），就是甲骨文分類研究的一項重要成果，每爲學界援引稱道。

先生不文過飾非，對自身的弱點毫不回避，如謙稱自己在考釋文字方面成績不大。

先生近年新出版或修訂再版的論著有:《甲骨文簡論》（上海古籍出版社，1987 年第一版，1999 年重印）、《甲骨文論集》（上海古籍出版社，2003 年）、《陳煒湛語言文字論集》（上海古籍出版社，2005 年）、《古文字趣談》（上海古籍出版社，2005 年）等。《古文字學綱要》原與唐鈺明先生合作撰寫，中山大學出版社 1988 年出版，最近作爲教育部推薦的高校教材，由幾位年輕學者協助先生重新修訂，業已竣事，即將再版。

我從先生問學垂三十年，獲教至多，師恩永志。知先生此文置篋中多時，而今年欣逢先生七秩榮慶，理當刊發此文，於是多番鼓動，先生始同意發表，只是爲存本真，不作任何改動。並應魯國堯教授之命，由我略贅蕪詞，以爲小引，且聊表頌壽之忱。

附記：2008 年小文寫訖，與韋戈先生大文《我如何研究古文字》擬刊於南京大學《南大語言學》，後因故無果，遷延至今，謹借紀念中山大學古文字研究室成立六十周年之機，載於《古文字論壇》一角。

2016 年植樹節

原載《古文字論壇》第二輯，中西書局，2016 年

《林倫倫教授六秩傳薪集》序

林倫倫學長爲高華年先生入室高弟，高先生嘗師從羅莘田、李方桂二先生，諸公爲學界泰斗，天下所共知也。語苑耆宿黄疇夫、李星橋二教授，皆我澄邑翹楚，學長亦嘗從之遊，深造有得。師賢而後有佳弟子，此之謂也。陳君景熙爲學長之高弟，來書云，林門諸弟子拭爵滌罍，欲頌師壽，冀彰潛德而報師恩，或理董舊作，或另鑄新篇，裒爲一册，命曰“傳薪集”。書成，欲付剞劂，屬序於余，余不自量，欣然允之。

學長名少光，字輪輪，母賢懿，任教鄉閭數十載，篤信釋氏，蓋取佛光長照、法輪不息之意。亦作倫倫，以字行。學長自幼穎異，遭逢變亂之日，年未弱冠而别離鄉井，赴雷州務農。越四年，入讀中山大學中文系。嘗於汕頭大學執教十九載，播芳傳芬，有口皆碑。復返穗垣，長廣東技術師範學院。越六年，秉鐸潮州，主政韓山師範學院。

宋人劉彝曰：讀萬卷書，行萬里路。學長深賞此語，勤讀躬行，初欲顔其廬曰行讀齋，余謂毋寧作讀行齋，一則縮略合乎劉氏語序，二則治學貴在戛戛獨造，讀行音諧獨行也，學長然之，且懇請沚齋陳永正先生爲之書榜。學長早年訪里俗，諮遺耇，遡流討源，遠挹周秦漢晉，搜舊籍，證本真，凡八百餘事，一字一詞一聲一韻一調，深思博辨，參互質證，探賾鈎玄，撰成《潮汕話方言詞考釋》初稿數十萬言，經星橋先生審閱修訂，學長歷時數月，手自謄鈔，溽暑揮汗，一筆不苟，精美獨絶，影印問世，學界獎譽交至焉。

學長懃懇孜矻，每縋幽鑿險，以今爲古，因俚俗而證雅正，或博考潮風潮事，或鉤稽流行語秘密語，述作纍纍。復纂字典詞書，閎纖畢賅，體備法精，遂風行於海内外。尤擅撰短文，近譬曲喻，機鋒疊出，化艱深爲淺顯；又樂爲鄉邦著文章，耽此不疲，婦孺咸知。學長容姿俊朗，風標特舉。凡登壇宣講，高致雋語，舌若翻瀾；燕居茗敘，抵掌談謔，一座傾倒。

並世士人，才與學兼具者衆，而學長績於學且富於才，其治學矜嚴有如高先生，睿智善謔有如黄先生，博洽秀拔有如李先生，誠超凡軼群者也。六十年華，優遊仕與學之間，敷教化育，惠流遐邇。雖政務倥傯，而治學有恒，方言學音韻學文化學潮學饒學均有造詣。且讀且行且述且作積三十餘年，得專書三十餘種，論文百數十通，無慮數百萬字，家藏户誦，名重當世。學長於書法茶道攝影烹飪靡不擅長，遊歷歐美澳日輒以光影紀之，有書行世云。

返潮數載，學長德業輝耀梓里。嘗語余云，從政任教治學雖薄有聲名，實無足重者，雙親年逾八旬，今得以晨昏省侍，最爲樂事也。詩云："孝子不匱，永錫爾類。"學長孝心殷殷，推己及人，以此治事，何往不勝？何事不遂？

致仕居穗，他日學長課徒晴窗之下，弦歌不輟，且筆耕不倦，新作泉涌，可逆睹也。學長先余一年入康樂園，相知垂四十載，且有同邑同校同窗同道之誼。元宵甫過，余適有事至增城，客寓仙村，夜色似水，眺望窗外，群山若睡，月光如銀，武也不文，奮兹禿筆，略綴蕪詞，以祈語學潮學饒學之福，爲學長遐齡上壽之禱，並應景熙君之命云爾。

丁酉陽春澄海陳偉武敬序

原載《林倫倫教授六秩傳薪集》，中國社會科學出版社，2017年

《簡帛文獻與文學考論》序

孟子曰：人之患在好爲人師。時人曰：人之患在好爲人序。友生陳君斯鵬，十年一劍，有書曰《簡帛文獻與文學考論》，將付剞劂，索序於余，余應之，二患俱不免矣。

陳君生長於粵東澄海樟林鄉，與散文大家秦牧同里。樟林爲廣東古港，自明清之際已是潮汕通商口岸，冠蓋如雲，人文薈萃。斯鵬之父萬森先生業醫，頗通舊學。斯鵬少時，穎悟過人，好從閭里老儒習書學詩。

癸未初夏，一日薄暮，武與陳君隨曾師經法先生漫步於康樂園林蔭道，約至大榕樹下，議及博士論文選題，余以簡帛醫藥文獻研究爲題相詢，陳君以爲多屬秦漢之物，較少古文字元素，故不取。余謂不如專論簡帛文學文獻，陳君聞輒喜，遂與曾師商而定之。

文學先乎文字而生，復賴文字記載而成文獻，乃能超時空而傳久遠。人之考究文學也，先識文字而後能讀文獻，復因文獻而後可知文學。選堂先生有言曰：一切學問均植基於文學。曩者學科畛域不嚴，前輩學者治學，往往無此疆彼界，不畫地爲牢，古文字學家兼治文學者所在多有，如頌齋容希白、鼎堂郭沫若、夢甲室陳夢家、選堂饒宗頤諸先生皆然也。

中國號稱詩之國度，上海博物館藏戰國楚簡《孔子詩論》嘗引熱議，述作如林。而《詩論》與《毛詩序》之同異得失，學者雖多論列，陳著自學術史考之，以爲二者旨趣迥異，就文藝價值言，前者遠勝後者。而説詩之體式，或爲《詩序》之所本。

戰國竹書，歷經千數百年，土埋水淹，緯編朽斷，董理竹書，編聯綦難。陳著有專章論述《詩論》及《曹蔑之陳》之編聯，折衷群言，機杼自出。

斯鵬每樹一義，必先考求字形，迹尋音韻，明辨故訓，而後再闡發簡帛文獻之文學價值。如中國有無創世神話，學界猶存異議。楚帛書含中國創世神話，記述楚族起源。陳著探驪得珠，先有專章考訂楚帛書甲篇之疑難字詞，爬梳條貫，再進而論其神話學意義，水到渠成，所得獨多。

陳君工書，篆隸草真行，諸體兼擅。於治古文字助益甚大，每能批郤導窾，切中肯綮。如論楚簡留白，衆説紛紜，而斯鵬謂書手依竹簡形制長短大體相同之底本移録，不必墨守文句順序抄寫，唯須將相應位置之字照本謄録無誤，至於書寫之先後序次，書手便宜從事可也。如此推斷，似較時賢諸説近理，亦得力於斯鵬之書法經驗也。

戰國簡帛散文有儒家之文，有道家之文，有兵家之文，有法家之文，有陰陽家之文，其間之繁簡實虚奇正工拙，陳著亦多所研討。《彭祖》之通釋與韻讀，《曹蔑之陳》之重新校理，雖屬簡帛文本研讀舉例，斯鵬發覆決疑，在在可見。

祝禱之俗，肇始於太古，關乎民風、宗教、巫術與禮制諸端。二三千年前之祝禱文，藉由考古發掘之簡帛而重見天日，其寶貴實超逾文學之範域，而富於文化史之意味。數十年來戰國秦漢簡帛所見祝禱文，似未見重於文學界。陳君鉤沉索隱，貫珠綴裘，分類輯證，剖析其性質，條辨其體式，創獲頗豐，當能發人深省，啓迪來兹。

言而無文，其行不遠。斯鵬斯書也，由文字而文獻而文學，郁郁乎文哉。簡帛文學文獻研究，有陳著問世，可謂規模初具。探研精義奧藴，或當容諸異日。

陳君刊發論文多篇，學界同人多有援引稱許者。水之積也不厚，則其負大舟也無力。博士畢業後，斯鵬負笈滬上兩載，從裘先生錫圭教授遊，取法乎上，豁其胸宇，廣其學識。積健爲雄，指日可待。斯鵬也，非凡鳥也，豈甘雌伏，必當奮翮凌雲，雄飛萬里。

丁亥歲闌陳偉武草於愈愚齋

原載陳斯鵬著《簡帛文獻與文學考論》，中山大學出版社，2007 年

《戰國官名新探》序

湛江爲嶺南名郡，唐宋先賢李德裕、蘇東坡、包拯均嘗流寓於此。湛江古稱雷州，吴君曉懿生於湛江，長於湛江，雷人也。俊朗風雅，清標超逸，少好筆墨繪事，弱冠上省垣，先畢業於廣州美術學院美術教育系，復執教於廣東海洋大學。後遊走於長春、北京、東瀛，遍訪名師。再入廣州美院國畫系，爲王見教授高弟，耽嗜書論畫論，數歷寒暑，寢饋其間，終獲碩士學位。識斷漸高，每有論作，且詩書畫藝大爲精進。其書以行楷見長，碑帖並重，出入晉唐，渾穆而見靈動，規矩中求變易。書法因漢字而生發，漢字藉書法以化育。曉懿於古文字學究心有年，轉從余遊，而武也無文，誤人子弟。幸而曉懿穎悟黽勉，鍥而不捨，大作先後刊於《中國歷史文物》《簡帛》《簡帛語言文字研究》《書法》種種，並參預編寫教育部新課標教材《書法》與《篆刻》，卓然有成矣。

《戰國官名新研》之作也，原爲曉懿博士學位論文，於爲官之道略無用處，而於文史之學當有所助。作者窮蒐出土戰國文獻所見官名，先分域，後分類，再論官名稱謂及用字，與傳世載籍合證互求，同商代甲骨、西周春秋金文所見官名官制比勘觀照，沿流討源，縋深鑿幽，汲古頗深。官名分類研究凡二章十九節，剖析毫釐，擘肌分理，匡訛補闕，發明多矣。今將梓行，删削冗餘，益以新知，增損之間，用心見矣。

中山大學創校校長鄒海濱先生，雅擅書畫，曉懿深有研討，且躬訪鄒氏故里，咨諏耇老，纂成專書行世，名曰《鄒魯》；復撰有專文，評述鄒氏書畫成就，文見《中華當代畫家》。

去歲，曉懿北上京華，投於清華大學藝術學院陳池瑜先生門下，作博士後研究。戰國時代諸侯力征，不統於王，文字或鑄或刻或手書，載體爲金爲銀，爲玉爲石，爲縑爲帛，爲簡爲牘，爲陶爲瓦，紛繁歧出，書風流派各異，探賾索隱，大有可爲，曉懿意欲精研戰國書法藝術，立意可謂高矣。其學術藝術雙攜並進，猶若兩輪之方駕齊驅，縱横馳騕，不御之御，任意之所之，可指日待也。

曉懿索序於余，草此應命，見笑見笑。

陳偉武序於廣州康樂園愈愚齋

癸巳五月廿日

原載吴曉懿著《戰國官名新探》，安徽師範大學出版社，2013 年

《鹽鴻中學教師論文集》引言

自愧無一揮而就立等可取的本事，平素寫文章總是一拖再拖，不到最後時刻拿不出手，很像受了家暴的小男人，躲在床底下還大叫："大丈夫不出來就是不出來。"這篇小序也是如此。一個多月前，老同學林淑周邀我爲母校《鹽鴻中學教師論文集》寫幾句話，念着母校深情，感於同學厚誼，我斗膽答應下來，却是輕諾而寡信，論文集電子版收到許久，雖披讀再四，小序遲遲未能交卷。前天謝冬校長兩度來電來信催促，希望一周内"交貨"，我又答應了。恰好中華書局有友人來廣州，中文系同事彭玉平教授宴客康樂園，我客串當了"二陪"，陪吃陪喝，兩盅茅臺酒灌下去，"公關"就成了"關公"。素不善飲，夜來輾轉反側，索性披衣端坐，趕緊寫起這篇命題作文來。

六歲時，我被當老師的小姑媽陳淑如女士拽進上社小學讀書，從小到大都特别"黏"老師，老師也很喜歡我，這是我人生中的大幸。如所周知，中學老師"工課粗重，食實有限"，課時多，陞學壓力大，還要做科研，殊屬不易。老師們奮鬥在教學第一綫，這本論文集都是他們的切身體會，經驗之談，究心之論，而且大多爲獲獎之作，我讀過之後，佩服之情油然生起。

隔行如隔山，中學教育研究屬於教育學的範疇，我從事的是語言文字學工作，本來不好説外行話。不過，説“隔”也不隔，自己當過中學生，眼下也是教書匠，對教與學的關係還算有所體認。中學的許多課程實在難以置喙，無法對老師們的論文評頭品足，只想就我有感觸的内容説一説。言而無文，其行不遠。中學生學好古文，很有必要，没有天哪有地，没有古哪有今，白話文正是從文言文演化而來。學生要鑒古知今，古爲今用。林秋芸的論文《初中古文的有效教學》，討論古文教學的四種新方法，有别於以往“字字落實”的填鴨式，給人留下深刻印象。我只恨小時候幾乎没學過什麼古文，中學課本僅收《黔之驢》《狼》《鴻門宴》《勸學》等寥寥幾篇，待到上了大學再來惡補，錯過了記誦的黄金期，所得終究有限。多讀古文，多背誦，一輩子受用。除了讓學生精熟誦讀課本所收古文之外，老師可以適量選取一些歷代筆記小説、傳奇故事、小品文等作爲輔助閲讀材料，提高學生對古文的興趣，還可結合日常語文生活的實例，講授古文知識在當代姓名、稱謂、書信、對聯、廣告、標語口號、匾額招牌等等方面的應用。源遠流長的潮劇是我們潮汕地區流行的戲曲，以文戲見長，很多劇目的唱詞和對白典重古雅，看潮劇，聽潮曲，也是學習古文的有效途徑。而丑角藝術是潮劇的一大特色，不少喜劇劇目幽默詼諧，精妙絶倫。老師若能引導學生鑒賞潮劇潮曲，讓學生多方面汲取營養，對中學語文教學當有所促進。作文是語文教學的重頭戲，像畫畫一樣，要寫出好文章，一定要胸懷大志，有報國之心，有真情實感，才能啓迪才思，思如泉涌。要師法古人，多讀古文，才能驅遣文字，揮灑自如。要師法自然，壯遊天地間，才能多聞博識，下筆有神。社會大衆的語言最爲生動，學生要向群衆學習語言。大學時代，地質系八零級一位同學講過一句歇後語，讓我没齒難忘：“西瓜皮擦屁股——没完没了。”

王鈺泓的論文討論思想品德教育課的教學，特别强調要用輕鬆幽默的語言，我深爲讚賞。生活中有太多煩惱和無奈，幽默能排解或減輕負面情緒的困擾。生活不缺少幽默，只是人們缺少發現罷了。我們村裏專職撿豬糞的林木平就頗有幽默感。鄰居邀木平去看潮劇，木平說："潮劇有啥好看的？都是講忠臣害讒臣的故事。"熟人勸説木平："木平，你都快五十歲了，還不趕緊娶老婆。"木平説："不行，我家的眠床睡不了三個人。"原來，從小到大一直跟着他媽媽睡。幽默能彰顯老師的語言魅力，活躍課堂氣氛，能益人神智，爲學生帶來學習的助力。衷心祝願母校師生在教與學之中有更多的幽默和快樂。

2016 年購物節前兩天

《文字・文獻・文明》序

第七届出土文獻青年論壇經過積極的準備，今天在中山大學中文堂順利開幕了，論壇召集人田煒教授要我講幾句開場白，算是對論壇的祝賀。此次光降廣州康樂園的青年才俊，來自海内外各地，有不少是我早就認識的“老”朋友，也有不少陌生的面孔，出土文獻研究的未來世界屬於你們，我代表中山大學古文字研究所，熱情歡迎你們。

中山大學的古文字研究，可以追溯到20世紀20年代中山大學語言歷史學研究所時期，商承祚、温廷敬等先生的論著至今還常爲學界援引。容庚和商承祚兩位教授在50年代創立了中山大學古文字學研究室（古文字研究所前身），成爲具有國際影響的古文字學重鎮，古文字與出土文獻研究一直有着優良傳統和引人矚目的業績，我的導師曾憲通教授與陳煒湛、張振林、孫稚雛等先生一道，在甲骨文、青銅器銘文、戰國文字和秦漢文字研究諸方面都卓有成就。“江山代有才人出。”近些年中大的幾位青年學者也都出類拔萃，成就喜人。

現代的學科分類令人眼花缭亂，老一輩的學者通常不喜歡動輒另立這個“學”那個“學”的。平時電視廣告聽到“尿頻、尿急、尿痛、尿等待、尿不出、尿不盡……”的聲音，總以爲難免誇張。1992年夏天，我陪同李星橋（新魁）先生到珠江醫院看病，發現一個房間掛着一塊牌子，上面赫然寫着“尿流動力學教研室”，真的長了見識，日常普普通通的拉撒問題，居然有一門嚴肅的學科在作研究。出土文獻數量浩繁，價值重大，内容豐富複雜，疑難問題成堆，爲什麼不能有一種學問叫作“出土文獻學”呢？於是，從 1998 年至今，我每年開一學期課，在中大中文系連續爲本科生開講“出土文獻學概論”。不遺餘力地鼓吹古文字與出土文獻的好處，這是一件我引以自豪的事情。

2015 年 5 月，我還創作過一首“下課歌”，在這裏給大家念一遍：“又見東湖荷連天柳依依，别了，聽課的學妹學弟。莫道是出土文獻不够神奇，休嗔怪期中考有點無禮。費留一聲歎息，但餘歡天喜地。數月教與學還算默契，千祈知我誠意。年過半百依然淘氣，傳道授業聊當遊戲。祝君鵬程萬里，將搞笑進行到底！”

學問是做不完的，一批出土文獻可以吃幾十年，既要鑽研學問，孜孜以求，又要從年輕時就善自珍攝，爲國愛身。“企予望之”，堅信大家在出土文獻的廣闊天地裏一定大有作爲，衷心期待拜讀大家更多輝煌的新成果。

預祝論壇圓滿成功！

2018 年 8 月 18 日草稿

2019 年 9 月 8 日改定

原載《文字·文獻·文明》，上海古籍出版社，2019 年

《出土戰國文獻字詞集釋》前言

曾經法（憲通）師和本人共同主編的《出土戰國文獻字詞集釋》（下稱“《集釋》”），由中山大學老中青三代學人二十餘人歷經十五年辛勤耕耘始告完成，將由中華書局正式出版。借此機會，筆者將粗略勾勒戰國文字發現和研究的歷史，簡述戰國文字工具書編纂的成就，略談對戰國文字研究現狀及未來發展的一點粗淺看法，並就《集釋》的成書始末也稍作交代。

一

戰國文字研究的歷史，伴隨着戰國文字資料的出土而存在。如所周知，漢代已有戰國寫本的經典出土，最著者莫過於孔子壁中書的發現，這一發現曾被王國維譽爲中國學術史上最大的發現之一。出土文獻的重大發現往往是偶然的，漢初魯恭王劉餘拆毁孔子教授堂來擴建自己的宮室，結果挖出了大量的古文經書，其中有《尚書》《禮記》《論語》《孝經》等。

《論衡·正説》篇説：“孝景帝時，魯共（恭）王壞孔子教授堂以爲殿，得百篇《尚書》於墻壁中，武帝使使者取視，莫能讀者，遂秘於中，外不得見。至孝成皇帝時，徵爲古文《尚書》學。”《漢書·藝文志》説:"武帝末,魯恭王壞孔子宅,欲以廣其宫,而得古文《尚書》及《禮記》《論語》《孝經》,凡數十篇,皆古文也。……孔安國者,孔子後也,悉得其書,以考二十九篇,得多十六篇,安國獻之,遭巫蠱事,未列於學官。"曾師指出:"同一事件的記述,還見於《論衡·案書篇》《漢書·楚元王傳》《説文解字·序》等。關於孔子壁中書發現的年代,古籍記載有景帝年間和武帝年間二説,以情理推之,當是發現於景帝年間,而孔安國獻書於武帝年間。"① 在漢代,儒家重要經典的戰國寫本還續有發現,如《論衡·正説》篇説:"至孝宣皇帝之時,河内女子發老屋,得逸《易》《禮》《尚書》各一篇,奏之。宣帝下示博士,然後《易》《禮》《尚書》各益一篇。而《尚書》二十九篇始定矣。"

東漢許慎撰《説文解字》,系統整理的漢代所見文字資料,固然有秦漢才出現的新字俗體,但主體仍是戰國文字,小篆和籀文多屬戰國秦系文字,古文則大致爲六國文字之遺留。許慎可説是對戰國文字作過通盤整理和研究的第一人。

《晉書·束皙傳》:"初,太康二年,汲郡人不準盜發魏襄王墓,或言安釐王冢,得竹書數十車……武帝以其書付秘書校綴次第,尋考指歸,而以今文寫之。"當時參加汲冢竹書整理的學者有荀勖、束皙、和嶠等,得書十五部,八十七卷,凡十餘萬言。可惜只有《穆天子傳》等少量文獻流傳下來。

古代戰國文字的兩次大發現都對中國學術史産生了重大影響。有學者指出,孔子壁中書屬於齊系文字資料,汲冢竹書屬於晉系文字資料,20世紀50年代之後發現的多批竹簡則幾乎都是楚系文字資料。

出土文獻的重大發現往往是個人偶然造成的,但中國歷史上屢有

① 曾師爲拙著《簡帛兵學文獻探論》所撰序言,廣州:中山大學出版社,1999年,第4頁。

整理出土文獻的“政府行爲”，有着豐富的成功經驗。如漢代官方安排孔安國整理中秘所藏孔壁圖書；西晉時安排荀勖、束晳、和嶠等學者整理汲冢竹書。20 世紀 70 年代，在北京沙灘紅樓集中了一批全國一流專家從事秦漢簡帛整理，成果豐碩，堪稱範例。

二

晚清學者陳介祺、程瑶田、吴大澂等已認識到許多古代兵器、璽印和陶器上的文字爲晚周文字。而 20 世紀上半葉爲戰國文字研究的奠基時期，何琳儀先生指出：“近代戰國文字研究，是建立在出土文字資料和對傳世‘古文’研究基礎上而興起的新學科，王國維則是這一學科的奠基人。”① 所言甚是。王氏確定了戰國文字的性質，提出了“秦用籀文、六國用古文”的重要學術觀點，將東周文字分爲東土文字和西土文字，初步勾勒出戰國文字分域的規模。爬梳了兵、陶、璽、貨等多種品類的戰國文字材料，對多種傳抄古文材料作了深入的考察。在當時疑古思潮盛行的時代氛圍中有特殊的積極意義，李春桃先生已有專門論述。② 中華人民共和國成立之前戰國文字資料的出土及其考釋成果屈指可數，如 20 年代洛陽金村出土的驫羌鐘，有吴其昌、徐中舒、劉節、温廷敬等學者分别撰文考釋；30 年代安徽壽縣楚墓出土的銅器群的考釋；唐蘭先生、張政烺先生考釋齊陶文的論文；石鼓文和詛楚文的一些相關論文等。40 年代長沙楚帛書出土；

---

① 何琳儀著：《戰國文字通論（訂補）》，南京：江蘇教育出版社，2003 年，第 9 頁。

② 李春桃：《王國維與清末民初古文研究》，復旦大學出土文獻與古文字研究中心編：《戰國文字研究的回顧與展望》，上海：中西書局，2017 年，第 38—45 頁。

50 年代幾批楚簡的零星發現，只有饒宗頤、朱德熙、史樹青等幾位先生的論著作專門研討。總體來説，戰國文字研究的進展較爲緩慢。直到李學勤先生《戰國題銘概述》的發表，才標志着戰國文字研究成爲古文字學的一個獨立分支。

三

七八十年代是戰國文字研究的勃興時期。這一時期有許多重要的發現，如中山王墓銅器、睡虎地秦簡、曾侯乙墓鐘磬和竹簡、包山楚簡、郭店簡等，都引起了一陣陣的研究熱潮，何琳儀先生、李守奎先生分别作了很好的歸納,① 此處可略爲補充。這一階段國内三個學科點曾對戰國文字有集中的研究，如北京大學朱德熙、高明、裘錫圭、李家浩、李零等先生的楚簡整理，楚帛書、貨幣文、古璽文、古陶文研究；吉林大學于省吾、姚孝遂、林澐、何琳儀、吳振武、湯餘惠、黄錫全、曹錦炎和劉釗等先生在戰國文字理論建設、分類考釋、傳抄古文等方面的研究；中山大學容庚、商承祚、馬國權、曾憲通、陳煒湛、張振林、孫稚雛等先生對戰國金文、楚簡、楚帛書、古璽文、古陶文、睡虎地秦簡和傳抄古文的整理與研究。90 年代以來的戰國文字研究延續了興旺的態勢，包山簡和郭店簡的先後公佈，震驚了海内外漢學界，而正在陸續整理刊佈的上博簡、清華簡和即將刊佈的安大簡，相關研究如火如荼，成果喜人。

文字考釋是古文字學的核心。戰國文字考釋，初如處處清泉，汩

① 何琳儀著:《戰國文字通論（訂補）》，南京：江蘇教育出版社，2003 年，第 12—18 頁；李守奎:《楚文字與“楚文字學”的構建》，復旦大學出土文獻與古文字研究中心編:《戰國文字研究的回顧與展望》，上海：中西書局，2017 年，第 28 頁。

汩噴涌，繼則蜿蜒潺湲，衆溪歸流，終至成浩浩蕩蕩之勢。晚清以來，戰國文字考釋的成果汗牛充棟。許多成果讓人津津樂道，如饒宗頤先生釋“笞”，李學勤先生釋“冶”（説見《戰國題銘概述》），何琳儀先生《戰國文字通論》亦特别指出。而李先生曾告訴蘇輝説前輩學者似已釋出，只是出處不詳，後來蘇氏查出孫詒讓《古籀餘論》卷二“右軍戈”下已釋“冶”。① 朱德熙先生釋“者”、釋“廄”，裘錫圭先生釋“市”，曾師釋“繇”，李家浩先生釋“芯”，吴振武先生釋“廩”、釋“鍾”，等等，無不膾炙人口。李守奎、趙平安、劉玉環、張峰、岳曉峰、石小力等對訛字的研究；禤健聰等人對楚系簡帛用字習慣的研究；馮勝君、李守奎、李松儒等對楚簡字迹的研究；周波對戰國各系文字間用字差異現象的研究；陳偉武對秦楚文字的比較研究……亦各有創獲。

漢語文字學中字詞關係的研究，裘錫圭先生有開創之功，黄德寬、李運富、陳斯鵬、田煒等學者各有貢獻，② 近年這方面所取得的長足進步，並不局限於戰國文字研究這一分支方向，但主要還是得力於戰國文字研究的成果。

與歷史學、考古學、語言學的結合研究。如黄盛璋、何琳儀、黄錫全、陳偉、徐少華、吴良寶等將戰國文字考釋與歷史地理學研究相結合。重視名物的研究，與出土文物相結合，如劉國勝對楚簡中喪葬

① 蘇輝著：《秦三晉紀年兵器研究》，上海：上海古籍出版社，2013 年，第 286 頁。

② 裘錫圭著：《文字學概要》，北京：商務印書館，1988 年；黄德寬：《古漢字形聲結構論考》，吉林大學博士學位論文，指導教師：姚孝遂教授，1996 年；李運富著：《漢字漢語論稿》，北京：學苑出版社，2008 年；陳斯鵬著：《楚系簡帛中字形與音義關係研究》，北京：中國社會科學出版社，2011 年；田煒著：《西周金文字詞關係研究》，上海：上海古籍出版社，2016 年。

簡的研究,① 蕭聖中對楚簡中車馬器名的研究;② 范常喜對楚簡中戰國音樂史料及其他名物詞的整理與研究。③ 這應是未來大有可爲的領域。又如孟蓬生、陳偉武、王志平等將戰國文字考釋與上古漢語詞彙史研究相結合;或與先秦楚方言研究相結合,趙彤對楚方音的探索、④ 譚步雲對楚語詞彙的考察,⑤ 都别開生面。

外國學者多有戰國文字研究的成果,如巴納對楚帛書的研究;馬幾道對石鼓文的研究;平勢隆郎對侯馬盟書的研究;大西克也、顧史考等學者對郭店簡、上博簡和清華簡的研究;魏克彬對溫縣盟書的研究;等等。外國學者對戰國文字的研究,側重於文獻來源及性質的考辨、文獻形式變化的考察、文本内容的串講或翻譯諸方面,較少字詞考釋方面的篇章。本書中只能適度裁擇,無法兼收並蓄。

反映百餘年來戰國文字考釋的脈動,讓學術界在治古文字學史時有所取資,這也是此書的目的之一。回首戰國文字研究的歷史,有幾方面值得我們注意:

其一,重大發現帶來學科發展的契機。新發現帶來新學問,如 20 年代洛陽金村出土的三晉青銅器群;30 年代安徽壽縣李三孤堆出土的楚銅器群;70 年代中山國、曾國、秦國的大宗文字資料出土;80 年代出土的包山楚簡;90 年代以後出土的郭店楚簡、上博簡和清華簡;都引起了一陣陣的熱潮,刺激了戰國文字研究的迅速開展,並産生了深廣的影響。如中山王墓文字資料的考釋,提陞了人們對傳抄

---

① 劉國勝著:《楚喪葬簡牘集釋》,北京:科學出版社,2011 年。

② 蕭聖中著:《曾侯乙墓竹簡釋文補正暨車馬制度研究》,北京:科學出版社,2011 年。

③ 范常喜著:《簡帛探微——簡帛字詞考釋與文獻新證》,上海:中西書局,2016 年。

④ 趙彤著:《戰國楚方言音系》,北京:中國戲劇出版社,2006 年。

⑤ 譚步雲著:《古楚語詞匯研究》,新北:花木蘭文化出版社,2015 年。

古文價值的科學認識。一些長期懸而未決的疑難字詞，往往靠新材料的出土而涣然冰釋。如“遷”字、“罷”字等。

其二，重要學術人物對學科發展貢獻卓著，如王國維、容庚、于省吾、商承祚、李學勤、裘錫圭、曾憲通、趙誠、何琳儀、李家浩、張光裕、湯餘惠、曹錦炎、黄錫全、吴振武、張桂光、劉釗、黄德寬、陳偉、許學仁、季旭昇、周鳳五、林素清等。

其三，研究手段對學科發展有不容忽視的影響。過去墨拓技術對古文字資料的傳佈有重要的作用，黑白攝影技術、彩色攝影技術、紅外掃描攝影技術都先後對戰國文字研究貢獻良多。我們正身處信息化時代，大數據的科學技術爲研究工作帶來莫大的便利，未來的戰國文字研究一定發展更加迅猛。

2015 年，復旦大學出土文獻與古文字研究中心舉行“戰國文字研究的回顧與展望學術研討會”，有不少論文都從理論上探討戰國文字的研究對象、研究範圍和研究方法，回顧了歷史，展望未來的學科前景。目前信息發達，古文字資料庫建設如日之昇，學術活動頻繁，研究隊伍不斷壯大，成果紛至沓來，學術集刊如雨後春筍般涌現，書籍出版流佈迅速廣遠。戰國文字研究呈現一派繁榮之象，業已發展成爲古文字學幾個分支中最爲熱門的方向。

四

1928 年丁福保《説文解字詁林》出版，這種網羅衆説、洞見癥結的著作對學界幫助至巨。20 世紀七八十年代李孝定先生獨力撰集的《甲骨文字集釋》，周法高先生主編《金文詁林》《金文詁林補》；90 年代于省吾先生主編、姚孝遂先生按語撰寫的《甲骨文字詁林》，李圃先生主編的《古文字詁林》，黄德寬先生主編的《古文字譜系疏證》，都是古文字學史上的重要著作。

目前見到的戰國文字工具書主要有：何琳儀《戰國古文字典》（1998）；王輝《古文字通假字典》（2008），白於藍《簡牘帛書通假字字典》（2008），劉信芳《楚簡帛通假彙釋》（2011），白於藍《戰國秦漢簡帛古書通假字彙纂》（2012）、《簡帛古書通假字大系》（2017）；徐在國《楚帛書詁林》（2010）；滕壬生《楚系簡帛文字編》（1995/2008），湯餘惠主編《戰國文字編》（2001/2015），李守奎《楚文字編》（2003），吳良寶《先秦貨幣文字編》（2006），李守奎、曲冰、孫偉龍編《上海博物館藏戰國楚竹書（一～五）文字編》（2007），徐在國《戰國文字論著目録索引》（2007），孫剛《齊文字編》（2010），饒宗頤主編、徐在國副主編《上博藏戰國楚竹書字匯》（2012），李守奎、賈連翔、馬楠編著《包山楚墓文字全編》（2012），王輝主編《秦文字編》（2012），方勇《秦簡牘文字編》（2012），徐在國《上博楚簡文字聲系（一～八）》（2013），湯志彪《三晉文字編》（2013），朱曉雪《包山楚簡綜述》（2013，引者按，内含文字編），張振謙《齊魯文字編》（2014），李學勤主編、沈建華、賈連翔編《清華大學藏戰國竹簡（壹—叁）文字編》（2014）、《清華大學藏戰國竹簡（肆—陸）文字編》（2017），徐在國、程燕、張振謙編著《戰國文字字形表》（2017），等等。

戰國文字研究及相關工具書編纂方面已碩果纍纍，以上諸書取材各有所重，類型與功用大多較爲專一，希望《集釋》在某種程度上能彌補上述工具書的遺憾，努力從總體上去反映戰國文字考釋的歷史面貌和現狀。學如積薪，假若没有前述多種工具書的重大貢獻作爲基礎，《集釋》之成亦不可思議。

舊材料尚未吃透，新材料又層出不窮，出土戰國文獻字詞考釋存留疑難問題甚多，有待於學界同仁加倍努力。

五

2002年趙誠先生提出“戰國文字詁林”的選題，我們當時覺得力有未逮，退而求其次，只提“出土戰國文獻字詞集釋”，2003年由曾師申請國家社科基金一般項目獲得立項。2007年結項，成果鑒定等級爲“優秀”。

十數年來，學術界許多師友對《集釋》項目的完成及成書關愛有加，例如，2004年7月25日，筆者拜訪裘錫圭先生，就《集釋》編纂問題向裘先生求教。裘先生建議我們説，要以語文性詞語爲主，哲學、歷史等方面的詞語爲輔，避免將太多史實考證、思想史研究的成果都收録在内。趙誠、李家浩、張桂光、吳振武、劉釗等先生參加過我們的審稿會。陳煒湛先生一直參加我們課題組的活動，在體例方面多所建言指導。項目開展前期，黄光武先生曾爲課題組做了不少服務工作。吳振武和黄德寬兩位先生還爲此書申請出版資助撰寫推薦書，中華書局副總編輯顧青先生、語言文字編輯室原主任陳抗先生、現任主任秦淑華女士多年來關心、支持此書的編纂和出版。秦主任和多名編輯在此書編校過程中耗費了大量的心血。謹在此一並致以由衷的感謝！

由於工程遷延多年，人員流動性大，項目結項後書稿的修改、增訂、校對又花去了十年光陰。除了此書正式出版時署名的顧問、主編、分卷主編之外，參加過前期部分資料蒐集工作的學友還有黄人二、趙立偉和楊冰等。參加過書稿後期編校工作的博士生、碩士生還有劉政學、蔡一峰、李愛民、梁鶴、楊鵬樺、柳洋、孫會强、賈高操、杜曉君、謝美菊、張珍珍、唐雨、廖丹妮、翁明鵬、陳曉聰、劉偉浠、林焕澤、劉凱先、凌嘉鴻等。行百里者半九十，操持此書後期諸多事務，范常喜、王輝、陳送文、石小力和蔡一峰奉獻心力至多。多年媳婦熬成婆，當年參加項目的陳斯鵬、禤健聰、范常喜、田煒和秦曉華早已從博士生或碩士生變成了成就喜人的教授。近兩三年課題組的領導組織工作主要靠常喜在做，尤其令人感動。

我們水平有限，《集釋》雜出衆手，涉及資料浩繁龐雜，成書時間跨度較大，錯漏勢在不免，敬祈讀者多加批評指正。

2018 年 10 月 28 日寫畢

原載曾憲通、陳偉武主編《出土戰國文獻字詞集釋》，

中華書局，2018 年

《愈愚齋磨牙集》前言

此次將本人舊作結集，選入論文四十餘篇，早者刊於 1987 年，遲者至於 2013 年。内容大體有如下諸方面：

一是古文字考釋之作。涉及戰國簡帛者十篇，有關秦漢簡帛者三篇。主要是對戰國至漢初簡帛釋讀實踐中尚未解決的疑難問題展開新的研討，例如，郭店簡有“耴”字，見《緇衣》篇，整理者隸作“佴”，裘錫圭先生按語認爲“似非从人，《説文》有‘畘’字，疑即由此字訛變而成”。筆者指出此字當是從咠從入的雙聲符字，咠、入古音近。《説文》訛爲“畘”，依然是雙聲符字。郭店簡《唐虞之道》“四枳脵陆”，裘錫圭先生讀爲“四肢倦惰”，我認爲“陆”可釋爲“厓”之異構而讀作“解（懈）”。我曾將包山簡“逹宿”讀爲“解枸（拘）”、九店簡“逹凶”讀爲“解凶”。楚簡表示病癒用“瘦”字即“疸”字，等於説“病往也”“病止也”，可看作“瘥”的同源字而非異體字或通假字。上博二《從政》甲簡 17“[illegible]敌”之“[illegible]”釋爲“兇”讀作“樊”，指阻礙禁錮。上博三《彭祖》簡 3“余朕孳”李零先生以“朕孳”爲耇老之名，我認爲當以“余朕”爲第一人稱代詞同義連文，與耇老之名“孳”構成同位關係。《彭祖》簡 6“述惕之心不可長”，“述惕”當讀爲“墜易”，本指墜失廢弛，轉指輕慢大意。上博五《三德》簡 14“方縈勿伐”，或讀“縈”

爲“營”，或如字讀，我改讀爲“榮”訓爲繁盛。上博七《武王踐阼》簡2“盍□虐（乎）”和“武王□三日”之“□”、“□”字，諸家考釋有歧見，我認爲當隸定作“㫎”，析爲從祈，叽聲，“㫎”以几爲基本聲符。上博七《凡物流形》甲簡14“夫雨之至，箸（埶）□瀌之”，筆者認爲字當隸作雩，從雨，雩聲，當是“雩”之聲符替换字，“瀌”字讀“薦”讀“津”均不可信，當讀爲“祭”，“雩祭”古書習見。

秦漢簡帛字詞考釋也有一些愚見，如將睡虎地秦簡《田律》“毋敢夜草爲灰”之“夜”讀爲“畬”指燒草治田；《法律答問》“乏繇（徭）”之“乏”訓爲“廢”；《封診式》“自晝”“自宵”之“自”訓爲“在”；《日書》“頭頯”訓爲秃頂，“常行”讀爲“當行”指路中央，“大常（當）行”指道路之神。《爲吏之道》“民將姚去”之“姚”讀爲“逃”。銀雀山漢簡《尉繚子》一“甲不出睪”和“睪甲而勝”之“睪”當讀爲“櫜”分别指裝兵甲的袋子和收藏兵甲；《孫臏兵法·官一》“武退”訓爲輕率撤退，與“武進”相對；張家山漢簡《奏讞書》“遯亡”訓爲同義連文指逃亡（銀雀山漢簡《兵令》作“述亡”）；孔家坡漢簡《日書》“利以祠祀外”和“外除”兩個“外”字均當訓爲室外、野外。馬王堆帛書《五十二病方》“甘沮”讀爲“含咀”猶言嚼咀。

在秦簡中表達“顧”這個詞，或寫作從頁，雇聲；或從隹從頁，爻聲。有學者認爲此爲匣母宵部字，我指出此非卦爻之“爻”，而是音同“疋”或“雅”，即“延”字（屬雙聲符字）所從聲符之一。

出土楚系簡牘與傳世戰國諸子書時代最爲接近，内容也多可相互證發。《戰國楚簡與傳世子書字詞合證》一文，選取郭店簡和上博簡字詞若干例，與傳世子書比照參覈，旁及其他文獻資料加以考釋。

《試論簡帛文獻中的格言資料》一文，對簡帛格言資料作了一些概述和疏釋，並探討了它們的性質、形式特徵和現實意義。

需要説明的是，《睡虎地秦簡核詁》有劄記廿二則，先由《中國語文》選刊六則，後來全文由《胡厚宣先生紀念文集》發表。《西漢簡帛補釋》一短文，原題爲《秦漢簡帛補釋》，曾刊於某雜志，編輯删去原稿開首有關睡虎地秦簡的幾則劄記（後併入《秦漢簡牘考釋拾遺》），造成文不對題、注不對文的情形，本人也“被調入”中山大學出版社。

有幾篇小文涉及甲骨文、金文、陶文和漆書的考釋。于省吾先生主編、姚孝遂先生副主編的《甲骨文字詁林》是甲骨文發現之後九十年間考釋成果的集大成之作，《〈甲骨文字詁林〉補遺》一文列舉了其中一些疏漏，分爲“未録先有之説”“未録較爲重要之説”“未録編者自家成果”等幾方面加以敘述，或可供使用《詁林》者參考。

甲骨文“犷”字舊多釋爲“狼”或“狐”，《説“貘”及其相關諸字》一文認爲，“犷”字疑爲“貘”的早期寫法，見於武丁卜辭，在商代金文和周原甲骨中出現“獏”字較爲後起，春秋金文“獏”字陳漢平先生疑爲“獏”字異體當是，至戰國楚簡又寫作“鼴”“蟇”“莫”等。文中指出商代甲骨文“犷”字所指很有可能就是早已在中國絶迹而至今仍生存於熱帶地區的動物“貘”。如今看來，上博一《性情論》簡38和荆門左塚楚墓棋桐漆書也有“犷”字，均用爲“猛”，整理者的讀法可從。甲骨文“犷”字至戰國仍有沿用，殷墟也有貘的骨骼出土。美國弗利爾美術館藏有中國商代晚期的貘尊一件。釋“狐”之説不可信。另有學者批評拙説並維護前輩釋“狼”之説，但“良”從“亡”聲也是遲至小篆才由回廊之形聲化而成，故釋“狼”之説尚不足以讓我放棄釋“貘”的觀點。

《〈古陶文字徵〉訂補》一文指出，高明和葛英會二位先生編纂的《古陶文字徵》一書在内容和體例上遠較《古匋文孴録》和《陶文編》美備，在引用其他品類的古文字材料、引用傳鈔古文和引用通人之説三方面，也與《古璽文編》互有短長。對於《文字徵》的疏失，筆者據他家言訂正28例，以己見補正12例，另有技術性偶疏28例，文中亦一一指陳。

2007年張光裕教授惠贈筆者兩件新見曾國銅器照片，於是撰成《兩件新見曾國銅器銘文考述》一文，考釋舊未著録的曾子伯皮鼎和曾太保嬇簋銘文，指出兩器均屬西周晚期或兩周之際器物，爲曾國歷史研究提供了新資料。以考古材料印證朱芳圃先生之説，辨析“曾”字上兩筆爲甑器兩耳之狀而非蒸汽上出之形。《曾國青銅器》所著録的兩件曾太保簋，甲簋亦見於《殷周金文集成》4054號，我們可用新見曾太保嬇簋銘文訂補《曾器》和《集成》二書釋文的缺失。

《荆門左塚楚墓漆梮文字補釋》首先對左塚楚墓所出棋梮的漆書文字補釋十餘事，然後對棋梮性質也有所補説，指出棋梮中有一欄所謂“專講民之性情和行爲的文字”，其實也是從爲政者的角度着眼；而漆書文字中有“寧”“成”“坪”“利”“安”“衰”等單音詞，與戰國秦漢墓葬所出日書中的日名多有吻合，當如整理者所言，與占測宜忌吉凶有關。徐在國先生曾有大文《楚漆局劄記》（《文物研究》第十四輯，黄山書社，2005年），筆者失誤而疏於援引。有關棋梮漆書文字，還有蘇建洲先生的《荆門左塚楚墓漆梮字詞考釋五則》（《中國文字》新三十五期，藝文印書館，2010年），朱曉雪女士作過匯釋（《左塚漆梮文字匯釋》，《中國文字》新三十六期，藝文印書館，2011年），讀者當可參看。

《曾國青銅器》一書是著録曾國青銅器的總結性著作，《〈曾國青銅器〉讀後記》一文對書中銘文釋讀及技術性偶疏作了一些辨析，可供使用此書者參考。

《舊釋“折”及從“折”之字平議》一文，考釋楚簡中讀爲

"慎"之字，兼及金文、古璽、帶鉤過去釋爲"折"或"誓"之字。陳劍先生《説"慎"》遠較拙文全面而深入。後來陳秉新、陳美蘭、周寶宏等學者對"慎"和相關諸字均有研討，近時曹錦炎先生有大作考釋蔡公子戈"縝"字，指出楚簡所謂"慎"字實爲"縝"字（將刊於《古文字研究》第三十輯）。

學者對拙説多有指正，本人衷心感謝。而相關問題難以一一回應，或疏於援引，至以爲歉。如釋郭店簡《窮達以時》簡6"管夷吾拘囚[illegible]縛"之[illegible]爲"弇"，讀爲梏。王志平先生亦釋"梏"（參王氏《郭店楚簡〈窮達以時〉校釋》，《簡牘學研究》第三輯，甘肅人民出版社，2002年）。

二是兼有理論或古文字學史意味之作。包括探討雙聲符字、同符合體字、專用字、同形字、變體字、古文字資料擬補等問題，此外還有幾篇論文討論郭店楚簡中《漢語大字典》所無之字，考述晚清學者對傳抄古文的研究，評介曾師經法先生學術成就。

一個字含有兩個表示音讀的構件，就是雙聲符字，過去學者們稱爲"皆聲""二重形聲""二聲字""兩聲字""雙重標音""雙體同音複合字""純雙聲符字"等，筆者《雙聲符字綜論》一文折衷諸家學説，對雙聲符字的定義、性質及類别均有所辨析，對學者以前利用雙聲符字結構原理考釋古文字的實績作了梳理，並補充了一些新的例證。

同符合體字是指由兩個或兩個以上相同部件構成的字，如"从"字等。從商代甲骨文到現行漢字，這類字一直存在着。《同符合體字探微》一文着重討論了同符合體字的形音義關係，分析了它們繁簡無别、同符異構、同源及其他各種意義條例。同符合體字大體屬於會意字，具有見形知義的優點，也有表音不明確的缺點，最終走向衰落，大多爲形聲字所取代。

同形字是指音義不同而形體相同的字，與音義相同而形體有别的異體字相對應。顔師古、鄭樵、段玉裁、朱駿聲、王力、李榮、陳煒湛、裘錫圭等古今學者都曾經論及同形字問題，筆者《戰國秦漢同形字論綱》一文着重收集共時的同形字，分别討論戰國秦漢同形字的表現、成因、性質以及同形字研究對古文字考釋的意義。

郭店楚墓竹簡具有多方面的學術價值，在字書編纂方面的價值，亦足資論列。"全部簡文字數共 12072 文，計分字頭 1344 個，合文 22 個。" 筆者取與《漢語大字典》相比較，形體結構不見於《大字典》楷體字頭者約有 300 字，對這些字的結構特點及性質作了粗淺的討論，就成了《郭店楚簡中〈漢語大字典〉所無之字》一文。

專爲某一意義而造的字就是"專用字"，或稱"專字""分别文""分化字""區别字""專造字"，現代古文字學家在考釋古文字或疏解出土文獻時經常會指明某字爲專用字。《新出楚系竹簡中的專用字綜議》一文，取材於曾侯乙墓簡、包山簡、郭店簡、九店簡、上博簡等，旁及其他古文字資料，對專用字的性質、特點均有所揭示。

變體字是指增減筆畫、改變筆畫方向或部件位置而構成與原字不同的字。楊樹達先生首倡"變體"之説，于省吾、李新魁、裘錫圭和張亞初等先生都有諸多論述，筆者在《出土古文字資料與變體字》中主要對前輩學者已有成果進行梳理，分爲"《説文》所見變體字辨證""出土古文字資料中的變體字""其他資料所見變體字"幾方面加以闡述。變體字是聯繫兩個或兩個以上的漢字加以分析的結果，前輩學者的相關研究，有利於補正"六書説"的缺失。變體字可以是同源分化字，也可以是來源各别、在漢字使用過程中因避免重複而産生的新字。

古文字資料對古代社會歷史文化及語言文字研究意義重大，而在書寫鑄刻傳抄過程中，訛奪時有發生，出土時往往殘損嚴重。對出土古文字資料殘缺部分加以構擬補足，簡稱“擬補”。擬補是出土古文字資料復原的有機組成部分，古文字學家所作擬補，時有出入，可從古文字學、語言學、文獻學等角度加以考察，驗證其是否合理。《試論出土古文字資料之擬補》一文，正是對擬補的原理、類例及存在問題所作的探索。

在古文字考釋的實踐中，形聲字的結構分析仍然會出現種種偏差。《古文字中形聲結構辨析的若干問題》一文，對相關實例稍事整理，大致歸納爲六類：誤以聲符爲形符，誤以形符爲聲符，誤以聲符甲爲聲符乙，誤以形符甲爲形符乙，誤以初文爲省體，誤以聲符構件爲羨符；並對致誤原因也有所討論。

許瀚、王筠、鄭珍、陳介祺、吳大澂、孫詒讓等一大批晚清學者從多層面、多角度研究傳鈔古文，無論在理論上還是實踐上都積累了豐富的經驗和知識，值得認真總結。《試論晚清學者對傳鈔古文的研究》一文，檢討晚清學者在七十餘年間研究傳鈔古文的得失，主要從三方面入手：其一，對傳鈔古文本身的研究；其二，利用傳鈔古文考釋金文；其三，利用傳鈔古文考釋甲骨文。

《曾師經法先生學術成就述略》一文，介紹業師曾憲通先生的問學治學歷程，闡述曾師在古文字學、語言學、文化史、學術史研究諸方面的學術成就，將其治學特點歸納爲：其一，古文奇字，祛妄釋疑；其二，文化研究，以爲標的；其三，宏觀微觀，互爲表裏。

三是古文字與漢語史研究相結合的論文。有數篇都與先秦反義詞研究有關，可算一個系列。《先秦反義複合詞的產生及其偏義現象》一文指出，甲骨文中反義詞對舉非常頻繁，而連用對舉則是反義複合詞的直接過渡形式，殷代產生反義複合詞“旦湄”“上下（下上）”“往來”和“文武”絶非偶然。在甲骨文中對舉而用的“小”與

“大”、“左”與“右”、“出”與“入”，至西周已變成反義複合詞。反義複合詞的偏義現象至遲在西周也已經出現了。《甲骨文反義詞研究》列舉大量例子證明，同見一辭或對舉是甲骨文反義詞的一種分佈規律。文中還論述了甲骨文反義詞的形體標志的問題，指出甲骨文的形象性較强，象形字、指事字和會意字對某些單音節反義詞的相同義素和對立義素能起圖解作用。

有學者認爲“‘義反音亦反’是上古漢語單音節反義詞産生的一條重要規律”。筆者在《“義反音亦反”辨議》一文批評了這種觀點，指出這是由“音同義也同，音近義也近”的規律演繹出來的産物。

商周秦漢縮略語的探討，曾是自己頗爲用力的專題，共有三篇論文，討論商代甲骨文、兩周金文和戰國秦漢文獻中的縮略語，分别參加中國語言學會第九、十一、十三届年會，先後刊於《中國語言學報》。《出土戰國秦漢文獻中的縮略語》一文，先爲出土戰國秦漢文獻中的縮略語作了界定，再按其來源劃分爲三種類型，指出這些縮略語的結構特徵是：縮略具有任意性；注重保留原詞語的首字；省去原詞語的次要成分。文章還辨析了若干縮略語實例，最後簡要探討了縮略語的性質。《商代甲骨文中的縮略語》一文，着重描寫了商代甲骨文中三種類型的縮略語，包括記時詞語的縮略、國族名和地名的縮略、先公先王及舊臣將領名號的縮略等。文中指出一個原詞語對應兩個或兩個以上的縮略語，這種詞彙現象早在商代甲骨文就已存在；同時，商代的詞語縮略，已經注意保留原詞語的重要語素而省略其次要語素。在《兩周金文中的縮略語》一文中，着力描寫兩周金文中的縮略語，粗分爲人物名號縮略、國族名號縮略、地名縮略，這些都屬於專名的縮略；此外還有一般詞語的縮略。在記時詞語縮略方面，兩周金文所見不及商代甲骨文普遍，而在一個原詞語存在多種縮略形式對應方面，兩周金文更爲常見，職官分類更趨細密，官稱縮略也更活躍。

吉祥語又稱吉語、嘏辭等，或施於祈禱，或施於問候，或施於祝頌。20 世紀 30 年代，徐中舒先生撰有名文《金文嘏辭釋例》，堪稱垂範之作，其取材大體限於西周和春秋金文，而金文之外，古文字資料尚有多種品類（如璽文、陶文、玉石文、貨幣文、簡帛文等），吉祥語的内容、形式及性質亦各有不同特點，《出土戰國秦漢文獻中的吉祥語》一文，專門討論戰國秦漢時代多種古文字材料所見的吉祥語。

《出土文獻之於古漢語研究十年回眸》一文應《古漢語研究》雜志之約，對 1997 年之前十年間古漢語音韻、語法和詞彙諸方面的研究成果作了綜述。

數量合稱是指“三公”“四海”“五行”“六德”之類詞語。《試論戰國簡帛文獻中的數量合稱》一文，先對戰國簡帛文獻所見數量合稱作了一些輯證工作，分爲兩大類：分稱見於上下文的數量合稱、分稱不見於上下文的數量合稱。論文接着對相關問題加以討論：數量合稱的内容尚可研議；數量合稱的名實關係；數量合稱的字詞關係。筆者認爲，由於語言變遷和文字釋讀障礙等原因，使得戰國簡帛文獻所見數量合稱的考釋仍然存在不少争議；許多數量合稱出現頻率頗高，而且流傳久遠，視爲合稱詞當無不可，有的合稱有成爲泛稱的趨勢。

四是純屬漢語史研究的論文。

《古漢語指代詞同義連文説略》一文列舉了古漢語指代詞同義連文的六組例子：① 朕吾、余朕、朕余；② 爾汝；③ 渠伊；④ 此若、若此、夫若；⑤ 彼其（之）、夫其、此其、其此；⑥ 誰何、何誰、孰誰、何孰；並對這一具有漢語特色的語法現象的成因及性質有所説釋。

《先秦反義詞辨識》一文，辨識的反義詞分爲三種："本爲反義詞而誤解例""本爲反義複合詞而誤解例""反義語素並列而誤倒例"。

《訓詁校勘劄記》一文是有關傳世文獻字詞訓釋或校勘的一些劄記。

《漢語"尤最"副詞的對立來源》一文，追溯漢語"尤最"副詞的來源，羅列大量實例證明，漢語以積極和消極的性質對立的事物表"尤最"，殊途同致，效果無差。

稱謂有其長幼尊卑之序，若不依序而用，即是行輩失序。《古代稱謂行輩失序證例》一文列舉了古代稱謂行輩失序的若干實證，並從語義學和修辭學的角度予以解釋。

《罵詈行爲與漢語詈詞探論》一文，首先分析作爲言語習俗的罵詈行爲的心理機制，然後指出，漢語詈詞相當發達，且具有種種認知價值，充分表現了中國文化中的人本觀念、種族意識和倫理道德觀念，反面證明了中國人的生活理想，正好爲研究俗文化、整體把握中國文化精神提供了大量真實生動的材料，值得研究者重視。

原來有一些單篇論文，如《銀雀山漢簡通假字辨議》《銀雀山漢簡考釋十則》等，已見於拙著《簡帛兵學文獻探論》，暫不録入此集。另有三兩篇小文論及清華簡，亦不録入。

以上略述本文集内容梗概，卑之無甚高論，漫無友紀，真誠期待同行師友指正。

原載陳偉武著《愈愚齋磨牙集——古文字與漢語史研究叢稿》，

中西書局，2014 年

“戰國文字詁林書系”弁言

戰國時期是中華民族發展史上的一個文化高峰，誕生了燦爛的物質文明和精神文明。戰國文字記録並見證了兩百多年輝煌的歷史成就。出土戰國文獻也是研究戰國社會歷史文化乃至整個中國古代史的寶貴資料。戰國文字上承商周古文，下啓秦漢文字，是漢字發展史上由同轉異、復由異趨同的關鍵轉折階段。其研究肇端於漢代，而後衰歇多時，宋代傳抄古文的整理研究以及晚清學者指認兵、陶、璽、貨銘刻爲晚周文字，都值得一提。而作爲古文字學的分支方向之一，戰國文字研究在20世紀初始由王國維先生奠定了學科基礎；50年代李學勤先生發表了《戰國題銘概述》等論文，又對戰國文字研究産生了積極的影響；70年代以來，大宗戰國文字資料不斷出土，引起了一陣陣研究熱潮。21世紀，戰國文字研究成果日新月異，豐碩無比，《戰國文字詁林》可謂應運而生，正是爲了適應學科發展的需要、爲了總結這些成果而作。

20世紀古文字研究領域先後出現了丁福保先生編纂的《説文解字詁林》、周法高先生主編的《金文詁林》、于省吾先生主編的《甲骨文字詁林》、李圃先生主編的《古文字詁林》，這些大型工具書嘉惠學界多時，影響深遠。戰國文字研究成果如林，而目前只有局部研究稱“詁林”的著作，如徐在國先生的《楚帛書詁林》。2002年，趙誠先生曾以“戰國文字詁林”的名目囑托曾師經法（憲通）先生和我，限於當時的條件，我們退而求其次，用十五年時間，帶領一批青年學人完成了《出土戰國文獻字詞集釋》，2018 年由中華書局正式出版。有了這個基礎，2017 年由我牽頭承擔國家社科基金重大項目“戰國文字詁林及數據庫建設”，這一項目經過數年努力，進展順利。

編纂《戰國文字詁林》作爲戰國文字研究的集成性考釋成果，是我們團隊一直在從事的主要工作。與此同時，我們搭建“戰國文字詁林數據庫”，集戰國文字字形、原始著録資料、研究考釋成果彙編、學者論著目録於一身，而且將實現文字材料和考釋成果的動態更新，力求實現所有考釋成果的數字化和電子化，爲古文字學、語言學、歷史學、考古學、文獻學等領域的學術研究，提供堅實可靠的基礎和高效便捷的資料獲取途徑。戰國文字資料層出不窮，極爲浩繁，研究任務長久而艱巨，數據庫將優先提供給學術界專家學者使用，然後漸次向社會大衆開放。作爲項目的副産品，“戰國文字詁林書系”以叢書的形式，彙集一批與課題相關的新成果，即將由中華書局出版。研究戰國文字，必須上掛下聯，縱横比照。“書系”中收入的著作以戰國文字研究爲主體，也有與戰國文字相關的其他古文字研究的作品，將陸續交付出版。我應命硬寫一段“弁言”，算是盡一點項目負責人應盡的責任吧。

虎年伊始，沚齋陳永正先生送了一對春聯給我：“虎觀風清留作述，兔園春好駐芳菲。”這是學術前輩對我們的美好期許和勖勉。“書系”以范常喜教授的《出土文獻名物考》首發，開了個“虎頭”，希望最後能够善始善終，有個“虎尾”，哪怕“豹尾”也行，千萬不能虎頭蛇尾。

陳偉武

壬寅元宵於康樂園愈愚齋

原載《出土文獻名物考》，中華書局，2022 年

《〈金文編〉稿本》影印前言

《金文編》是容庚先生的成名作，也是其一生念兹在兹的學術代表作，從 1925 年貽安堂初版、1939 年商務印書館二版、1959 年科學出版社三版至 1985 年中華書局四版，2011 年又出了第三版批校本，可謂久享盛名，風靡宇内。《金文編》稿本在 2001 年由容先生親屬捐贈公家，現藏於中山大學古文字研究所容庚商承祚先生紀念室。1922 年，容先生攜此稿本赴北平求學，往天津謁見羅振玉先生，得到羅氏賞識獎掖，並獲推薦給馬衡先生，從而入讀北京大學研究所國學門。自此步入學術通途，大放異彩。今年適逢容先生北上百年，承蒙其親屬首肯，《金文編》稿本將由中華書局影印出版。稿本綫裝凡四册，用印有“容齋”邊款的專用宣紙書寫，朱墨爛然，其内容結構和形制的情況，編輯朋友在“出版説明”已有精要的介紹，我只想借此稿本重光之機，略述與容先生及稿本相關的一些問題。

一、《金文編》從稿本到初版的過程簡述

《金文編》從稿本到初版正式刊行，經歷了一個艱辛的過程，在容庚先生和其三弟肇祖（字元胎）先生後來各種撰述中均有或詳或略的記敘。

《容庚自傳》:“容庚字希白，廣東東莞人……一九一六年畢業於東莞中學，從從叔祖椿學畫半年，不竟學，復從母舅鄧爾雅學篆刻，編《金文編》，欲補吳大澂《説文古籀補》之缺失。一九二二年，與弟肇祖，同游京師，入北京大學研究所國學門，爲研究生。四年，《金文編》成。”① 《金文編》的修改定稿，從北上的 1922 年夏天算起，前後又歷經四年。

《頌齋自訂年譜》:“原名肇庚，字希白，號頌齋。　　一九二〇年（庚申）作《雕蟲小言》載於《小説月報》，是爲文字刊行之始。　　一九二二年（壬戌）六月二十三日與容肇祖同往北京學習。七月三日至天津謁羅振玉，以所著《金文編》稿就正，頗蒙獎飾，並與商承祚定交。七月入注音字母傳習所國語講習班畢業。投考入朝陽大學。經羅振玉介紹識馬衡先生並介紹入北京大學研究所國學門爲研究生。　　一九二三年（癸亥）……校《金文編》稿。　　一九二五年（乙丑）《金文編》付印，至六月四日告成，七月出版。”② 容先生兄弟同上北京的時間，當以此爲準，他處或簡言“民國十一年夏”“十一年夏”，或稱農曆“民國十一年五月”“十一年五月”“一九二二年五月”。到天津謁見羅振玉先生，是容先生人生中的一件大事，《年譜》有赴津的準確日期，容先生應是由鄧爾雅先生的朋友寫信介紹赴津拜訪羅氏。元胎先生寫道：“1922 年（民國十一年壬戌），我 25 歲。夏，我與大哥北上到北京，住上斜街東莞會館，準備投考。我們經過天津時，由四舅之友寫信介紹大哥去見羅振玉，以《金文編》向羅振玉請教。羅振玉極爲稱賞，並認識羅振玉之子羅福

---

① 容庚:《容庚自傳》，翰墨軒出版有限公司編:《名家翰墨資訊》第二期，1994 年，第 22、24 頁。

② 容庚:《頌齋自訂年譜》，東莞市政協編:《容庚容肇祖學記》，廣州：廣東人民出版社，2004 年，第 222—223 頁。

成、羅福頤（時17歲，拖一辮子）、唐蘭（時在天津羅家教讀）、商承祚（羅的戚屬）。……到了八月，北大招生，我考入北大文學院哲學系，大哥考入朝陽大學法律系。不久，羅振玉介紹大哥與北京大學教授馬衡，言‘容庚新從廣東來，可造就也’。因入北大研究院國學門，即由北大通知大哥作研究生。”① 從元胎先生的話推斷，希白先生到天津謁見羅振玉先生，極有可能是兄弟二人連袂前往，元胎先生才記住羅福頤先生17歲拖一辮子的情景。

商錫永先生説：“那是1922年的夏天，我在天津，有一天，羅振玉老師告訴我：‘你有位廣東同鄉剛才來過，名叫容庚，字希白，東莞人，做過中學教師。他愛好銅器文字，編了一部《金文編》，是擴大吳清卿（大澂）的《説文古籀補》之作，很好，現住泰安棧。’”② 從這段話可知，容先生謁見羅氏時，商先生並不在場。

早在1913年左右，容先生已有編纂《金文編》的創意。在初版《金文編·自序》中有詳細的敘述：“余少孤，與家弟（肇新、肇祖）從舅氏鄧爾雅治《説文》，開國元二年間，舅氏來寓余家，與余兄弟據方案而坐，或習篆，或刻印，金石書籍，擁置四側，心竊樂之。讀《説文古籀補》《繆篆分韻》諸書，頗有補輯之志。”

《金文編》爲踵武《説文古籀補》之作，在取材、結構、撰述體例諸方面都頗見吳大澂影響。容先生因習篆刻而時常使用《説文古籀補》，深刻感受到此書的不足而早在中學時期就萌發補輯吳書之志。若從民國二年算起，到稿本成書攜以北上，《金文編》的孕育，也有十年時光。

---

① 容肇祖：《我的家世和幼年》，莞城圖書館編：《容肇祖全集》，濟南：齊魯書社，2013年，第34頁。

② 商承祚：《我與容希白》，《廣州日報》1983年3月13日。

《金文編·自序》又説："三（《頌齋文稿》作"四"① ）年春，舅氏挈家游桂林。是冬家弟（肇新）以癆瘵死，此事遂廢。六年，舅氏歸自桂林（《頌齋文稿》於此下有"余不復升學"一句②），擬共采集篆籀之見存者爲《殷周秦漢文字》一書：一《甲骨文編》，二《金文編》，三《石文編》，四《璽印封泥文編》，五《泉文編》，六《專文編》，七《瓦文編》，八《匋文編》。因其大小，分類摹寫。草創未就，舅氏復游幕韶關。九年秋，羊石兵火，舅氏藏書，付之一炬，金石拓本、書籍、印譜之屬，蕩然無存。家弟（肇祖）以習不列顛文，莫能相助。兹事體大，非一手一足之烈所能成，而書籍拓本，尤非寒家之力所能備，雖積稿盈尺，未克有成。"1917 年容先生與其四舅鄧爾雅擘畫編寫《殷周秦漢文字》一書共八編，可稱一個龐大的工程。後來調整縮小爲只撰《金文編》，包括纂集殷周金文的《金文編》和後來獨立成書、專收秦漢金文的《金文續編》。可謂屢遭波折。

容先生《歷代名畫著録目·序》："再説我研究金文，開始於民國初年。當時關於宋代銅器書籍有十一種，其中有銘文的銅器計六百多種；清代銅器書籍有十五種，其中有銘文的銅器計三千多種。我的記憶力不强，加以在鄉間得書不易，對研究工作是没有什麽信心的。引起我的研究興趣，還是王國維先生的《宋代金文著録表》和《國朝金文著録表》。這兩書印在《雪堂叢刻》中，我從同學盧瑞處借來，和妹妹容媛合抄了一部。按圖索驥，陸續添購書籍，加以新出版

① 容庚著：《頌齋文稿》，臺北："中研院"中國文哲研究所籌備處，1994 年，第 2 頁。

② 容庚著：《頌齋文稿》，臺北："中研院"中國文哲研究所籌備處，1994 年，第 2 頁。

的《殷文存》和《周金文存》兩書，於是着手編起《金文編》來。”①

《金文編·自序》還説：“十一年夏，與家弟北游京師，謁羅先生於津沽，以所著《金文編》（《頌齋文稿》於此補“初稿”二字②）請正，辱承獎借，勖以印行，未敢自信也。……旋讀書於北京大學研究所國學門，並假觀羅先生《集古遺文》及所藏盛氏《鬱華閣金文》、陳承修先生所藏方氏《綴遺齋彝器款識》。兩年以來，畢力於此，每字皆從腦海中盤旋而出，苦心焦思，幾忘寢食；復經羅、王兩先生（《頌齋文稿》將“先生”改爲“導師”③）及沈（兼士）、馬（衡）兩教授訂其謬誤，始克寫定，蓋稿凡五易矣。”

容先生北上之後，就讀北大研究生，藉助京津地區公私收藏的豐富資料（包括銅器實物和圖書），又在羅、王、馬、沈等先生指導下增删修訂《金文編》初稿，不斷精益求精，“稿凡五易”，可見來之不易。沈、馬是北大研究所國學門專任教授，沈又是研究所國學門主任。論學術領域，沈之所長在訓詁學和音韻學，馬之所長在考古學；1922 年 3 月，羅、王被北京大學聘爲研究所國學門校外函授導師，④二人當時研究的主攻方向都是古文字學，而容先生被研究所國學門破格招收爲第二期研究生，羅、王對《金文編》指導更多，故容先生後來在《自序》中將“先生”改稱爲“導師”。

---

① 容庚:《歷代名畫著録目·序》，曾憲通編選:《容庚選集》，天津：天津人民出版社，1994 年，第 408 頁。

② 容庚著:《頌齋文稿》，臺北：“中研院”中國文哲研究所籌備處，1994 年，第 3 頁。

③ 容庚著:《頌齋文稿》，臺北：“中研院”中國文哲研究所籌備處，1994 年，第 4 頁。

④ 參《國立北京大學研究所國學門重要紀事》第五項，《國學季刊》第一卷第一號，1923 年，第 196 頁。

元胎先生《容庚傳》：“……北大的録取，無異伯樂識良馬，對自學成才的容庚來説是意外的機遇，成爲他畢生事業的新起點……他學習很是勤奮。由於經濟需要，他半工半讀，當臨時書記，月薪八元，漸升爲五十元。他一面爲研究所整理古物，一面增訂修改他自己的《金文編》。爲修正和充實《金文編》，他努力閲讀研究所内有關的文史參考書籍，有時到北京圖書館找研究所没有的書，每讀一書，他都作了綜述和書評。他編寫《金文編》的目的，是爲了使大家研究第一手商周彝器銘文的史料，便於閲讀，因此編寫時十分謹慎。在體例上，以爲收字太濫，辨别不清，必貽誤無窮，所費的精力是驚人的，付出的勞力是巨大的。《金文編》的完成，爲研究商周文字開闢了一條方便的道路，書完成後，由天津貽安堂出版。”① 元胎先生對希白先生編著《金文編》的目的、原則和過程的講述至爲允當。

容先生初到北平時，勤工儉學，曾經兼任著名記者林萬里（號白水）的家庭教師，輔導其女兒和侄女學習文字學。1926 年林氏因抨擊軍閥而被殺害。林氏富金石收藏，著有《生春紅室金石述記》。1935 年容先生爲此書作跋，曾回憶初進京城時的困境：“民國十一年夏，余來北京。冬，君詒書定交。……人生苦境，莫如强撑場面。余始交君時，與弟僦居中老胡同，屋小如漁舟，每當嚴冬栗烈，熾一煤爐，火光熊熊，御袷衣，怡然自樂。比往君家，書房陰森如鬼室。僕見客至，提一小白爐出。室久冷，一時未能遽温。余瑟縮其間，授二女讀。”②《頌齋自訂年譜》説：“一九二四年（甲子）一月任北京大學研究所國學門事務員。”容先生半工半讀，所謂事務員當是負責研

① 容肇祖：《容庚傳》，莞城圖書館編：《容肇祖全集》，濟南：齊魯書社，2013 年，第 4457 頁。

② 容庚：《生春紅室金石述記跋》，《頌齋述林》，香港：翰墨軒出版有限公司，1994 年，第 543 頁。

究所的日常事務，類似如今的行政秘書之類，元胎先生稱爲“臨時書記”。容先生的這一工作，不僅增加了經濟收入，還爲《金文編》修改定稿創造了良好的工作環境。從容庚著、夏和順整理的《容庚北平日記》（下簡稱“《日記》”）① 可知，《金文編》初版的繕寫工作通常是在研究所完成，而不是在家裏進行。

北大研究所優越的學術環境，爲《金文編》定稿起了重要的作用。一些疑難問題的解决，還曾經得到羅振玉、王國維等先生的指導。例如，王國維致容先生書討論“盨”“簋”“簠”“敦”諸字的關係，討論金文“迺”與“乃”的關係。② 容先生致王國維書請教云：“金文中圖象文字寓意至緐……庚欲將拙著《金文編》中之圖象文字皆改入坿录，略著其義，先生於意云何？”落款是“一月四日”，當是 1924 年 1 月 4 日。③

容先生在《王國維先生考古學上之貢獻》一文中説：“十年前，余始治彝器文字，欲補吳大澂《説文古籀補》，乃讀各家著録金文之書，同器異名，同名異器，苦於檢索。讀先生《宋代金文著録表》《國朝金文著録表》二書，大喜，家貧不能得，乃假友人盧貫藏本手録之。並得讀其他關於金石之作，未嘗不愜於心。民國十二年夏，先生來京師。北京大學研究所國學門開歡迎會，余得趨謁焉。冬，《金文編》寫定，就正於先生，先生爲舉正四五十事，自是過從日密。”④ 容先生早年編纂《金文編》就大大受益於王國維先生的著

① 容庚著，夏和順整理：《容庚北平日記》，北京：中華書局，2019 年。

② 東莞市政協、莞城區辦事處合編，李炳球編選：《頌齋珍叢》，廣州：廣東人民出版社，2009 年，第 238、239 頁。

③ 容庚著，夏和順整理：《容庚北平日記》，北京：中華書局，2019 年，彩版第 4 頁。

④ 容庚：《王國維先生考古學上之貢獻》，《燕京學報》第二期，1927 年，第 326 頁。

作，1923年才見到王氏本尊。後以稿本呈教，竟被指正數十處，因此交往漸多。如後來王國維先生曾介紹容先生去見藏書家王雪澄，欲一覽方濬益《綴遺齋彝器款識考釋》稿本，在信中說："東莞容君希白（名庚），少年績學，於古金文用力尤深，其所撰《金文編》一書，足繼吳清卿中丞而能正其違失，補其缺遺，想吾丈已知其人。"①

《日記》始於1925年，止於1946年，第一條即與《金文編》有關，其後半年内記述編寫及出版事宜的内容頗不少，例如：

1925年1月1日："余之《金文編》由羅君美代爲印行，取回百六十部作爲板税，由余寫膠紙付印，自去年十二月十一日起到三十一日止，共寫寄五十三葉（第二、弟三）。　寫《金文編》稿三葉（弟十四）。"1922年容先生初次謁見羅振玉先生，羅先生即"勖以印行"。原來容先生想在商務印書館印《金文編》，未果，詳見《考古學社之成立及願望》。② 最後還是羅先生施以援手。天津貽安堂書店係羅先生所開辦，由其長子福成（字君美）主持，羅君美後來成了著名的民族文字學家，是西夏文、契丹文、女真文等少數民族文字研究的先驅。這個階段的貽安堂印行了許多重要書籍，《金文編》即是其中一種。從《日記》可知，1924年底容先生即與羅君美先生商議好，書由貽安堂印行，並由容先生自己用膠紙抄寫。抄寫費神費時，每天只能抄兩三張，抄寫的先後次序也可靈活調整。如一月八日記"早往研究所寫《金文編》稿三葉（弟十四完）"。所謂"寫"是指繕寫、抄寫，並非撰寫。

1月20日記："晚補寫《金文編》弟二二葉，因印得不好須重印

---

① 東莞市政協、莞城區辦事處合編，李炳球編選：《頌齋珍叢》，廣州：廣東人民出版社，2009年，第252頁。

② 容庚：《考古學社之成立及願望》，《考古學社社刊》第一期，1934年，第4頁。

也。又寫弟五一頁。”2 月 5 日：“寫《金文編》一葉，弟五卷完。再寫弟一卷一葉。”所謂“再寫”，當即屬於印得不好須補抄者。4 月 6 日：“補寫《金文編》弟八兩葉、弟十二一葉。”5 月 11 日：“補寫《金文編》三葉。”須要補寫的幾率還是不小。

4 月 20 日：“寫《金文編》八葉，《金文編》寫成。”其實，《正編》和《附録》抄完之後，《檢字》《采用彝器目録》和《自序》諸項，又要編，又要抄，又要校，收尾工作不絶如縷，委實不少。4 月 21 日：“校《金文編・采用彝器目録》。”4 月 24 日：“計算《金文編》字數。”5 月 5 日：“編《金文編・檢字》。”（6 日、7 日同）5 月 10 日：“編《檢字》完。”5 月 13 日：“寫《金文編・檢字》四葉。”（14 日同）5 月 15 日：“寫《檢字》四葉，完。”5 月 19 日：“寫《金文編・采用彝器目録》三葉。”5 月 21 日：“寫《器目》三葉。”（22 日同）5 月 28 日：“寫《檢字》二葉。”見到新材料，如獲至寶，及時補録，5 月 26 日：“拓工譚榮九示余一師兑敦銘，爲余所未見者，摹十餘字，補入《金文編》。”5 月 31 日慨歎：“寫《自序》二葉，每葉費時二小時以上，殊苦。”6 月 1 日：“寫《自序》一頁、《凡例》一頁。”6 月 2 日：“寫《自序》二頁、《凡例》一頁、《器目》一頁。”6 月 3 日：“寫《器目》三葉。”6 月 4 日：“寫《器目》三葉。寫《金文編》畢，刻硯記之。”至此大功告成，容先生心緒大佳，如石卸地，於是刻硯紀念。6 月 5 日：“到富晉書社，商代售《金文編》事。”接下來只是賣書和贈書之事了。

這段時間，容先生與羅福成先生交往頗頻密，見於《日記》的書信往來有：1 月 18 日；2 月 19 日；3 月 15、17、29 日；4 月 28 日；5 月 18、25、29、30 日；6 月 1 日等。如 3 月 15 日：“寄君美信，君美寄稿紙來。”6 月 1 日：“接君美信，云《金文編》擬先交三册，其餘一册續交。”6 月 19 日容先生赴天津，邀請羅君美等親友餐敘。

6 月 21 日，“到君美處。君美請往館子晚飯。唐立厂（引者按：即唐蘭）及祖弟亦在座，談笑甚歡”。羅家對容先生的知遇之恩，容先生一直念念不忘。

《金文編》初版有羅振玉序、王國維序、馬衡序、鄧爾雅序、沈兼士序和自序。諸版《金文編》序言屢有變化，每版無一相同，黃光武先生曾經就其意涵作過專門的研討。① 初版羅序落款是“癸亥十二月”，當即 1924 年 1 月間寫就。初版王序落款是“甲子夏五”，此爲謄清定稿的日期，陽曆六月。王國維致容先生書說：“前屬撰《金文編》序，已草就附上。尊著亦乞於暇時來取。”落款是“廿二日”，缺年月。② 王氏寫完《金文編》序言，讓容先生得暇取回書稿，容先生却送來貽安堂專門備印的膠紙，請求謄寫一過。王氏另一信說：“前奉　手教並紙，屬書《金文編》序，頃已書就。覆視中間奪去六字，悉已補入。將來印時如嫌不好看，改用鉛字排之，則不致有誤也。序文附上。此詢　希白仁兄近祺　弟維頓首　端節。”③ 此信寫於 1924 年 6 月 6 日端午節，前信殆爲 5 月 22 日所寫。

從《日記》可知，1925 年 1 月 12 日：“寫《金文編》稿三葉。……送《金文編・序例》與馬叔平。”大概爲了方便馬衡先生寫序時參考，專門送《凡例》到馬先生處。初版馬序落款時間是“乙丑三月下旬”，二版作“十四年三月廿一日”。

容先生自幼跟隨其四舅鄧爾雅先生學習書法篆刻和文字學，《金文編》稿本之成，與鄧先生有莫大的關係。希白先生《頌齋吉金圖

---

① 黃光武：《容庚〈金文編〉諸版序言漫議》，《中山大學學報》1999 年第 4 期，第 46—52 頁。

② 東莞市政協、莞城區辦事處合編，李炳球編選：《頌齋珍叢》，廣州：廣東人民出版社，2009 年，第 238 頁。

③ 東莞市政協、莞城區辦事處合編，李炳球編選：《頌齋珍叢》，廣州：廣東人民出版社，2009 年，第 241 頁。

録·序》説："余性鈍而嗜多，年十一二，喜讀説部……又於架上搜得《小石山房印譜》四册，於是磨刀與石學刻印。……既從鄧爾雅四舅游，復嗜篆刻。在東莞中學畢業後，不復升學，而專習乎此，於《説文》丹黄殆徧。時《窓齋集古録》印行，節衣食之資購得之。然讀王國維《金文著録表》，如《攈古録金文》《奇觚室吉金文述》皆未備，則又望洋向若而歎也。爾雅舅刻'有飯蔬衣練窮遐方絶域盡天下古文奇字之志'印以贈，蓋李清照《金石録後序》語，志之不敢忘。……十一年五月，與弟肇祖同游京師，讀書於北京大學研究所國學門……十四年春，《金文編》成。"①

元胎先生在《容庚傳》中説："在母親殷切希望教導下、鄧爾雅的鼓勵指導下，他專心致志向鄧爾雅學文字學……編寫了《金文編》。集録的字，以商周彝器款識爲主，由於諸家著録真僞雜出，鑒定不易，以王國維《國朝金文著録表》爲據。摹寫之字，先剪貼影印本羅振玉《殷文存》、鄒安《周金文存》，然後再摹，以求逼真——暫時不識之字，附録於後。1921年在編寫進程中，他在東莞中學教'文字源流'課。"② 中山大學古文字研究所容庚商承祚先生紀念室藏有容先生的剪貼本，這可視爲《金文編》稿本的稿本。

《容肇祖自傳》還説："我父親曾在廣雅書院學習，藏書不少，舅家書籍也十分豐富……我一有機會，就到書房中泛覽各種書籍……幸值四舅父鄧爾雅自廣州辭去小學教席回東莞閒住，他對我兄弟們教

① 容庚：《頌齋吉金圖録·序》，《頌齋述林》，香港：翰墨軒出版有限公司，1994年，第507頁。

② 容肇祖：《容庚傳》，莞城圖書館編：《容肇祖全集》，濟南：齊魯書社，2013年，第4456頁。

益極大，影響也是深遠的。”① 鄧爾雅先生家學淵源，又留學日本，“是民初以來的文學大家、考據家、書法家、篆刻家、畫家、詩人，繼承了東塾先生以來嶺南學派的治學風氣”。② 鄧先生既是成就卓著的藝術家，又是一位造詣精湛的文字學家，其遺稿《文字源流》四十餘萬字，由香港藝術館珍藏，此書窮其畢生心血撰著，論述漢字發展歷史，引證甲骨金文及其他古文字材料至爲詳贍，系統周延，據説即將整理出版。鄧先生和希白先生都在東莞中學開過文字學的課程，稿本《金文編》的撰寫，從一開始就是在科學的文字學理論指導下進行的。鄧爾雅與希白先生誼屬舅甥，而兼有師生之分，鄧氏堪稱希白先生學術和書法篆刻藝術的真正導師。

元胎先生還説：“1913 年……大哥以後不久，即隨四舅草創《金文編》。” 又：“1917 年……大哥前一年在中學畢業後没有升學，在家學書畫，並著述《金文編》，曾題門外楹聯云：‘擇鄰師孟母；問字遲揚雄。’”③

希白先生深受其四舅父鄧爾雅先生的影響，在前引希白先生和元胎先生昆仲的憶述中已屢次見到，黄光武先生也曾經有過詳述。④ 商錫永先生的尊人商衍鎏先生爲《頌齋著書圖》題詩云：“少耽圖史老書叢，宅相淵源溯鄧公（謂爾雅先生）。金石沉酣彝鼎富，銀鉤點畫籀斯工。名山二酉傳專業，汲古千秋抱素衷。才調高華齋館静，蕭森

① 容肇祖：《容肇祖自傳》，莞城圖書館編：《容肇祖全集》，濟南：齊魯書社，2013 年，第 3 頁。

② 黄苗子：《先生之風——記鄧爾雅先生》，許禮平編：《鄧爾雅印集》，香港：翰墨軒出版有限公司，2010 年，附録第 7 頁。

③ 容肇祖：《我的家世和幼年》，莞城圖書館編：《容肇祖全集》，濟南：齊魯書社，2013 年，第 28—29、30 頁。

④ 黄光武：《容庚〈金文編〉諸版序言漫議》，《中山大學學報》1999 年第 4 期，第 47—48 頁。

花木映簾櫳。”① 鄧爾雅先生爲《金文編》作序也是情理中事，《日記》和書簡往來都有一些記述。

鄧爾雅先生致希白先生書云：“《金文序》大意已定，惟字句之間尚待斟酌。正月内亦可寄上也。”落款是“甲子元旦”，“甲子”即1924年。② 大概是希白先生來信催索《金文編》題端和序言，鄧先生又一信說：“今日已四月十九矣，兹擬此十日内將署首及序文寄上，無論如何必在端節前發寄郵局，吾甥幸稍稍待之。”③ 又一信說：“端節前寄上序文，因忘記有閏四月耳。兹將序文寄上，惜心緒太惡劣，未能佳也。……署題篆看可用否，似不至甚惡也……”落款是“閏月初七”，也就是1925年5月28日。④ 容先生《日記》6月7日：“四舅寄署首及序文來，飯後即寫寄君美。”鄧序由容先生抄寫付印，而署首初版未見采用，用的是藏書家章鈺所題。鄧序提及，自己曾纂輯殷周秦漢金石文字，“分别部居，互考詳證”，書稿不幸被大火燒去，於是追憶舊稿精確者十分之一二交給希白先生，似亦可視爲《金文編》稿本的一部分基礎。

沈兼士先生致容希白先生書：“希白兄：返里後作何消遣？念念。前應爲《金文編》作一序，滬案起，終日碌碌，無暇握管。繼而内子分娩，料量家事，又延擱許久。兹勉成一首，寫寄一覽，如已釘就，不及排入，置之可也。萬里已歸，所攜照相頗多，本禮拜六開歡

---

① 東莞市政協、莞城區辦事處合編，李炳球編選：《頌齋珍叢》，廣州：廣東人民出版社，2009年，第179頁。

② 東莞市政協、莞城區辦事處合編，李炳球編選：《頌齋珍叢》，廣州：廣東人民出版社，2009年，第307頁。

③ 東莞市政協、莞城區辦事處合編，李炳球編選：《頌齋珍叢》，廣州：廣東人民出版社，2009年，第316頁。

④ 東莞市政協、莞城區辦事處合編，李炳球編選：《頌齋珍叢》，廣州：廣東人民出版社，2009年，第298頁。

迎會請其報告經過，惜兄不能列席。此請　箸安。令弟同候。　弟兼士　六”① 沈先生爲《金文編》撰序，因種種原因而完成告遲。從初版看來，有的書先印，裝訂時即未能收入沈序，如中山大學圖書館所藏的一部初版《金文編》缺沈序，國家圖書館所藏的一部亦如此。②

容先生原來還請鄒安寫序，《日記》1925 年 3 月 25 日："寄鄒適廬，索作《金文編》序文。"鄒安，字景叔，號適廬，光緒間進士，曾撰有《周金文存》。容先生其時出道不久，想多請前輩學者品鑒引薦也屬自然之事，只是不知何故，最後未能如願。

從容先生《日記》及其他文獻資料可知，《金文編》之成，備嘗艱辛。

二、《金文編》稿本的價值

《金文編》作爲名人名著，其稿本首先具有文物價值，自不待言。2008 年 12 月在廣州銀河公墓落成的容庚夫婦墓園，背景即是漢白玉雕成的《金文編》稿本首葉。2020 年 10 月至 2021 年 1 月在北京中國美術館舉行大型展覽"有容乃大——容庚捐贈展"，稿本原件曾經借展，算是百年後再度進京。《金文編》初版從内容到形式都比稿本精善，是理所當然之事。但是，稿本也有它不容輕忽的學術價值，主要體現在如下數端：

① 東莞市博物館等編：《精誠所"治"金石爲開——紀念容庚先生誕辰 120 周年展覽圖録》，廣州：廣東人民出版社，2014 年，第 44 頁。

② 參黄光武：《容庚〈金文編〉諸版序言漫議》，《中山大學學報》1999 年第 4 期，第 46 頁。國家圖書館所藏此部《金文編》扉頁有章作"國立中央圖書館藏書"。

（一） 可訂初版之失

稿本《正編》第三葉九 b—葉十 a“鬲”字下：

，盂鼎：人鬲千又五十夫。吴大澂曰：人鬲當讀如民獻，賢也。《周書·作雒》：俘殷獻民。《酒誥》：汝劼毖殷獻臣。皆别於殷頑民而言。

初版《正編》第三葉十 b“鬲”字下：

，鬲。盂鼎：鬲千又五十夫。

比較之下，初版引盂鼎文例奪去“人”字，且删去稿本所引吴大澂有關“人鬲”的考證。大盂鼎“人鬲”一詞兩見，除了《金文編》所引這一例，另一句稱：“易（賜）女（汝）邦嗣（司）亖（四）白（伯），人鬲自馭至于庶人六百又五十又九夫。”二版《金文編》雖不引吴大澂之説，但認爲“人鬲即《書·大誥》‘民獻有十夫’之民獻”（第三葉十五 b，商務印書館一九三九年）。有學者指出：“人鬲的確切内涵不詳，當是一種包括馭、庶人等地位不高的軍事人員的集合名詞。……自郭沫若以來許多人把人鬲釋爲奴隸或俘虜，當尚有未妥。”① 吴氏對“人鬲”的理解不甚準確，但與“民獻”“獻民”“獻臣”比照尚可取。

（二） 可補初版之缺

稿本《正編》第十四葉五 b：

，釿。古量名。从金从斤。古幣文有半釿一釿二釿。《周禮·考工記》：戈重三鋝，矢刃重三垸。垸疑即釿之譌字。吴大澂説。平安君鼎。

初版無“釿”字。

---

① 劉翔、陳抗、陳初生、董琨編著，李學勤審訂：《商周古文字讀本》，北京：語文出版社，1989 年，第 84 頁。

稿本《正編》第四葉一b浮籤：

吴大澂曰：《説文》：睗，目疾視也。疾視者，一過目而不留，有輕易之意。疑古文易睗爲一字。不睗承上文敬念王畏而言。猶《詩》言不易惟王，帝命不易也。王國維曰：古文以爲賜字，古錫賜一字，本但作易。《文選·西征賦》：若循環之無睗。注引《方言》：睗，盡也。古語謂盡爲睗，不睗猶言不盡矣。　接睗。

稿本《正編》第六葉八b：

，睗。借爲錫。虢季子白盤：睗用弓彤（當作彤——引者按）矢其央。……，毛公鼎：夙夕敬念王畏不睗。借爲睗。《文選·西征賦》：若循環之無睗。注引《方言》：睗，盡也。

眉批云“入睗”。

初版《正編》第四葉一b：

，睗與賜爲一字。又通錫。虢季子白盤：睗用弓彤（當作彤——引者按）矢其央。……，毛公鼎：夙夕敬念王畏不睗。《方言》：睗，盡也。

初版不標吴、王二氏之説。

稿本《正編》第七葉二a：

，游。象子執旂形。不从水。中游鼎。

初版《正編》第七葉二b：

，游。不从水。魚匕。

稿本有釋中（仲）游鼎構形，與初版引魚鼎匕之形可互補。即與四版釋爲“像人執旂形”相比，也可互補（第463頁，中華書局1985年）。

稿本《正編》弟九葉六 a：

，魃方戈。魃方蠻。今經典通作鬼方。鬼方，國名。

初版《正編》弟九葉六 b：

，梁伯戈。魃方蠻。从攴。

初版除了改訂器名，還删簡吳大澂説。

稿本《正編》弟九葉六 a：

，敬。象人共手致敬也。吳大澂説。盂鼎。

初版删去吳氏説釋，吳説見於《説文古籀補》。

稿本《正編》弟十二葉二 a：

，閈。或釋閉，或釋閘。才、甲二字金文皆作十，其形相似，未審孰是。然《説文》：閉，闔門也。閘，開閉門也。義亦相同，疑是一字。豆閉敦。

初版《正編》弟十二葉三 a：

，閉。或釋閘。豆閉敦。

釋閘之説出於吳大澂，容先生在初版已傾向於釋閉，只是將釋閘作爲或説保留。不過，稿本對閉與閘二字形義的辨析依然有參考價值。

稿本《正編》弟十二葉十七 b：

，繇。劉心源曰：繇即謠即繇即譌，亦即猷。韓勑碑：復顏氏幵官氏邑中繇發。謂繇役也。謠言即譌言。譌一作訛。《説文》囮或字作圝，故繇譌同字。猷者發語辭，《大誥》：王若曰：猷。馬本作繇。《爾雅·釋詁》：猷，言也。注：猷者，道。道亦言也。《幽通賦》：漢先聖之大繇兮。注：猷或作繇。是也。彔伯敦：王若曰：彔伯戒，繇自乒且考有□于周邦。案，繇，《説文》所無。《説文通訓定聲》據偏旁及《韻會》

補爲繇之重文。

初版《正編》弟十二葉二十一 b：

，繇。發語辭。《大誥》：王若曰：猷。馬本作繇。繇，《說文》所無。《說文通訓定聲》據偏旁及《韻會》補爲繇之重文。录伯𣪘：王若曰：录伯𢦏，繇自乒祖考有□于周邦。

初版刪節劉說。

稿本《正編》弟十三葉六 b：

，增。增鼎。方濬益曰：从二臣，臣本象人臣屈伏之形，重文所以示增益之意，以土地言之則从土爲增，以人事言之則从臣爲𦣞，其義一也。

初版刪去“增”字。四版“增”字見第 886 頁，第 206 頁𦣞字謂《說文》所無。

稿本《正編》弟十三葉一 b 浮籤：

，毛公鼎：今余唯𦅫先王命。又云：𦅫大命。孫詒讓釋緟。王國維曰：𤲸疑古𠦝字，古从土之字亦或从田，則𠦝亦可作𤲸。𦅫从𤔔从𠦝，殆即《說文》緟字。陳侯因資敦卲綀（二字原有鉤乙號，反誤——引者按）高且，已从糸作。蓋由𦅫變綀，由綀變緟，《說文・糸部》：緟，增益也。增益之誼正與諸彝器字誼合。

初版《正編》弟十三葉二 a 僅作：

，孫詒讓釋緟。

四版第 861 頁亦釋“緟”，不標孫釋。裘錫圭和李家浩兩位先生認爲此字是“紳束”之“紳”的初文。①

① 裘錫圭、李家浩：《談曾侯乙墓鐘磬銘文中的幾個字》，裘錫圭著：《古文字論集》，北京：中華書局，1992 年，第 422—428 頁。

此類内容，或由容先生有意刊落，或爲偶爾遺漏，後出諸版，一經與稿本比照，即可明瞭端倪。删去通人之説，固然可省篇幅，减疑惑，但從學術史的角度出發，知一字考釋的變化，未嘗不是好事。再如“家”爲常見字，稿本《正編》弟七葉九 b“家”字下：

，家。从宀从豕。凡祭，士以羊豕，古者庶士庶人無廟，祭於寢，陳於屋下而祭也。父庚卣。吴大澂説。

詳引吴大澂述上古禮俗以證造字理據，饒有趣味，初版删去，頗覺可惜。稿本弟十二葉十二 a 浮籤“或”下援引《説文》段注詳釋“或”“國”“域”“惑”諸字關係，初版亦删去。讀過稿本，知《金文編》在存異説、明訓詁方面多有其價值。初版或增或删，損益之間，得失相參，不宜輕下斷語。

（三） 可明編纂改易遞嬗之迹

稿本《正編》弟六葉八 a：

，貣。从弋，从貝。邵大叔貣車之斧。 ，同上。 貳車之文常見於經典，如《周官・道僕》：掌貳車之政。《少儀》：乘貳車則式。是此當是貳字。

上有眉批：“入貳。”

稿本《正編》弟六葉九 a：

，貳。召伯虎敦。 ，接上。

初版《正編》弟六葉九 b：

，貳。召伯虎敦。 ， 。邵太叔貣車之斧。貳車之文常見於經典，如《周官・道僕》：掌貳車之政。《少儀》：乘貳車則式。此殆是貳字。

《周禮・夏官・道僕》原作“掌貳車之政令”，“令”字漏引。“當”

易爲“殆”，一字之改，益呈矜慎。容先生初始依《説文》列字原則，按金文形體將貣、貮分立，後來據文例用法悉歸於“貮”字。四版《金文編》又將貣、貮分立，如此處理甚是，但無法顯示貣與貮的字際關係。

稿本《附録》弟五葉五 a：

，孫詒讓釋市，兮甲盤：毋敢不即餗即市。

眉批：“入市。”又於稿本《正編》弟五葉十四眉批補上“市”字。

初版《正編》弟五葉十七 a 作：

，孫詒讓釋市，兮甲盤：毋敢不即餗即市。

此例説明容先生原將兮甲盤此字入附録，雖引孫詒讓説，初尚存疑慮，繼而確信孫説而移入《正編》。初版即徑入《正編》。

稿本《附録》弟六葉一 b：

，禽彝。疑某字。

初版《附録》下葉二十二 b：

，禽敦。舊釋某。

二版始將此字收於《正編》弟六葉二 a。稿本《正編》弟十四葉十五 a “辥”字下原引吳大澂説，浮籤補引王國維之説。初版即只引王説。稿本《附録》弟五葉二 a 字下引吳大澂和鄒安二家之説，初版《附録》下葉十九 a 只注“舊釋羲”。

稿本時常見到引用傳抄古文印證金文的情形，引用《説文》古文最多，如“迨”（弟二葉十二 a）、“誨”（弟三葉四 a）、“友”（弟三葉十四 b）、“箕”（弟五葉二 b）、“霝”（弟五葉十三 a 浮籤）、“覃”（弟五葉十四 b）、“稽”（弟六葉六 b 浮籤）、“宿”（弟七葉十三 b 浮籤）、“人”（弟八葉一 a 浮籤）、“弻”（卷十二葉十六 b）等字；引用三體石經古文如“𦎧”（弟五葉十四 b）、“朝”（弟七葉一 b）、“旅”（弟七葉二 b 浮籤）、“佃”（弟八葉四 a）、“非”（弟十一葉六 b）等字；引用《汗簡》古文如“夷”（弟十葉五 a）、“遀（饋）”（《附録》弟二葉三 b）等字；引用敦煌本隸古定《尚書》如“乑”（弟十二葉十一 a 浮籤）等等。容先生曾被王國維先生批評對傳抄古文看法不正確，① 從《金文編》稿本的具體編纂過程來看，容先生對傳抄古文則是持肯定的態度。

稿本第四册爲《金文編・下編》，專收秦漢金文，後因“采摭未富”而在初版時不付印，在《秦漢金文録》出版後，繼續增訂而成《金文續編》，於 1935 年正式出版。此次影印的稿本，其實包含了後來《金文編》和《金文續編》二書的雛形。

三、 容庚先生的名、字、號及《雕蟲小言》

曾經法師曾經確證希白先生早年使用“容齋”别號的問題，證據有三點：（一）先生早年用過印有“容齋用箋”邊款的信函，朋友在通信中或徑稱爲“容齋先生”。（二）容肇祖所作《容庚傳》云：“容庚，原名肇庚，字希白，號容齋，又號頌齋（原注：頌，古容字）。”（三）鄧爾雅在“頌齋”題匾中注云：“希白外甥初號容齋，近更爲頌，即容本字，傳世鼎、敦、盤、壺之屬爲頌所作者甚多，希白喜藏吉金，庶幾遇之。壬申九月。”曾師推斷希白先生之號“容齋”改爲“頌齋”約在 1932 年。②

---

① 參吳澤主編，劉寅生、袁英光編：《王國維全集・書信》，北京：中華書局，1984 年，第 435 頁。

② 曾憲通編：《容庚雜著集》，上海：中西書局，2014 年，前言第 14—15 頁。

2020年歲杪，有友人詢及多位先生，欲知容庚先生何以字“希白”，希白先生之女容璞女士答云，大概是因爲仰慕李白的緣故。我答以長庚星又名太白星，故名“肇庚”與字“希白”相應。今再略予申說。希白先生原名“肇庚”，“肇”，應是行輩用字，始也（從肇祖先生以“元胎”爲字出自《爾雅·釋詁》首條可知）。“庚”爲“長庚”簡稱，金星在諸星中最明亮，早晨出現於東方天際，黄昏出現於西方天際，又稱“太白”“明星”“啓明”“長庚”（或作“長賡”“長更”）。《詩·小雅·大東》：“東有啓明，西有長庚。”毛傳：“日旦出謂明星爲啓明，日既入謂明星爲長庚。”“希白”之“希”當是用爲“晞”。《詩·齊風·東方未明》：“東方未晞。”毛傳：“晞，明之始升。”《説文·日部》：“昕，旦明，日將出也。从日，斤聲，讀若希。”昕與晞音近義通。曙色明亮謂之“希白”。容先生1975年12月27日自己抄寫的未定稿《容氏家乘》記録：“三十二世　庚　字朗西，號希白，乃作恭之長子。”①（《頌齋珍叢》第29頁）家譜所記“字朗西”當是最初由長輩所命，“朗西”猶言照耀西方，義正與“長庚”星相關聯。羅振玉先生在致信容先生時，雖或稱“希白”，② 在爲容先生“甑習蔽聞室”題匾時稱“希伯尊兄”，③ 而以稱“西白”爲常，④ 恐非僅是同音之故（粤語“希”與“西”不同音），“白”爲西方之色，“西白”與“朗西”義亦相當，

① 東莞市政協、莞城區辦事處合編，李炳球編選：《頌齋珍叢》，廣州：廣東人民出版社，2009年，第29頁。

② 東莞市政協、莞城區辦事處合編，李炳球編選：《頌齋珍叢》，廣州：廣東人民出版社，2009年，第211、218、222、226頁。

③ 東莞市政協、莞城區辦事處合編，李炳球編選：《頌齋珍叢》，廣州：廣東人民出版社，2009年，第178頁。

④ 東莞市政協、莞城區辦事處合編，李炳球編選：《頌齋珍叢》，廣州：廣東人民出版社，2009年，第213、214、216、219、220、221、223、225、227、228頁。

羅氏如此理解，故有此誤。大概“朗西”之字罕見使用，容先生就將原來的號“希白”又當作“字”用了，因而後來自己又説“字希白”。1922 年容先生北上京華之後，得名師指引助力，好古敏求，大展身手，真正成了照亮學術界的“明星”。

《雕蟲小言》是希白先生最早發表的文章，重點論述學習篆書與篆刻的關係、治印的方法和必要參考書，並介紹了近代一些篆刻家的成就。

希白、元胎兩位先生合撰的《東莞印人傳》結尾：“仲弟肇新，葉舟《廣印人傳》載矣，而誤以爲庚之兄，故不揣譾陋，記之如右。鄉邦人士，庶其匡予。”① 此段文字當出自希白先生手筆。其實，怪不得葉氏《廣印人傳補遺》誤將容肇新當成容庚之兄，問題出在《雕蟲小言（續）》一文：“仲兄肇新，號千秋，工書。初學唐碑，後專學六朝書……歲甲寅，余兄弟從鄧爾雅舅氏學篆刻。惟仲兄獨孟進，奇字相商，舅氏比之在旁珠玉。乙卯年二十，以瘵疾卒。搜輯遺印，名曰《辛齋印蜕》。舅氏題詞調寄《醉太平》云：‘……倘天假以秋春，寧止傳印人。’蓋葉舟近輯《印人傳》，曾載仲兄名也。”1920 年，《雕蟲小言》在《小説月報》第十卷第三號上發表，《雕蟲小言（續）》在第十卷第四號上連載，正續篇均署名“容齋”，當初用“容齋”爲筆名，似非希白先生專號，而是容氏兄弟合稱，其義類乎“容府”“容宅”。現在看來，此文主撰爲希白先生，至少續篇後半段當出於元胎先生手筆，故稱肇新爲“仲兄”，因而導致葉舟之誤。元胎先生 1915 年即有作品發表，② 參與希白先生首篇作品的撰

---

① 容庚、容肇祖：《東莞印人傳》，容庚著：《頌齋述林》，香港：翰墨軒出版有限公司，1994 年，第 589 頁；《頌齋文稿》，臺北：“中研院”中國文哲研究所籌備處，1994 年，第 304 頁。

② 羅志歡編：《容肇祖論著暨再版編年》，莞城圖書館編：《容肇祖全集》，濟南：齊魯書社，2013 年，第 4550 頁。

寫亦屬正常之舉。

元胎先生説："自1915年，四舅爾雅還居東莞，二兄從爾雅舅學刻印……舅氏亟稱之。我後來與長兄輯《東莞印人傳》得十九人，各附印章，以二兄爲殿……蓋葉舟輯《廣印人傳》曾載二兄名。而兄遺印中有'焦桐幸草'一印致佳，兄不自知其爲印讖呵！"①

《容肇祖自傳》寫道："我的仲兄肇新自幼體質較弱，也在家和在東莞中學學習，他少年有才華，好讀《韓非子》和蕭統《文選》，書法學北碑，刻印學黄士陵。……但因患胃潰瘍，舊社會缺醫少藥，不幸他僅二十歲竟因這病，過早地奪去了他的青春生命。我和容庚爲了手足情深，特編《東莞印人傳》（石印本，編輯東莞從明到近代的印人及仲兄，皆附印章），這是一個我和容庚兄的處女作，作爲對我仲兄的沉痛的哀思和悼念。"②

1962年3月14日，顧頡剛先生《題容希白摹沈石田苕溪碧浪圖》詩開頭四句説："我與希白友，倏忽四十年，但稔眈鐘鼎，偉著《金文編》。"③《金文編》在顧先生口裏被稱爲"偉著"，可謂當之無愧。其稿本的出版，定然會受到讀者的珍視寶愛。

原載《〈金文編〉稿本》，中華書局，2022年

---

① 容肇祖：《我的家世和幼年》，莞城圖書館編：《容肇祖全集》，濟南：齊魯書社，2013年，第30頁。

② 容肇祖：《容肇祖自傳》，莞城圖書館編：《容肇祖全集》，濟南：齊魯書社，2013年，第5頁。

③ 顧潮：《顧頡剛與容庚、容肇祖昆仲的交誼》，東莞市政協編：《容庚容肇祖學記》，廣州：廣東人民出版社，2004年，第206頁。

《潘允中漢語史論集》跋

潘師諱允中，字尹如，號弢庵，1906 年生於廣東興寧，1996 年逝於廣州。語言學家、書法家，中山大學中文系教授。

《潘允中漢語史論集》包含潘師兩種學術專著，一是《漢語語法史概要》，原爲中州書畫社 1982 年出版；一是《漢語詞彙史概要》，原爲上海古籍出版社 1989 年出版。兩書聲譽卓著，早已售罄。今裒爲一集，由中山大學出版社重新梓行，既可聊應學界之需求，亦以紀念潘師之德業。

20 世紀 80 年代，中山大學研究生尚少，博士生、碩士生學制均爲三年，教授、副教授輪流招生，帶完一屆之後才能再招生。1983 年中文系招了六名碩士生，漢語史專業三人，美學專業三人。潘師只帶過兩屆碩士生，一屆開門，一屆關門，78 級有周錫韍、董琨、張華文和袁慶述；83 級有李中生、李銘建和我。當年暑假還未入學時，本校應屆本科畢業的我和銘建兄接受了潘師佈置的第一次作業，將出版不久的《漢語語法史概要》校讀一過，新書編校稍欠認真，印刷錯誤頗多，我們兩人將校讀結果謄清呈交潘師，只是此後迄未再版，亦無從改正。

我們入學時，潘師已是七十七歲高齡，住在馬岡頂東北區 330 號 202 室（今址），趙仲邑先生住同一棟 101 室，哲學系羅克汀教授住

302 室。據潘師講，羅氏出門散步穿布鞋，在家踱步反而穿皮鞋。有一晚人靜更深，羅先生又在踱步，吵得潘師無法成眠，潘師忍無可忍，和師母拿起拐杖和掃把，使勁捅着天花板提醒羅氏。聽着潘師講述的情景，我仿佛又看到了法國電影《瘋狂的貴族》。

潘師客廳甚簡潔，除了彩電、沙發、餐櫃和書櫃各一，幾乎没有其他擺設。平時我們上課就在客廳。書櫃中的書既有綫裝，也有洋裝。玻璃門上貼着潘師墨書提示語："本架圖書，恕不借出。"讀書人愛書之心可見。

同銘建兄初次拜訪潘師，潘師給每人一張名片，特別指着名片對我們説，自己是"中國書法家協會會員"，不是"書法協會會員"。潘師擅行草，喜用茅龍筆。河南漯河許慎文化園碑林有潘師自書詩作："一部《説文》輝郾邑，千秋功首耀金壇。二王既響陽春曲，喜見今王續斕斑。"在學期間，我向潘老求過墨寶，請潘老書拙撰一聯："奇松生絶巘，短笛伴漁歌。"《水經注·江水》："絶巘多生怪柏。"我以前隨家兄下海打過魚，其時年少，頗爲崇尚奇崛不凡之氣。可惜自己數十年平庸碌碌，愧對師門。後來還曾經請潘師爲我的季姑父陳岳彪先生寫了一副對聯，潘師書鄧石如名聯相贈："海爲龍世界，天是鶴家鄉。"以茅龍筆書之，猶如老藤虬枝，繞折盤旋，蒼勁樸茂。

1984 年秋，潘師不顧年事已高，堅持赴西安參加中國訓詁學會年會，還帶着我們三個研究生隨行旁聽。此次入秦，是我首次遠足，一路遊學，獲益良多。會外有潘師引薦，見到不少學界前輩，印象較深的有徐復、周大璞、周秉鈞、趙天吏等先生，還聽了四場專題講座：黄典誠先生講漢語方言與詩文誦讀，許嘉璐先生講"同步引申"，吉常宏先生講古漢語中的姓氏名字，曹先擢先生講通假字問題。

1981 年，潘師在珠海講課時突發腦血管栓塞，幸好及時急送廣州搶救，康復不錯，後遺症就是嘴巴有點歪。潘師同事黃家教先生是方言學專家，平時善謔，中秋節拎着月餅去醫院探病，潘師説眼睛看東西有點重影。黃先生説："潘老，重影挺好，我送您一盒月餅，不就變成兩盒了？"出院過了許久，潘師嘴巴才真正好了，黃先生一見到潘師，笑着説："潘老，祝賀您轉正啦。"在高校，副高轉正高，預備黨員轉正式黨員，臨時工轉正式工，都是"轉正"，一點也不輕鬆。黃先生一語雙關，妙趣横生。

1985 年，花城出版社出版了韋戈先生的《古文字趣談》，先生贈書潘師，扉頁有行楷墨書題簽："允中老前輩教正。後學陳煒湛敬呈。一九八五年五月。"潘老在此書上用紅色圓珠筆寫道："這本小書早就收到，但是直至今天才能仔細地細看——真是本好書，我早就該讀了！允中。離休後五年志。"

1991 年，暨南大學中文系陳初生先生要陞教授，王彦坤學兄和我一同送晉陞職稱評審表至潘師家。過了一周我們如約來取評審表，潘師遍尋不獲，最後還是我從字紙簍裹找出來，原來潘師當作稿紙練筆之後丢棄了。還好，塗抹不多，表格尚可用，潘師趕緊補寫了意見，讓彦坤兄帶回暨大。

潘師多年在中山大學開設"漢語語法史"和"漢語詞彙史"課程，50 年代還曾借調到蘭州大學中文系主講一年。《漢語語法史概要》和《漢語詞彙史概要》正是潘師將多年教材精心修訂而成，融會了許多獨到的研究成果，是潘師一生的心血結晶。廣西民族學院（後改爲廣西民族大學）舒某曾在中大中文系進修，1983 年在内蒙古教育出版社出版了《漢語發展史略》一書，居然有大量篇幅抄襲潘師的兩種漢語史教材，潘師通過中文系黨總支和學校黨委，找舒氏所在工作單位交涉，可惜對方單位采取保護主義態度，最後不了了之，此事對潘師晚年造成的身心傷害甚大。尹灣漢簡《神烏賦》説："盜反得免，亡烏被患。”此之謂乎！

1996年9月潘師去世，我買來白布，寫了一副挽聯：“黃埔論兵未展平生韜略，馬岡走筆鎔裁漢語春秋。”此聯曾刊於《南國楹聯》雜志（1997年第1、2期合刊）。潘師去世後，其侄孫希寧想送一本潘師藏書給我留念，我要了陳夢家先生的《殷虛卜辭綜述》，上面有潘師的不少圈點，也有字小如蟻的若干批註。

潘師早年就讀於厦門大學國文系，未畢業就投筆從戎，爲黃埔軍校第六期學員，大革命失敗後遠走南洋，抗戰期間回國從事新聞工作，曾任《北江日報》社社長。潘師性格豪放，人生道路曲折，從軍人到報人再到學人，最後成了一位享有盛名的語言學家。潘師研究漢語史重視古文字材料，重視出土文獻，重視古白話語料，所有這些，都對我個人的學術道路產生了深刻影響。潘師仙逝已二十多年了，我心裏時時想念着他老人家。

陳偉武記於愈愚齋

2018年12月1日

原載潘允中著《潘允中漢語史論集》，中山大學出版社，2018年

《漢語音韻學》跋

1997年李星橋（新魁）先生仙逝，至今已超過二十一個年頭了，時時都在我們想念之中。當年我寫了一篇叫作《今年中秋月全食》的紀念文字，在李先生追思會前發表，現在忍不住又想寫點什麽。

1979年10月，我剛17歲，從僻處粵東的澄海縣漁村鹽竈鄉來到千里之外的省城廣州，就讀於中山大學中文系。一入學就聽七七級的澄海籍師兄陳海鷹和林遍青説，李新魁教授是中文系講課最好的幾位老師之一。七八級的澄海籍師兄林倫倫、王彦坤和師姐陳小楓都繪聲繪色形容李先生講"古代漢語"必修課的精彩生動。可惜我們年級無此機緣，當年先生剛好輪空。我頗爲失望，曾經跑去偷聽李先生給八零級講的兩節"古代漢語"緒論課。有偉人説："《辭源》無源，《辭海》非海，《辭通》不通。"這幾句話我也是那次課堂上聽李先生轉述的。當然，還有李先生的口頭禪"説實在的"，都印象深刻。1982年李先生爲我們開了選修課"音韻學研究"。方言學家黄家教先生和李先生都是著名語言學家，又都是澄海籍同鄉，我不知不覺之中也喜歡上兩位先生所從事的語言學專業。80年代初，許多老師家裏還没電話，李先生其時是副教授，住蒲園區622號204房（今西翠園東北角）。1981年底的一天晚上，自己貿然登門拜訪李先生，李先生熱情接待，滔滔不絶地跟我講了許多日常生活中的語言文字學知識，還順手從書架取下《韻鏡》一書，翻到“内轉第六”開口脂、旨、至韻那一頁告訴我，潮汕方言保留古音，至今還是把“悲”“美”“屁”“幾”等開口字都讀成帶圓唇勢的合口。自己虚不受補，接受能力差，被李先生“内轉”“外轉”“滿堂灌”講得暈頭轉向，告辭時竟誤走向對門人家的方向，先生忙拉着我走回樓梯口。1983 年寒假，我爲了備考碩士生，没回鄉下，整天泡在中文系閲覽室。有一天晚上李先生讓師母給我送來奶粉和水果，使我感動不已；除夕還邀我到其家裏吃年飯。

我的本科畢業論文有幸由李先生指導，曾幾度上門請益，最後寫成了《古漢語詞義轉移界説及其類型》一文。李先生曾批評我説，語言學的學術論文應儘量使用樸素直白的語言，不用或少用形象性的、文學色彩强的語言。李先生的教導讓我永志不忘。其時漢語史專業碩士生甚少，導師輪着招，帶完一屆再招一屆。1982 年李先生剛招了麥耘和沈建民兩位學生，次年不招生，我改爲報考潘弢庵（允中）先生的碩士生。有一天在中文系辦公樓門口遇見李先生，李先生參加招生考試閲卷，只模糊地告訴我，專業課成績問題不大，就看政治和英語兩科的成績了。

讀碩士階段聽過李先生的兩門課：一門是“漢語語音史”，課程考查的作業就是作《詩經》韻譜，讓我們多一點瞭解上古音知識。這種專業訓練很實用，對自己後來的古文字和古漢語研究很有助益。另一門是“漢語等韻學”，課程考查的作業是評述《康熙字典》前面的《字母切韻要法》和《等韻切音指南》。自己做得很辛苦，若不是老師慈悲爲懷，真不知我如何能够蒙混過關。碩士期間曾與八二級碩士生的幾位師兄幫李先生的《古代漢語自學讀本》編索引。碩士論文選題時，我想寫先秦反義詞的題目，李先生並不贊同，認爲同義詞比反義詞更有值得研討的内容。我拿出習作《甲骨文反義詞蠡測》

呈正，李先生瀏覽了一下，也欣然同意了。此文是選修陳煒湛先生"甲骨文研究"課的作業，後來修改了在《中山大學學報》1996 年第 3 期發表。在此基礎上，我寫成了《先秦反義詞探論》的碩士論文。

1986 年潘師年事已高，碩士論文答辯的許多組織工作都由李先生負責。李先生請了許嘉璐先生來中大主持我們的答辯會，答辯當天晚上還單獨帶我到黑石屋貴賓樓二樓拜會許先生。80 年代李先生和趙誠先生參與了中國音韻學會的創辦，李先生在多次音韻學培訓班上的講課深受歡迎，全國各地不少古漢語教師先後慕名來跟李先生進修，如侯占虎、李連元、許仰民、姜躍濱、劉樂寧等，我也得到機會與他們交流切磋。

1988 年 5 月，李先生創建了廣州國學研究社，親任社長，曾經法師任副社長。成員有姚炳祺、陳煒湛、陳焕良、唐鈺明、陳初生、張桂光、麥耘、黃文傑、陳偉武。剛開始每月聚會一次，交流學術研究心得，通報學術界動態，共舉辦活動五十多次，1992 年和 1997 年李先生兩次以國學社的名義帶隊前往潮汕地區參加學術會議和考察。後來因李先生病重和去世而偃旗息鼓。在國學社中自己最年輕，無論是做人還是治學，從衆位師友學到許多許多。

1991 年正月初四，暨南大學的李文初先生來中大星橋先生家拜年，星橋先生宴客，邀請黃家教、曾經法兩位先生和我一同參加。曾師因事未到。星橋先生是美食家，又善於做潮州菜。那天準備的菜肴過於豐盛，已經下午一點多了，還未開飯，我們坐在客廳等飯吃。黃先生忍不住問道："新魁，什麽菜要做那麽久呀?"李先生答："芋泥，自己第一次做。"黃先生索性跑進厨房看，發現鍋裏的芋泥攪不爛，李先生拿着鍋鏟正在不停地翻動。黃先生説："今天先這樣吃吧，以後要做芋泥，可將煮熟的芋塊在砧板上壓爛，一點一點用刀刮到鍋裏焗油和糖才行。”芋泥是潮州菜的名品，這次可算長了見識。後來我曾經在家裏學着做了一次芋泥，也是唯一的一次，不能用别的油，可煎豬油太費時，我是急性子等得不耐煩。

1997 年初，全國方言學會年會在汕頭大學召開，會議由汕大副校長林倫倫學長操辦。這是李先生最後一次故鄉之行。會議代表住在傍山臨水的學術交流樓，李先生約我和一位師姐晚飯後一同造訪倫倫兄，李先生和我在樓下等候多時，師姐才姗姗來遲。我説：“李老師給我們開‘漢語等韻學’的課，您雖教得好，可師姐没學好，一等二等三等四等就是没等到。五等才等來了。”此次汕頭之旅，李先生要求我與他同住一室，以便有事時可以照應。

有一次，我想撥打曾師電話，誤撥到李先生家，李先生問我説：“有事嗎?”我趕緊説“没事”，李先生説：“没事正好，過來我家幫忙整理書架。”那次搬開書架發現，書架下方還放着許多生銹的鐵皮月餅盒，都是留着準備裝卡片用的。以前和一班研究生同學幫先生搬家，光卡片就有十幾個大布袋。

1992 年 9 月，李先生帶領廣州國學社和學術界一班朋友赴潮汕地區開會並作文化考察，陳沚齋（永正）先生既精於文學和書法，又精於國醫和方術，在旅途車上幫李先生看掌紋，提醒李先生説次年健康會出大問題。1993 年李先生不幸被言中，查出膀胱癌。此後李先生多次帶親友請沚齋先生相掌紋。李先生做過手術之後，曾經恢復得不錯。可惜先生放不下心愛的學問，太不愛惜自己的身體。有一天晚上，我和譚步雲兄結伴拜訪李先生，先生感歎説：“我没用了，病君一個而已。”當時我還安慰先生説：“武俠小説裏的病君往往都是武藝最高强的。”

1997 年春天從汕頭開會回來不久，李先生就生病住院，剛開始住在廣州醫學院第二附屬醫院八號樓。有一次，我去醫院探病，先生從枕頭下摸出一本剛收到的當年第 2 期《古籍整理研究學刊》，其中有我一篇小文:《曾憲通先生學術成就述略》。先生誇我這篇文章寫得不錯，還興致勃勃朗誦其中一段：“曾師少時，盛夏時時夜卧荷塘草亭，月光如水，荷香襲人，蛙聲十里，天籟神韻，已自穎悟在心。稍長，常從民間樂師習潮州音樂，工尺譜爛熟於胸。後來闡發曾國樂律旋宫轉調之妙，不能不歸功於少年這段因緣。”後來先生病漸篤，轉到廣東省人民醫院東病區。夏天從廬山參加完中國語言學會年會歸來，還與麥耘兄陪同日本大東文化大學瀨户口律子教授至醫院看望李先生。一般情況下，我每個星期去探病一次，通常在下午四點來鐘去，五六點鐘李先生吃晚飯之前離開。有一次師母怕我耽擱時間，催我回家，惹得李先生發脾氣説：“偉武想同我多聊一會，幹嗎老是催他走。”看着自己最敬愛的師長受盡病痛的折磨，油盡燈乾，生命之火慢慢地熄滅，心裏無比難過。9 月 27 日清晨李先生去世，麥耘兄和我接到師母電話趕往醫院，殯儀館的工人招呼我進病房幫李先生入殮，這是我最後送别李先生。

中國古文字研究會會長吳振武先生説過，他在吉林大學給研究生講授上古音與古文字的通假專題，向學生推薦的教材就是李先生的《漢語音韻學》。此書多年前初版，早已售罄，如今列入吳承學和彭玉平兩位教授主編的“典藏文庫”，由中山大學出版社重印。總編輯嵇春霞女士來電問我能否找到李先生《漢語音韻學》原版書供印刷廠師傅排版參考，我回復説：自己手頭上有李先生題簽的《漢語音韻學》，不過我擔心遺失或損壞，恕不借出。我雖非愛書如命，但對有的書還是頗爲珍惜的。火速拜托范常喜教授和蔡一峰博士分頭在網上搜求，如願購得另一册李先生原版書，可以放心將新買的書借人排版了。

按理説，李先生遺著重印，應該由李先生哲嗣啓文女士或李先生入室高弟麥耘教授、沈建民教授來編校，不過，中文系主任彭玉平教授既然以此事相托，我義不容辭，爽快答應下來，並安排本科生、碩士生和博士生負責文本録入，蔡一峰、蔡苑婷、劉凱先三位學弟先後爲編校做了許多組織工作，在此一併致謝。革命自有後來人，一峰已博士畢業，正在復旦大學出土文獻與古文字研究中心做博士後研究，凱先還是在讀博士生，他們也都是澄海籍。

多年來行走於語言文字學界，遇到一些海内外的朋友，他們在閒談之中常常會提及曾經聽過李先生講課或在中山大學受到李先生的盛情款待。

1999 年在高雄的中山大學參加第二屆清代學術研討會，日本音韻學家花登正宏説，李先生去世了，自己以後大概不會專門赴廣州的中山大學訪問了。李先生的音容笑貌，總是縈回我們腦際。李先生的生命，活在他二十幾部已刊未刊論著的字裏行間，活在他大大小小兩三百篇文章的字裏行間。

2019 年清明節

原載李新魁著《漢語音韻學》，中山大學出版社，2018 年

《秀華集——黄光武文史研究叢稿》跋

黄光武先生論文集列入吳承學和彭玉平兩位教授主編的中山大學中文系學人文庫，即將出版。黄先生命我作序，作序愧不敢當，寫點感想算是“跋”，沾“光”了。

黄先生大名顯赫，令人印象深刻。炎漢中興之主劉秀，謚號光武。黄先生尊人仰慕前賢，以古人之號爲名，亦合乎取名之法。黄先生出生於廣東澄海縣樟林鄉，1949 年虛齡九歲啓蒙，在一次周會上，校長陳殿恩的訓辭説了“光武中興”的故事，引起同學哄堂大笑。陳殿恩曾協助中山大學社會學系 1934 年到樟林鄉作“樟林社會概況調查”，身爲國民黨員，大概也是傳達上峰指示，抗戰勝利後，大談“中興”建設。他僻處一隅，哪知其時解放軍已渡長江，不久就將國民黨趕到臺灣。黄先生 1964 年考入中山大學中文系，1969 年留校工作直至退休。黄先生長期究心鄉間史料逸事，着意搜集研討，飽學博聞，言必有中，吐露肺腑，發爲英華，積稿盈尺，我拜讀一過，顔其書曰“秀華集”，黄先生欣然許之。

黄先生年輕時風標俊逸，秀髮漆黑，如今却是滿頭銀絲。2005 年春，我陪同臺灣大學國文系何寄澎主任、周鳳五教授、“中研院”歷史語言研究所林素清教授一行參觀容庚商承祚先生紀念室，遠遠望到黄先生在伏案工作，周先生低聲念了一句唐詩：“白頭宫女在。”

亦屬謔語，他確實知道古文字室以往瑣事。

黃先生小時候差一點就被送到泰國給他二姨媽當養子，2002 年還專程赴泰國探望他二姨媽和表姐妹。1958 年當過工人，輟學一年。1961 年 7 月入伍當兵，1964 年從部隊考上中山大學中文系，1969 年畢業留校。我的家鄉鹽竈村與樟林僅六公里之隔，有緣分的景物人事多有黃先生與我同識共知者，如黃先生有一侄子紹奇送至我村給他大姨母當養子，與我三兄偉全爲同班同學。黃先生曾在樟林、鹽竈二鄉後面的蓮花山鎢礦廠當鉗工，與我長兄偉文的大舅子陳守仁爲同車間工友。我就讀鹽鴻中學時的語文老師張介周先生原是中山大學經濟系 1944 級的學生，曾在蘇北中學當過黃先生的班主任。我上大學時，就持張先生的信找了黃先生，又由黃先生帶我拜訪了澄海籍的方言學家黃家教教授。

1990 年暑假，黃先生與我一同回鄉，我邀黃先生與其弟木耀叔同遊南澳島。我們先乘坐小客輪從東里至南澳，在縣城後宅鎮住了一宿。次日在雲澳鎮布袋澳上船，隨我哥偉文、偉强漁船出海釣魚。小木船用柴油機開了幾十公里，到了南澎島附近，風平浪静，我哥説是一年到頭難得一遇的晴朗天氣。木耀叔釣魚技術頗了得，釣到不少石斑魚和黃裳魚，當釣到一條五顔六色的斤餘重鸚哥魚時，歡欣雀躍，可惜黃光武先生正暈船躺在船艙裹休息着哩。天生平衡能力稍欠，容易暈車暈船。以前欲往流花路廣東省汽車站購買回鄉車票，一坐公共汽車至海珠廣場，即嘔吐起來，條件反射過於强烈。

黃先生飽覽歷代碑帖劇迹，自學書法篆刻，曾爲師友刻有姓名章數十百枚。我亦得黃先生青睞，雕過姓名章一枚。黃先生書法不曾臨名帖，只求不作怪書，自嘲爲“己體”，下筆不俗。嘗爲我撰聯云：“畫龍畫符古文字，鉤玄鉤秘好華章。”落款爲“丁酉歲末”，鈐章作“黃光武印”，爲其自鐫之印。黃先生與我還有過一些文墨合作的機會，如黄家教教授去世時，我撰一挽聯："富贍親情鄉情才情莫道是才隱於情，精研粵語閩語啞語更哪堪啞然無語。"即由黄先生書之。吳承學教授六十壽慶時，我撰聯奉贈，聯云："神思遊六合，椽筆掃千軍。"亦由黄先生書之。

黄先生先後贈我名家書法多種，有容、商二老墨寶等。如懸掛於寒齋的容老手書金文五言聯："華竹秀而野，文章老更成。"上款是"光武兄正書"，下款是"己未四月　容庚"。即爲黄先生轉贈於我。黄先生有跋語云："偉武文章偶好戲謔之筆，特贈此聯。同里黄光武　世紀末之己卯冬日。"再如贈我李曲齋先生條幅，下有跋語説："上［世］紀八十年代李曲齋先生托桂光兄借蔣善國《漢字形體學》，後輾轉失落，曲齋先生除表歉意外，亦［欲］一定奉還。經多方搜求終得蔣氏原版歸還，並書贈唐詩行草一卷。如此事［雖］小，可見曲齋先生爲人之誠信。曲齋作品今贈偉武，並記其始末。黄光武。甲申冬。"又贈以廖蘊玉先生書作，加跋語云："此廖公所作楷書，甚可觀也。於兹廿載矣，一再感慨繫之。偉武兄惠存。丁酉冬月。黄光武。"黄先生當年在馬岡頂東北區 18 號古文字研究室小紅樓前與廖公合栽蒲桃樹，精心澆灌，枝柯茂密，緑葉蓊藹，碩實可食。故址今改爲中山大學出版社，黄先生每路過於此，必徘徊凝視，不勝感慨。而廖公已作古數載，友人在悼詞中稱其"英年早逝"，其實享壽九十一歲。

黄先生小時候受過其祖父的影響，喜愛養鳥。留校工作之後，黄先生養鳥好些年，多是百靈和雲雀。從花鳥市場買回來後精心呵護，還養蟲來喂鳥。養過一只能唱善鳴歌喉嘹亮的百靈，中午時分黄先生還要用黑布圍住鳥籠，以免其叫聲影響鄰居午休。有鳥迷纏着要黄先生轉讓，黄先生堅拒不允。所養之鳥少則數百元，多則上千元，曾經遭遇過鼠患，被老鼠咬死，或騰籠時不小心讓鳥飛走，或在給鳥洗澡時失手把鳥嗆水而死，殊爲可惜。假期回鄉時，黄先生多次買鳥送給他弟弟，木耀叔也愛養鳥。

澄海博物館陳孝徹先生主編有幾種書，贈與黄先生。黄先生認爲陳漢傑校長父子是我們鹽竈鄉的先賢，將他們的詩文集《淡如雜著》《陳影手記》送我更有紀念意義，於是將此二書綫裝四册（此外還有一册《族聯集》）悉數轉贈我，我於是得以寫成《二十世紀上半葉潮汕鄉村社會縮影——陳淡如陳漢傑喬梓詩文集讀後》一文，於2019年9月前往紐西蘭參加國際潮學研究會年會。

我曾多次與黄先生一同外出參加學術會議，如參加潮學研討會（1999年赴潮州、2003年赴揭陽），2000年赴安徽大學參加中國古文字研究會年會，會前同遊南京，會後同遊黄山，都留下美好的記憶。

《秀華集》收録長短文章四十餘篇，内容頗爲豐富，古文字論文雖少，却深有見地，洞燭幽微。如討論金文中子孫稱謂的重文，考釋金文“穆”字等。《釋“穆”——兼談昭穆的禮樂涵義》一文，我曾見臺灣籍學生的博士論文正面引用過，可惜没有及時記録下來。討論容庚先生名著《金文編》諸版序言的增減取捨，分析入情入理，契合學術史真實。潮汕史地研究是《秀華集》的主體，系統性强，深入而精緻。澄海縣樟林是著名作家秦牧的故鄉，是潮汕歷史上一個重要的出海口，在清代乾隆嘉慶年間經貿活動極爲發達，興旺前後達一二百年。黄先生鈎沉稽古，尤重實地踏勘，或攝影，或劄録，或椎拓，調查取證，諮諏野老。如考察古代官道上的林姜驛石馬槽，黄先生找來友人幫手，在曾爲古驛站的蓮花古寺附近清理出雜草叢生、泥土半埋而荒置於室外的石馬槽。紅頭船、回文詩帕、舊契約、石馬槽、殘碑斷碣，黄先生所得獨多，無不點染成文，令人拍案叫絶。如從俚俗語言考察社會歷史文化變遷，從一句罵人話考得一紅頭船船名之類皆是。《澄海樟林民俗》一文對樟林鄉俗的考證，避免鄉邦舊俗的寶貴資料湮滅無聞。語言學家、潮汕方言研究名家、韓山師範學院前校長林倫倫教授説:“陶畲應該是畲族聚居之地。唐武則天年間陳政陳元光鎮壓泉潮兩州之間的‘刁民嘯聚’,其實就是以畲族祖先爲主的‘山中’土著居民,其首領姓雷和藍。故此,蓮花山下很早就有畲民祖先聚居是符合歷史事實的。很佩服光武老師‘以小見大’的歷史社會人類學考證功夫!”(對《澄海畲人遺址追蹤》一文的評論)黄先生所研究的樟林史,可説是潮汕地區與東南亞經濟貿易史的有機組成部分,也是近代中外文化交流史的有機組成部分。

黄先生在著名古文字學家容庚和商承祚兩位先生身邊工作多年,寫有追憶容老的文章多篇,如《燼餘道在須傳火——簡介一幅特殊的金文書法作品》(原載《書藝》第一輯,又收入《大學書法》2021年第一期)、《憶容老》、《交流學術　保護文物——記著名古文字學家容庚先生的青銅器收藏》、《每愧人稱作畫人》、《容庚先生晚年趣事》等。容老騎自行車至八十歲始作罷。黄先生有意學習容老,長年堅持鍛煉身體,打乒乓球,且騎自行車,一直至七十餘歲。

中文系郭麗娜教授的父親郭錫坤先生原來就讀於中山大學化學系,當年要回鄉去相親時没手錶,由黄先生把手錶借給他作“手飾”。多年之後聊起此事,還覺得蠻有趣味。其實在物質生活貧乏的年代,此類事情甚多,透露着沉重的辛酸。

黄先生重情誼,善烹飪,多次在家做飯款待我等同鄉後學。黄先生嗅覺發達,不過“先知先覺”有時也很痛苦,偶爾清潔工在淩晨偷燒垃圾,黄先生在遠處樓上睡夢中就會驚醒,只好用毛巾捂着鼻子睡覺。黄先生有一次回鄉下,見一家賣狗肉的小店鋪,店名是“老黄狗肉店”,店主自稱“老黄”,但讀起來像是罵姓黄的人,黄先生説真想進去訓店家幾句。這反映了人們文化素養的低下,且此類攤檔名有越來越多的趨勢,真令人擔憂。

黄先生嘗與張振林教授合作編纂《金文辭綜類》，黄先生負責前期工作，摘録《金文詁林》和《金文詁林補》，摘抄卡片無數，陳煒湛先生笑稱："别人是把卡片變成書，你這是把書變成卡片。"此書最終因故未成稿，黄先生十載光陰付諸流水，令人扼腕興歎。

1986年碩士畢業後我留校，在中國古文獻研究所工作，黄先生爲了寫《清湖廣左布政使鄭廷櫆傳記補正》《嘉慶十年澄海二林通匪案》兩篇力作，托我從所裏借閲《清實録》。此書卷帙浩繁，我只好每次借兩三册，多次借閲，又借又還，持續多時才完成。

2000年上半年曾經法（憲通）師在臺灣新竹清華大學國文系講學，爲了參加紀念聞一多先生誕辰一百周年學術研討會，擬撰一文，結合《山海經》、武梁祠畫像石等材料論述楚帛書神話系統，惜手頭材料不齊，托我幫忙查找，最後我還是勞煩黄先生施以援手。5月9日黄先生致信曾師，掃描發給曾師後，原信由我珍藏。信云：

曾老師：上日吩咐偉武查伏羲女媧生二仔圖畫之事。其實您赴臺前夕曾到研究室查而無獲。恰好今天收到《考古》新千年第4期，中有孟慶利文章：《漢墓磚畫"伏羲女媧像"考》，頗有新義。論證女媧爲兄妹夫婦説起碼至晚唐方有。先秦文獻有記載但不同時出現。終戰國之世，二者並未會面。漢時二者有臣屬關係，但鄭玄堅持平列而已。宋人輯佚的應劭《風俗通義》才有爲兄妹、置婚姻、合夫婦之説。然也與蛇身相纏無關。晋代皇甫謐論及伏羲女媧只是同姓而已。唐司馬貞之説則發展爲一家關係。開元以後才撮合爲夫婦。盧仝《與馬異結交詩》句："女媧本是伏羲婦"，而注釋出現二説：女媧爲伏羲妹；女媧爲伏羲婦。至晚唐伏羲與女媧始成婚。今人把畫像相交附會爲伏羲女媧。孟文認爲這是漢代陰陽五行盛行，以爲陰陽人格化也。雜志4月份出版，在臺灣應可看到，因有數頁，有礙傳真，略述大概。並附孟文插圖一幀，正有生二仔之圖，供急需之用。端此，並頌文安。黄光武5.9.

曾師大文名爲《楚帛書神話系統試説》，原載《新古典新義》（臺灣學生書局，2001 年），後收入《曾憲通學術文集》（汕頭大學出版社，2002 年）、《曾憲通自選集》（中山大學出版社，2017 年）。

黄先生生性仁善，親和力强，古道熱腸，樂於助人。長期在古文字研究室爲本系師生理髮。黄先生多年負責古文字研究室資料管理工作，爲師生服務慣了，爲他人提供研究資料成了家常便飯，讓人們對“無私奉獻”這四個字有了更深刻的體認。不僅爲古文字研究室研究生提供研究資料，還時常爲研究潮學的青年學者提供研究綫索或指導，如多次爲潮州謝慧如圖書館陳賢武君提供幫助，而陳賢武也曾經爲黄先生提供鄭廷槐與吴六奇交往的文獻材料。黄先生淡泊自持，不熱衷功利，好些論文置於篋中多年才發表，此次收入集中的數篇論文則是以前未刊發過的。

黄先生自幼與僑眷鄭清泉老人爲鄰，煮水冲茶，得其指點，精於茶道，曾被陳永正先生譽爲“中大品茶人第一”。小時候我跟季姑父陳岳彪先生學喝茶，進了中山大學之後，一直跟黄先生學喝茶。屈指算來，與黄先生一起喝工夫茶已經四十二年了，花了不少工夫，品茶的工夫雖不見長進，倒是學到許多做人治學的道理，學到不少書本上或有或無的知識。自己做過的好些研究題目，都是在喝茶時先向黄先生彙報請教，然後才敢動筆寫。黄先生總結判定好茶的“甘、香、滑”三個標準，就像“高、大、上”三個原則。黄先生天生是“味精”，味覺特别靈敏。黄先生無意間發現一種灌木，以手挼其嫩葉，有杏仁味，煮水而飲，杏仁味益濃，稍加冰糖，可口而可樂，嘗邀曾師、陳焕良師、林倫倫學長等師友一同品嘗。後來黄先生移植數株於寓所附近，每逢長出嫩芽緑葉，采摘若干，即與三數友人分享。我多次當了“嘗委”。

2005 年暑假黄先生和我同遊武夷山，由林姓評茶專家陪同品嘗了武夷山岩茶中的好些品種，那位專家是福建師大葉良斌先生的好友。黃先生 1994 年夏天撰有一篇長篇論文：《工夫茶與工夫茶道》，屢加修改，初載於《中山大學學報》1995 年第 4 期，後來又續有增訂，收入《康樂集——曾憲通教授七十壽慶論文集》（中山大學出版社，2006 年）。

2018 年 5 月 24 日，廣東省茶文化促進會主辦了“2018 潮汕茶文化周·潮州工夫茶的傳承與發展論壇”，在廣州進出口商品交易會琶洲展館舉行，秘書長黃波先生請黃先生與黃挺、林倫倫兩位教授和我作爲特邀嘉賓參加，分別在會上致辭。黃先生主張工夫茶要自然地喝，關鍵在於茶葉品質的高低，反對花裏胡哨、繁文縟節的東西，對牽合工夫茶與《易》道及“八卦”的説法頗不以爲然，對茶葉需求量大增致供需失衡以次充好的現象抨擊尤烈。

前不久我爲黃先生八十華誕寫過一首小詩頌壽，姑且借來爲這篇費時頗久的短文作結：

赫赫嘉名八十秋，
工農兵學任遨遊。
金文類纂難成稿，
古港新書易白頭。
殘碣馬槽勤校驗，
僑批契約頗蒐求。
且斟新茗譚鄉野，
策杖康園身自悠。

陳偉武

2021 年 6 月 28 日

附記：小文附於黄先生《光華集》之後，出版前黄先生審閲拙稿删去數百字，今依原稿録入。

2021 年 12 月 19 日

原載黄光武著《秀華集——黄光武文史研究叢稿》，

中山大學出版社，2021 年

《積學閒書——黄挺學術與書法》跋

經過王見、林倫倫和吴曉懿等友人的熱心相助，“黄挺學術與書法”展覽即將在廣州美術學院美術館舉行。

今年 4 月 16 日，黄挺兄夫婦和陳利江來廣州辦理書展籌備事宜，與美術館館長王見教授晤敘，王先生詢及書展定名之事，黄挺兄稱尚未定。我喝工夫茶的功夫還不到家，晚上喝多了，清晨醒得早，僵卧床上，搜索枯腸，試爲書展擬名曰：積學閒書。次日談起來，居然得到黄挺兄和王先生的贊同。“積學閒書”有兩層寓意，一是積累學問，閒暇作書；二是博學於文，嫻熟於書。第一層寓意自黄挺兄言之，可以反映其勤謹治學、謙冲爲人的風格；第二層寓意自我輩言之，黄挺兄文史哲兼通，博洽多才，又精於書藝書道。兩層寓意均爲實事求是，恰如其分。曾師經法（憲通）先生以戰國古文爲書展題耑，用“閒”爲“閒”，“閒”字从“門”“外”聲，“外”字置於“門”内，則不失法度，而人在書法界外，逍遥“門外”自是“閒”。黄挺兄出身書香之家，一門多豪英。1977 年經李星橋（新魁）和曾師兩位先生介紹，準備到中山大學古文字學研究室擔任資料員，旋即因爲參加高考被華南師範學院中文系録取，與容、商二老擦肩而過。大學畢業後，黄挺兄到潮州的韓山師院執教。1985 年，我還在中大當碩士生，黄挺兄和我竟不約而同地在蘇州成了同學，一起參加了中國訓詁學研究會第三期講習班，爲期二十天，授課的學者有徐復、周大璞、唐文、許惟賢和羅邦柱等先生，讓我們深受教益。課餘又大飽眼福，遊覽了不少蘇州園林名勝。

黄挺兄在歷史學、中國古典文獻學和漢語言文字學諸領域均造詣精深，貢獻良多，曾任汕頭大學圖書館館長、中文系主任、潮汕歷史文化研究中心主任、韓山師院潮學研究所所長等職，是當今國際潮學研究的標志性人物，現任國際潮學研究會學術委員會秘書長，《潮學研究》主編，著作等身，其代表作如《林大欽集（校注）》，輯校詮釋明代潮人狀元林大欽詩文集。而《潮汕文化源流》和《潮汕史》之作，則展示了黄挺兄富贍的史才和卓越的史識，其學術視野遠涉中外文化交流，並未局限於中國東南一隅。黄挺兄兼任中山大學歷史人類學研究中心客座教授，精讀案頭文獻史料之外，注重田野考察，壯遊天地間，熟諳潮汕大地的山山水水、風俗民情和文物勝迹，曾經翻山越嶺，遍訪名刻碑碣，捶拓摹録，考釋校核，始成《潮汕金石文徵》一書，保存了大量第一手珍貴的潮學歷史文獻。

黄挺兄幼承庭訓，雅好書法篆刻，遍習百家，諸體皆能。後來在汕頭大學和韓山師院任教數十年，治學講課之餘，臨池揮毫，聊抒逸興，閒遣雅懷。其行草秀勁蕭散，隸書沉雄樸茂，多了書卷氣，少了市井味，如今人書俱老，墨色生香，蘊藉豐富，耐人含咀，得力於其酷嗜金石文字，熟稔各種書體流別，精研書學理論，亦時有論作。

黄挺兄無心作書家，而後能成書家，以自己在社會史、文化史和區域史研究的深厚學養澆灌了書法藝術之花，絢麗多姿，令人擊節讚歎。

甲午端午陳偉武跋於康樂園愈愚齋

原載黄挺著《積學閒書——黄挺學術與書法》，

嶺南美術出版社，2017年

《康樂集：曾憲通教授七十壽慶論文集》後記

企盼捧着紙墨飄香的新書《康樂集》，同一衆師友在康樂園裏的康樂餐廳爲曾師奉觴祝嘏，我們都將成了開心果啊。

《康樂集》籌措多時，原擬於今年一月前梓行，因循至今才新鮮出爐，也好，這正契合本書意趣——延年益壽，傳之久遠。

"只生一個好。"這是中國共産黨目前的計劃生育口號。七十年前，曾師經法先生的父母對優生優育政策似有科學預見，只有曾師這個獨子，爲我們準備了一位好導師。

中華人民共和國成立後中山大學坐落於珠江南岸的康樂村，故又稱康樂園。從上大學起，曾師已在康樂園度過了五十個春秋。我們把慶祝曾師七十壽誕論文集命名爲《康樂集》，衷心祝願老師既康且樂，未來的生活猶如倒吃甘蔗，漸入佳境，愈來愈甜。

十餘年前，曾師談過自己的處世之道是：與人爲善，與世無争，順其自然。無論學界同仁，還是左鄰右舍，都知道曾師宅心仁厚，扶老愛幼，作爲曾師學生，三生有幸，對此感悟尤深。東漢許叔重著《説文》，曾經博問通人。今世賢達温良如我師者，真通人也。

人間自有真情在，肖丁和羅英風兩位先生均年長於曾師，風聞我們正在編輯《康樂集》，旋即惠賜鴻文，尤見前輩學者間的友誼流金溢彩。陳沚齋、陳之犢、張桂園三教授，林映群先生、黄壯榮先生都古道熱腸，鼎力支持此書出版。《康樂集》本來素面朝天，有了國畫家莊小尖教授的新作《南山晴翠》，自然增光生色不少。還有爲本書提供大作的衆位師友，隆情高誼，都令我久久感念在心。

編纂此書，同門學兄裴大泉，出大力，更應大表彰。書裏乾坤大，壺中日月長。北京故宫珍藏有明代壽字青玉執壺，大泉兄找來其彩照作《康樂集》封面，寓意甚妙。酒壺權當茶壺，配上集中黄光武先生的名作《工夫茶與工夫茶道》，將讓我們時時造訪曾府晴翠居，求學問字，漫品曾師家鄉的潮州鳳凰茶，閒談市井風情，其樂不知何如？

陳偉武

2005 年 3 月 23 日

原載《康樂集：曾憲通教授七十壽慶論文集》，
中山大學出版社，2006 年

《簡帛兵學文獻探論》後記·後之後記

後記

“弱質無爲空屬虎，嘉名不副漫從文。”這是1989年我撰的自嘲聯。不料兩年之後，自己竟考上了曾師經法（憲通）先生的博士生。到了確定學位論文題目的時候，我有心研究簡帛兵學文獻，曾師笑稱：“這下你的名字有着落了。”是呀，“偉武”不就是“弘揚兵學文化”的意思麽？連生肖屬虎也不“空”啦。曾師參加過銀雀山漢墓竹簡的整理，70年代發表過研究竹書《孫子兵法》的長篇論文，對兵學文獻始終未能釋懷，欣然同意了我選擇的這個題目。

論文總算炮製出來了，一切功勞歸人民。陳永正先生審閱過“軍術考述”部分，唐鈺明先生和譚步雲學兄均審閱過“語言文字學考察”一章，使我獲得許多教益。曾師、陳煒湛先生、陳永正先生、黄光武先生和黄文傑學兄都熱情爲我提供了有關參考資料。謬承以上諸位師友襄助，謹在此致以殷殷謝意！從題目的確定到提綱的草擬，從謀篇佈局到字斟句酌，曾師爲指導本文的寫作傾注了大量心血，教誨之恩，深所銘感，難以言狀。

樂兵者凶！我一家三代四口，五年局促斗室，刻意求學，殊非易易。青燈黄卷，無益衣食，每當我爲“稻粱謀”奔波之後，端坐案前，把玩兵書，其樂可知。博士買驢，三紙無驢，本文篇幅不短，只要能有幾個驢字，當不成博士也就罷了。鄭重聲明，寫錯驢字，文責自負，概與師友無關。

家務由七旬老母操持，論文由孩子他娘加班打印，附記於此。

陳偉武漫記於1994年建軍節前夕

後之後記

前之"後記"，專爲畢業論文而作，已成過去，隻字未改，以存其真。轉眼兩年有餘，略綴數語，老實交代此書原委。

此書原是博取博士學位的一塊敲門磚，敲過之後，閒抛一側，近時知有出手機會，才重加打磨。書中第四章爲今夏補寫，復承曾師賜閱並提寶貴意見，餘者多仍舊貫。

當初，畢業論文蒙李學勤、裘錫圭、姚孝遂、陳公柔、劉雨、陳煒湛、孫稚雛和陳永正等先生品題垂教。答辯之日，多位先生又提出意見，時值盛夏，誠惶誠恐，汗不敢出！眼下的書稿就吸納了各位先生的許多正確建議，在此不能不記下自己由衷的感激之情。前年，紀念容庚先生百年誕辰暨中國古文字學學術研討會在廣州和東莞舉行，仰仗容老餘蔭，我們的論文答辯就安排在大會閉幕後一天進行，答辯會請得學界鉅子胡厚宣先生任主席，先生學問大，也最寬容，我們真是三生有幸了。如今先生遽歸道山，令人深深地懷念。

選堂饒先生題耑，曾師撥冗賜序，中山大學出版社老社長劉翰飛先生七十大壽的時候，慨允出任責任編輯，同使這本小書陡增榮寵，中山大學不少專家和學術專著出版贊助基金會諸公對本書青眼有加，謹兹一併叩謝。

本書部分内容曾經在刊物上“零售”過，有的消費者提出了不同意見。錦州服裝廠西服分廠張悦同志指出，銀雀山漢簡《尉繚子》“絶苦俞根”之“苦”當讀爲“坫”，義爲邊界，不應如我讀爲“閻”訓里巷之門。①《羊城晚報》社胡文輝同志就漢簡“八風”材料的釋讀也對我有所駁正。② 他們的意見都很中肯，讓我心服。知識分子是工人階級的一部分，張悦同志引我爲同調，我覺得很光榮。胡文輝同志的學識和新聞工作者特有的職業敏感，尤其令我歎服。由於開機印刷在即，改易太大會影響版面，我只好過而不改了。

《説文》曰：“探，遠取之也。”照許慎的話，“探”字有深求之意。此書顔稱“探論”，雖有深求之心，名實未必相副，收羅材料是打探打探，討論問題是試探試探，探到什麽寫什麽，缺陷很明顯，無法在兵學文獻的本體——軍事學上深入探討，遑論研究如何將兵學運用於商戰和官場；於是，最多只能打打外圍戰和遊擊戰，陣地戰和正規戰並非不想打，實在没能力打。本書淺嘗輒止，又是小册子，既淺且薄，可讓諸位看官少耗精神，我心裹也覺得踏實些。

作者補記

1998 年 12 月 28 日

原載陳偉武著《簡帛兵學文獻探論》，中山大學出版社，1999 年

---

① 張悦：《“絶苦俞根”新釋》，《中國語文》1997 年第 5 期。

② 胡文輝：《銀雀山漢簡〈天地八風五行客主五音之居〉釋證》，《簡帛研究》第三輯，南寧：廣西教育出版社，1998 年。

《古文字論壇》第一輯後記

《古文字論壇》原擬名爲《古文字研究集刊》，後改成現名。承蒙沚齋陳永正教授兩次題寫刊名，厚愛有加。此刊創辦，倡議於2009年，友人陳新熱心於母校古文字研究的發展，捐資促成，令人感念不已。曾師經法先生、裴大泉、陳斯鵬與我多次商議此事，陳煒湛、黄光武、李家浩、董琨、彭裕商、譚步雲、陳偉、趙平安、劉樂賢、徐在國、林志强、楊澤生等師友均賜稿相助。出於種種因由，刊物遲遲未能面世，我心懷愧疚，謹向上列諸位師友致以深深歉意。2013年8月到淝西參加會議，晚間同施謝捷兄茶敘，我説想爲曾師八十大壽編祝壽集，又礙於《論壇》延宕太久，難以再向師友乞稿。施兄建議將《論壇》創刊號當作曾先生祝壽專號，合二而一，誠爲美事。於是即從施兄高見，重新組稿編輯。2014年10月在廣州和東莞舉行紀念容庚先生誕辰一百二十周年學術研討會期間，又蒙張桂光、吳振武、黄德寬等先生惠稿，爲《論壇》曾先生祝壽專號增光添彩。諸多師友爲《論壇》創辦奉獻心力，如裴大泉和陳斯鵬負責前期編稿，後期工作則由裴大泉和陳送文擔任，勞神費力，貢獻尤多，石小力、蔡一峰和楊鵬樺諸君也承擔不少編校事務，至感至謝。能以此書爲曾師八十華誕獻禮，一定是學界同仁及我等曾門弟子的開心事了。

陳偉武記於甲午冬至

原載《古文字論壇》第一輯，中山大學出版社，2015 年

《古文字論壇》第二輯後記

早在去年夏天，曾師經法先生就説過，明年是中山大學古文字學研究室成立六十周年，建議《古文字論壇》以此爲專題，出一個紀念專輯。時間緊迫，組稿工作迅速開展，可喜的是容、商弟子及再傳弟子、三傳弟子、四傳弟子踴躍撰稿，使得《古文字論壇》稿件如期集齊。曾師在中大學習和工作歷經六十餘年，是研究室建設和發展的親歷者和見證人，身體力行，寫了長篇文章《憶容、商二老》，還原了許多歷史場景。陳煒湛先生正值寓所加建電梯，强忍周遭噪雜不堪的影響，重新修訂了《我如何研究古文字（甲骨文）》和《關於殷虚甲骨文的一些基本認識》二文。張振林先生因電腦問題較遲收到邀稿函，也都趕在出版社截稿前送來大作《老師的哪些話，讓你終生難忘?》。孫稚雛先生因患眼疾，封刀已久，此番應邀撰文，慨然重出江湖，亮劍降魔，針對社會作僞成風之弊，專論商老書法辨僞的問題。陳永正先生寫了《雜憶數則》一文，最早將稿子送來。張桂光先生在萬忙之中撥冗寫了《入容門前幾件小事的回憶》。陳初生先生爲紀念容、商二老，曾用心製作兩把古琴，命名爲“希白”和“錫永”，且撰有琴銘，親自書寫鐫字，如今將所撰琴銘謄抄一遍，題爲“絲桐銘刻寄深情”交《論壇》發表，可作書法精品視之。我們看到了容、商弟子對師恩的深切緬懷，並未因歲月流淌而有些許褪色，反而益加濃烈。諸位師長的懷舊文字，深具學術史料價值。中大古文字室的地址，從東區大球場邊上的小樓（今址“保衛處”），再到中區榮光堂南側的小平房，再到數學樓二樓，再到馬岡頂東北區十八號，又搬到郁文堂二樓和八樓，再到中文堂的五樓，尋尋覓覓，六十春秋六度遷徙，培養了許多人才，鑄造過輝煌，經受過蕭條，可寫的東西實在太多了，能寫的人也真不少，如繆錦安、劉雨、楊五銘、唐鈺明、黄光武、陳抗、劉昭瑞、趙平安、劉樂賢、張連航等師友，這次因種種緣由而未能賜稿，給我們留下了不小的遺憾。

本輯《論壇》意欲爲歷久彌新的研究室獻禮，可説是容、商門下學術傳人的共同心願。利用紀念研究室成立六十周年的名目，讓容、商二老門下歡聚一堂，暢敘契闊。

本輯《論壇》的順利出版，要感謝中西書局秦志華先生和責任編輯田穎女士的熱心相助和辛勤付出。編校過程中，博士生蔡一峰出力至多，柳洋和李愛民同學也做了不少具體的工作。

2011“出土文獻與中國古代文明”協同創新中心和其他海内外的聞達師友，不辭辛勞光臨中大的紀念活動，非常值得我預先致敬和感謝。還要感謝諸多師友惠賜鴻文，共襄盛舉。

黄光武先生從1978年就來研究室工作，如今雖年逾七旬，仍不顧寒冬酷暑，孜孜矻矻而爲整理研究室的珍貴資料辛勤勞作，這就是對容、商二老的最虔誠的紀念。我自己不知不覺之中在研究室任雜役也已十九年了，有緣與自己的師長、同門、學生三代同堂歡慶研究室成立六十周年，福緣實在不淺。活着就是幸福，環顧四方，不少曾經大紅大紫的學術機構隨着一聲聲裁撤令而消弭於無形。中大古文字研究室却活下來了，而且未來大有復興之勢，年輕一輩朝氣蓬勃，成績引人矚目，可喜之極。

原載《古文字論壇》第二輯，中西書局，2016年

《古文字論壇》第三輯後記

今年是韋戈先生陳煒湛教授八十華誕，編一本文集爲先生賀壽，是許多曾經從學於先生者的共同心願。《古文字論壇》本來屬於不定期性質，2015 年出版創刊號，爲曾師經法（憲通）教授祝壽，2016 年出版第二輯，紀念中山大學古文字學研究室成立六十周年，第三輯剛好作爲韋戈先生慶壽專號。幸得中西書局秦志華先生和責任編輯田穎女士傾力支持，使得我輩得以如願。

《容庚日記》爲容老 1925 年 1 月 1 日至 1946 年 2 月 26 日之間所記，是 20 世紀上半葉學術史的珍貴史料，價值非凡，此次承容老長孫容國濂先生慨允首先披露，由其整理出若干片斷以饗讀者，容老墨寶“若愚”二字亦蒙惠借影印發表。此前世人罕知容老有詩傳世，黃光武先生多年來一直從事“容庚商承祚先生紀念室”資料整理，近時發現了容老佚詩手稿，撰文推介，殊爲難得。

前年 12 月，中國古文字研究會會長吳振武教授光降中大，在紀念古文字學研究室成立六十周年會議上致辭，講稿經吳先生整理，亦於此輯刊表。

去年底，中國文字學會會長黃德寬先生光臨中大“名師講壇”演講，惠允本刊發表其講稿《談談新見戰國竹簡〈詩經〉的文化意義》，講稿由中大博士生劉偉浠君整理，並經黃先生審訂。譚步雲兄爲韋戈先生學術傳人，著述甚豐，也是我大學同學，多年好友，其本科畢業論文《甲骨文所見動物名詞研究》即由韋戈先生指導，用力甚殷，創獲亦多，篇幅頗長。我知此文久置篋中，於是堅請譚兄發表，可作師生情誼見證。

集中所録之文我均讀過，間有疑誤即予標出，交蔡一峰君酌處，顯誤者徑改，疑似之間者同作者商改或不改。文集編定後呈請韋戈先生審閱，先生指出上述諸種均是此輯亮點。偶有差强人意之文，亦網開一面，收入集中，或可增喜慶和諧氣氛吧。

此書出版在即，凝聚了不少師友的辛勤勞動和情誼，在此一並致謝。本科同窗好友蔡照波教授已預約請衆師友吃酒，我仿佛聞到了韋戈先生壽宴上的酒香伴隨着此書的墨香。

2018 年 8 月 8 日

原載《古文字論壇》第三輯，中西書局，2018 年

《愈愚齋磨牙集》後記

我的第一個論文集叫作《愈愚齋磨牙集》。

沚齋陳永正先生曾説過，讀不好的書就會越讀越蠢。於是我將寒齋名爲“愈愚齋”，本想藉讀書治治愚蠢的毛病，誰知馬齒日增，書多讀了幾本，平生上當受騙不少，真的愈來愈愚了。

人生有涯，經歷了從無牙到有牙，又從有牙到無牙的轮回。學海無涯，人們總是以有涯去磨無涯，既不聰明，也很無奈。我睡覺時總愛磨牙，中醫病名叫作“齘介齘”，病因有胃熱、食積、蛔蟲、氣血虛等多種，自己諱疾忌醫，竟多年而未愈。研究語言文字學，咬文嚼字，與磨牙一般，故將此集命曰“磨牙集”。

高中畢業在鄉下流浪兩年後，1979 年我考上了中山大學中文系，本科二年級時開始對語言文字學感興趣。陳焕良先生當時給我們年級講授“古代漢語”課，給我開列了一些入門書。此後我較多地選修語言學方面的課程，如星橋（李新魁）先生主講的“音韻學研究”、韋戈（陳煒湛）先生的“古文字學”、孫稚雛先生的“《説文解字》研究”、黄家教先生的“漢語方言調查”、高華年先生的“普通語音學”、張維耿先生的“漢語修辭學”等。三年級時曾專程拜訪李星橋先生，明確了求學的方向，讀書針對性更强一些。在李先生指導下完成了本科畢業論文《古漢語詞義轉移界説及其類型》。1983 年考上了漢語史專業研究生，從弢庵（潘允中）師攻讀碩士學位，1986 年畢業，留本校中國古文獻研究所工作。1991 年考上經法（曾憲通）先生的在職博士生，研究方向爲戰國秦漢文字，1994 年獲博士學位。1998 年起調任中文系教師至今。內部刊物《中山大學研究生學刊》1986 年第 1 期發表了習作《〈詩經〉同義動詞説例》，中國人民大學複印資料《語言文字學》同年第 10 期轉載，這或可説是自己入道之始。本科階段即從經法、韋戈、孫稚雛、黄光武諸位先生問學或受課，星橋和弢庵兩位先生一直教導我們要高度重視古文字資料在漢語史研究中的作用。碩士生階段，潘老堅持讓我們同古文字學方向的研究生一起修課，我修習過韋戈先生主講的“甲骨文字研究”、經法先生的“古文字學導論”、孫稚雛先生的“青銅器銘文選讀”。古文字學研究室資料員黄光武先生是我的同鄉父執，從我入學伊始即關心我的生活和學習，在借閱古文字專業書方面提供了諸多便利。入行迄今垂三十年，寫過算是論文的東西有八十餘篇，這次編選結集，對五十歲以前的學習和研究作一個盤點，或可有利於自己今後的學習和工作。從年輕的時候起，自己節衣縮食，積攢路費，汲汲以求，追隨弢庵、經法、星橋、韋戈諸位先生外出參加學術會議，開眼界，結善緣，得到學界許多前輩的指導。現在集中的許多論文，正是以前赴會的舊“門票”。

友生王輝博士畢業前曾掘地三尺，掇拾我的舊作新篇，勒成一卷，顔曰“陳某某語言文字論集”，複印四册，一册自存，二册遺我，一册贈陳送文。據説後來又嘗複製貽郭永秉、程少軒、石小力諸位。去年初赴復旦大學出土文獻與古文字研究中心，參加馬王堆簡帛新整理本閱稿活動，少軒兄出其所藏拙撰文集邀我題簽，我欣然應命，題曰：“供批判用。”王輝君赤誠可鑒，只是拙稿謬種流傳，我深恐誤人不淺。

去年元宵節赴上海參加北大漢簡《老子》首發式，臨返穗前，中西書局總編秦志華先生枉駕來我下榻的旅館相訪，晤敘甚歡。於是我有出版論文集之請，蒙秦兄慨然應允，秋天同赴美國達慕思大學參加清華簡研討會時，復就拙集選目及編輯事宜向秦兄請益，獲教良多。工夫茶喝多了，只是功夫未到家，夜不成眠，九月一日有打油詩爲證："皤然回首歎蹉跎，亦有傷悲亦可哥。訪友尋師非放浪，咬文嚼字費摩挲。楚綠秦簡參同異，吉語詈詞探少多。一葦飄搖餘短楫，茫茫學海欲如何？"

1996 年我承擔過一個教育部項目，叫作"戰國秦漢簡帛詞語通釋"，一直拖到 2008 年才結項，集中不少論文大概可算這個項目的成果。我還曾經完成一個國家社科基金項目，叫作"特殊漢字的歷史考察"，把具有某一方面特殊性的漢字加以專門討論，主要有同形字、雙聲符字、專用字、變體字、同符合體字等。桂園張桂光先生青眼有加，其大著《漢字學簡論》參考文獻中只列一篇論文，就是拙撰《同符合體字探微》。參加港澳臺學術會議的一些論文在大陸流佈不廣，趁着這次結集的機會，也算可以向更多的內地讀者請教。

自己當了漢語史研究的逃兵，於古文字學而言，又是半路出家，兩方面都是半桶水，做學問，寫文章，時常有黔驢技窮之感，徒歎奈何。

業師弢庵先生和經法先生對我悉心教誨和培養，星橋先生、韋戈先生、沚齋先生、陳煥良先生、黄光武先生都對我熱情指導和幫助，隆恩大德，令我没齒難忘。沚齋先生賜題寒齋匾額，又爲文集題耑，讓我受寵若驚。此次論文結集出版，秦志華先生和東莞市中山大學校友會副會長陳衛民先生鼎力支持，曾師一再敦促指導，范常喜、陳送文、石小力三君時有相助，王輝君助力尤多，我都感念在心。

此集所録論文，除了個别明顯錯誤予以訂正外，其餘多仍舊貫，過而不改，惡莫辭焉。文非成於一時，亦非刊於一地，或各類學術會議要求各別，格式殊難一律，萬望讀者鑒諒。

2014 年 3 月

原載陳偉武著《愈愚齋磨牙集——古文字與漢語史研究叢稿》，
中西書局，2014 年

《愈愚齋磨牙二集》後記

拙著《愈愚齋磨牙集——古文字與漢語史研究叢稿》2014 年由中西書局出版，責任編輯是田穎女士，《愈愚齋磨牙二集——古文字與古文獻研究叢稿》最近仍由中西書局出版，責任編輯還是田穎，她來信説，照以前的做法，是不是應該有個前言後記之類。我想，好多話在《磨牙集》前已言之，《二集》的“前言”就免了，“後記”還得囉嗦幾句。

《二集》收大小“雜文”40 篇，早者寫於 1986 年，遲則寫於 2017 年。有考釋金文、楚簡、秦簡、帛書疑難字詞之作，也有利用出土文獻材料研究漢語史之作，這些論文可算是此集的主要部分。有幾篇評介前輩學者的學術成就或學術著作，可算是研究學術史的點滴收獲。有幾篇論及兵書和簡帛醫學文獻，這是由於早年有討論簡帛兵學文獻的博士論文，後來又多次應邀赴香港中文大學，隨張雪齋光裕教授一道治簡帛醫籍項目。先是研究古人如何殺人的學問，後又研究古人如何救人的學問，説來真有點滑稽。

碩士畢業後，我在中山大學中國古文獻研究所供職十一年，主要任務是參加集體項目整理車王府曲本，寫了幾篇詞語釋讀的文章，屬於副產品。我是方言學的外行，更無田野調查的體驗，此集收了幾篇討論母語潮汕方言的小文，只是利用出土文獻和傳世文獻研究現代漢語方言的案頭作業而已。

自己讀書少，孤陋寡聞，一不小心寒齋號就有了“抄襲”清儒劉寶楠的嫌疑。2016年，友生王輝（小松）買了本《寶應劉氏集》（廣陵書社，2006年）送給我，其中有《愈愚録》七卷。近年記性大不如前，對“愈愚”又有了一層新的體認。三年前王輝到山東大學文學院教書，有一次來電問我是幾級教授，我説：“很慚愧，老師没本事，三級片不能隨便看，三級教授的活還得賣力幹。”2009年4月底赴臺灣高雄中山大學參加會議，會議安排劉釗兄與我同宿一室。二床相對，中間適可容足。睡夢裏我磨牙的聲音吵得劉兄無法入眠。東華大學教授許學仁先生祖籍廣東饒平黄崗，離我家鄉僅十八公里。其時許先生任臺灣文字學會會長，5月1日盛情邀請學界的數位朋友同赴花蓮遊覽，其年近九旬的雙親亦與我們同進晚宴。晚上投宿花蓮縣議長的客舍，劉釗兄才講出高雄的“慘狀”，讓許先生安排我睡單間，免得擾人清夢。我因磨牙而得到關照，深懷歉疚，次日有詩爲證：“花蓮夜色美如花，默默街燈對鼓蛙。無奈釗哥宵遁去，山君可憎愛磨牙。”我屬虎，病虎磨牙的惡習依然如故，掇拾舊文，益以新作，是爲《愈愚齋磨牙二集》。

感謝沚齋陳永正先生再次賜題書名。感謝中西書局秦志華先生的關心和幫助。

此集編録頗繁重煩瑣，友生蔡一峰廢寢忘食，出力至多，梁鶴、林焕澤、劉凱先、陳曉聰、劉偉浠等參加了部分文稿的校録工作，謹致謝忱。

多年前，我弟偉鴻講過一幅漫畫，畫裏一只蝸牛正在一棵竹子上爬行，畫家的題辭是：“向上無所謂快慢。”三十餘年來，自己雖不學無術，而尋尋覓覓，蝸行牛步，踽踽彳亍，自認還是向上的。這本論文集可說是我讀書治學歷程的見證。

2018 年 6 月 6 日

原載陳偉武《愈愚齋磨牙二集——古文字與古文獻研究叢稿》，

中西書局，2018 年

《中山大學饒宗頤研究院工作簡報》後記

《説文解字・人部》説："仙，人在山上。从人，从山。" 此字亦見於戰國璽印和傳抄古文中。人在山上即是仙。中山大學饒宗頤研究院坐落在擁翠環碧、果樹飄香的增城仙村山上，於此醉心研究饒學的同仁也沾惹了一些仙氣，熱愛學問，少了塵俗的羈絆和煩惱。"秋後算賬"，饒院從2015年4月2日掛牌至今，歷經六年才出簡報，似是名副其實的"簡報"。其實，"簡報"不簡，這一册"簡報"内容還挺豐富，六年來舉行的種種典禮、講座、論壇、學術會議和研習班頗不少，資料紛繁，饒院同仁李啓彬、許冰齊和林凌三位年輕人起早摸黑，上天入地，翻箱倒櫃，窮搜博采，爬梳編次，綴文配圖，編校書一樣厚度的"簡報"，值得贊許。八十六歲高齡的曾師經法（憲通）先生爲簡報賜題刊頭，增光添彩。

中大饒院在海内外饒學機構中起步不算最早，但屬於高起點、國際化、權威性饒學平臺。饒學、史學、文學、古文字學、潮學的研究有機結合，社會各界精英群策群力，精誠合作，效果顯著。處在中華民族偉大復興的光輝場景中，饒學將能爲祖國文化傳承的工程添磚加瓦。盤點過去的業績，正視存在的問題，思考未來發展的路徑，這是值得我們着力去做的事情。

今年2月12日，啓彬君發來彩照，告知饒院橡木花開的喜訊，我胡謅了幾句打油詩："韓祠橡木仙村栽，喜報芳華次第開。中大祥符饒院見，動人好事撫時來。"啓彬和詩云："韓木蒼蒼饒院栽，勢參北斗遇花開。斯文千祀傳今古，繼絶起衰待後來。"感謝中共廣州市增城區委員會和增城區人民政府對饒院一如既往的支持，感謝中山大學黨委書記兼饒院院長陳春聲教授和皇朝家私集團董事會董事長謝錦鵬先生的鼎力幫助，感謝饒院管理委員會和學術委員會諸位同仁的指導和辛勤勞動。"戰鬥正未有窮期"。隨着時間的推移，中大饒院的饒學研究事業必定日益興旺發達，在海内外的影響一定越來越大，這是完全可以預料的。

2021年5月5日

紀念容庚先生百年誕辰暨中國古文字學學術研討會召開

1994 年 8 月 21 日上午紀念容庚先生百年誕辰暨中國古文字學學術研討會在廣州中山大學永芳堂隆重開幕。這次研討會又是中國古文字研究會的第十屆年會，也是慶祝中山大學建校七十周年學術系列活動之一。研討會由中山大學、中國古文字研究會、東莞市科學技術協會聯合主辦，廣東中華民族凝聚力研究會、廣東炎黄文化研究會、香港中山大學高等學術研究中心贊助了這次大會。

廣東省、廣州市各界人士鄭群、歐初、祁峰、廖鴻興、許任之、周鶴鳴、東莞市委宣傳部部長周文媛、古文字學界的中外學者以及容庚先生生前友好、親屬等一百多人出席了開幕式。開幕式由中山大學副校長吴文煇教授主持。中山大學校長曾漢民教授致開幕詞。中山大學中文系主任曾憲通教授作了題爲“容庚先生的學術成就與治學特色”的報告，鄭群先生、歐初先生、周文媛女士、著名甲骨學家胡厚宣教授、中山大學香港校友會理事梅仲元先生以及容庚先生的親屬代表先後致辭。

8 月 21 日下午，大會組織代表們前往廣州博物館參觀“容庚教授捐獻文物展”，然後移師東莞市繼續學術討論。

參加這次大會的中外學者共 81 人，提交論文 70 多篇（包括有的學者因故未能與會而寄來的論文），涉及甲骨文、青銅器及其銘文、戰國秦漢文字研究等多個分支學科的內容。本次學術研討會，有如下幾個特點：

一、 高度評價容庚先生的傑出貢獻

在開幕式上，除曾憲通先生的報告外，還有胡厚宣先生的《深切懷念容希白先生》，都屬於全面評價容老的高尚品格和光輝業績。專門介紹容老某種學術成就的，則有陳煒湛的《容庚先生與甲骨文研究》、陳永正的《容庚先生在嶺南文獻研究上的貢獻》等論文。還有就容老對某一問題的研究作進一步推闡的，如馬國權《從容庚先生的〈金文續編〉看秦漢時代的隸變》、劉彬徽《容庚先生〈通考〉著録的楚銅器及其銘文彙考》。鳥蟲書研究是容老對古文字學的重要貢獻之一，李學勤、張光裕、王人聰諸先生在探討鳥蟲書資料時無不對容老充滿崇敬之情。吳振武提供了容老的一篇佚文《校補三版〈金文編〉説明》，引起與會學者的很大興趣。

二、 以研究新材料、新問題爲古文字學發展的方向

古文字新資料的出土與發表，總能激發人們研究的熱情。在這次大會上，王人聰《釋鳥篆蔡公子頒戈》、吳鎮烽《秦兵新發現》、蔡哲茂《槹柱虎符初探》等文考釋的都是從未刊佈的古文字材料，因而更加引人注目。1993 年臺北出版的《商周青銅兵器》著録了一件鐵劍銅格，李學勤《論越州勾鐵劍銅格》一文揭示了春秋時期越國鑄造鐵劍的事實。包山楚簡也是近年發表的大宗出土文獻，1992 年中國古文字研究會第九届年會曾有過熱烈的討論。此次研討會上，曾

憲通、陳煒湛、舒之梅、劉信芳等提交的論文説明這方面的研究達到了新的廣度和深度。張光裕在會上簡要介紹了十五件有銘編鐘的情況，謂這些銅器當是西周末或春秋時期之物，近年出土於山西，有的銘文記載了晉公搏伐楚荆之事。

三、 重視古文字資料的文化史價值

出土文獻既是研究古漢字形體結構及其發展規律的寶貴資料，又有豐富的文化内涵值得認真發掘。提交此次大會的論文，有不少注重從文化史的視角研究古文字資料之作。饒宗頤《釋□與瞽宗》考釋甲骨文□即《説文》兆字，讀若瞽，進而論證卜辭“兆父”殆即舜父之瞽叟，而殷人隆瞽叟之祀，祭祀對象樂祖稱爲瞽宗，學校亦稱爲瞽宗。瞽與史同居王側，都是創造瞽史文化的重要角色。高明《論商周時代的“臣”》認爲“臣”是一個特殊階層，出身、職權因時因地而異，必須具體分析，不能簡單化地都理解爲奴隸或官吏。陳公柔《西周金文中的法制文書述例》詮釋了師旂鼎、兮甲盤、𠑇匜三器銘文所記的軍政命令和訊訟判詞等。劉雨《西周金文中的軍禮》檢選出西周金文 71 篇，分析了其中表示征戰的關鍵字詞，並論述了西周軍隊的編制和裝備、軍祭與軍儀等内容。沈建華發現了甲骨文中許多還没有被人認識的廿八宿星名，指出四宫廿八宿相配的建立，至遲在商代已初具雛形。

四、 勇於探索，提倡争鳴

中國古文字研究會的優良學風在本次大會依然發揚光大。不少學者認真鑽研，勇於探索，析疑釋惑，如曾憲通《論齊國“遟盟之璽”

及其相關問題》解決了金文、古璽文、五里牌楚簡、包山楚簡等材料中的若干疑難問題。裘錫圭《釋“叕”》認爲鬲比鼎的□和鬲比盨的□字，皆應釋爲“叕”，當“付與”講。林澐《王、士同源及相關問題》通過商周時期“王”“士”二字同形而音義有别的事實，建議將這種現象稱爲“一形多讀”以便與同音假借而產生的一形多用相區别，從而對裘錫圭《文字學概要》提出的“一形多用”觀點作了補正。李家浩《南越王墓車駅虎節銘文考釋》、張桂光《甲金文中的重益號與商周的閏月問題》、孔仲温《論鄴陵君三器的幾個問題》等都屬“啃硬骨頭”之作。

臺灣學者朱歧祥《殷卜辭中命辭的性質考辨》一文重提近年甲骨學研究的一個熱門話題，胡厚宣和陳煒湛兩位先生爲此發言指出，命辭性質問題早在本世紀初就已解決，近年有人主張卜辭絶大部分是陳述句，這無異於治絲益棼。林澐也認爲大部分卜辭是猜測性問句，相當於現代漢語的“吧”字句，只有一小部分是陳述句。趙誠則認爲對此問題不能輕下結論，還宜作深入研究。

樺柱虎符的真僞問題也引起了熱烈的討論。

（止戈）

原載《中山大學學報》1994 年第 4 期

嘉惠後學　度人金針

——湯可敬先生《説文今釋》讀後記

數年前，梁東漢和王寧兩位先生主持一個《説文解字》新編的項目，立意甚嘉，且已刊表部分條目，後不知何故而寢其事，殊覺慊慊。最近嶽麓書社出版了湯可敬先生的《〈説文解字〉今釋》（下稱《今釋》），拜讀之餘，大喜過望，感觸最深之處有二：一是把《説文》學的普及工作做到了家；二是對古文字學成果有足够的重視。

許慎的《説文解字》，是在前人所纂集的《倉頡篇》《爰歷篇》《訓纂篇》《急就篇》等童蒙讀物的基礎上寫成的。因此，《説文》從産生之日始，就具備了普及漢字知識的性質，成爲古代“小學”的入門書。時有古今，地有南北，語有因革，注解《説文》者代有其人，《説文》學著作汗牛充棟，人們似乎忘却了許慎普及漢字知識的本旨，真正爲初學者着想之作猶如鳳毛麟角，更多的是爲學術而學術，爲研究《説文》而研究《説文》之作。

湯可敬先生的《今釋》，體例精善，有“注音”“譯文”“注釋”“參證”諸項。若非素習漢語音韻學者，想從《説文》大徐本所標反切直接切出字音，談何容易！湯先生爲每個字注上現代漢語拼音，不僅甚便利於初學者，也大有益於學者研究及教學時稱説。全書檢索至爲方便。筆者孤陋，似未見有將《説文》譯成白話文的。翻譯之舉，吃力不討好，非專家不能爲，而專家往往不願爲。作爲《説文》專家，湯先生既能爲，又願爲，而且切切實實把《説文》翻譯了，其間甘苦，也只有湯先生才能體驗到。要讀懂《説文》，當然有賴於歷代注家的辛勤勞動，但《説文》學中一種不大健康的傾向，在訓詁學領域也時有表現，這就是搞繁瑣哲學，越注越詳，有時是治絲益棼，誤導讀者。《今釋》折衷群言，擇善而從，要言不煩，詳略得當，明晰可喜。書中在徵引先哲時賢成説之後，酌加按斷，如有關“小”“干”“言”“殹”“鳧”“羔”“焉”“盇”“栘”“干”“久”“東”“郶”“稷”“候”“鼜”“先”“魂”“豜”“駾”“獠”“烄”“夷”“壺”“竦”“澮”“滑”“凄”“瀑”“瀧”“澆”“冷”“魼”“拓”“獸”等字的按語，也多平實可信。《説文》中的訓釋語有種種詞彙現象，《今釋》純熟地運用“同義複語”“同義複合”“同義連用”“偏義複合”“聲中有義”等術語作了精核的揭示。

《今釋》在“參證”一項大量地引用甲骨文和金文材料以印證《説文》，正本清源，匡謬補缺，是其所當是，非其所當非。《説文》實爲識字通經而作，“五經無雙”的許慎，其學術淵源來自古文經學派，相對於隸書的“今文”而言，籀文、古文和小篆都屬古文字，文字明而後經學明，許慎全面整理漢代所能見到的古文字資料，系統探索漢字的本形本義，從而達到爲經學服務的目的。早在宋末，戴侗在《六書故》就有意識地運用當時金石學的材料來爲《説文》研究服務，清代《説文》學大盛，段玉裁雖在《説文解字注》中涉及金文材料，可惜着力不多，淺嘗輒止，王筠才較多地把金石學成果反映到《説文》研究中來。姚孝遂、陳煒湛、沈寶春等海内外學者都對金石學與《説文》學的關係有所論述。今天古文字學發展已較爲成熟，湯先生自覺地將甲、金文同《説文》相參證，不時援引古文字學家之説，在一定程度上反映了古文字學發展的水平。經筆者統計，

《今釋》同時引用甲骨文、金文凡599例；單獨引用甲骨文共269例；單獨引用金文共314例。儘管所引金文中有一部分屬於戰國文字，但我們認爲，這部分金文僅僅是戰國文字諸多品類之一，而書中引用其他品類的戰國文字材料只有寥寥數處，即“艸”字下引古陶文，“犧”字下引詛楚文，“邋”、“彼”、“微”三字下引石鼓文。就《説文》而言，無論籀文、古文還是小篆，在性質上與新出戰國文字更是一家之眷屬，理應更多引用戰國文字與《説文》相參證，若能做到這一點，那《今釋》就更完美了。

當然，這也許是我在强人所難。事實上，湯先生當年以改革古漢語教學法聞名學林，如今殫精竭慮，著書立説，處處爲讀者着想，爲普及漢字知識着想，又重視吸收古文字研究的成果，這可與清代《説文》學大家王筠引爲同調。

《今釋》鴻篇巨製，洋洋190萬言，深合許慎撰作《説文》之本旨。我們歡呼《説文》學的回歸，並由衷地讚歎：湯先生可敬，委實可敬！

原載《益陽師專學報》1998年第1期

開啓馬王堆文獻寶庫的管鑰鈐鍵

——初讀《馬王堆漢墓簡帛文字全編》

馬王堆漢墓發掘一轉眼四十多年了，相關研究早已成了有國際影響的學問，甚至有學者提出要建立“馬王堆學”。馬王堆簡帛文獻的規模和價值，足以與學術史上著名的西漢孔子壁中書和西晉汲冢竹書相媲美。湖南省博物館、復旦大學出土文獻與古文字研究中心和中華書局三方精誠合作，2014 年出版了裘錫圭先生主編的《長沙馬王堆漢墓簡帛集成》（下稱“《集成》”），堪稱馬王堆簡帛研究的豐碑。在此基礎之上，劉釗先生主編的《馬王堆漢墓簡帛文字全編》最近正式出版（中華書局，2020 年 1 月；下稱“《全編》”），可説是馬王堆簡帛研究的又一里程碑式著作，值得熱烈慶賀！

初讀之餘，我覺得《全編》的特點有三：

一在於“清”，材料通盤清理，圖版高度清晰。此書名曰“全編”，取材於《集成》，《集成》是迄今爲止馬王堆漢墓文字資料最爲齊備的著録書，而《全編》則對所有簡帛文字原始資料作了通盤的清理。書前《凡例》中兩條與字形圖片有關，第二條：“本編字形絶大多數據《集成》高清彩色照片切圖，少數字形（主要集中在醫書、醫簡、三號墓遣册等篇目）據更爲清晰的舊著録圖版切圖。”第三條：“本編收録字形以完整、清晰者爲首選，同時兼顧不同篇目和字形。”由此可見編纂者之用心良苦。有些古文字書的古文字形圖片，乍看之下就像一塊塊黑豆腐，而《全編》字形圖片處理技術先進，清晰度高，讀起來自然賞心悦目。《全編》每一簡帛字形都注明出處，采用了“篇章簡稱+行號+行字序”的標號方式，簡明而精細，甚便檢索覆核。古文字資料信息化是時代潮流的大方向，此書與電子資料庫配套成龍，相輔而行。紙本工具書依然有其不可替代的優點，照顧了傳統的閱讀習慣，減少了電子書傷眼勞神之弊。帛書印文（包括反印文、滲印文和倒印文）對帛書重新整理釋讀有着重要的作用，近年復旦大學古文字研究團隊諸位學者在這方面多所建樹。《全編》對利用印文考釋帛書的最新成果已有充分的吸收，但在字形圖片的裁擇上，只選取了字迹清晰者四例，體現了科學嚴謹的精神。

二在於“精”，精湛的學術水準，精心的鍛造，是此書最重要的特質。《全編》原是國家社科基金重大項目的結項成果，又經過長時間的雕琢加工，不斷修訂完善，一字一圖的取捨編排，按語的措詞定奪，處處可看出作者的造詣和用功。主編者劉釗先生爲古文字學名家，著作等身，對馬王堆漢墓文物文獻有着持久而湛深的研究，如論文就有《馬王堆帛書〈五十二病方〉中一個久被誤釋的藥名》《馬王堆漢墓簡帛文字考釋》《關於馬王堆和張家山出土醫書中兩個詞語解釋的辨正》《釋馬王堆帛書〈日月風雨雲氣占〉中的“木剽”和“没戟”》《〈馬王堆天文書考釋〉注釋商兑》《馬王堆漢墓帛書〈雜療方〉校釋劄記》《馬王堆漢墓帛書〈雜療方〉考釋一則》《讀馬王堆漢墓帛書劄記一則》等，近年還有研究馬王堆數術文獻及兵陰陽的新成果在學術會議上宣講，尚未正式刊表。《全編》體例精善，而作者團隊爲目前古文字學界一時之選，研究馬王堆簡帛創獲甚豐，沉潛多時，焚膏繼晷，博采海内外學者百家之説，益以新見，煉銅鑄劍，終於打造了《全編》這一研究馬王堆文物文獻的利器。爲了説明馬王堆簡帛文獻中字詞之間形音義的關係，編纂者時加按語，要言不煩，是此書學術含金量最高的部分，學養、才調、眼界均可從按語裁斷中體會到。例如，“圩”字下按語：“从土于聲，‘盂’字異體，與後世字書中訓爲‘圩田’‘圩岸’之‘圩’字同形。”（頁561）“盜”字下：“从皿次聲，帛書中用作‘齏’，與‘盜’字的簡體‘盜’同形。”（頁567）“貨”字下：“‘貨’字訛體，‘匕’‘貝’二旁粘合後訛作‘真’形。”（頁734）“郤”字下收有“䣕”形，加按語説：“《説文》：‘郤，晉大夫叔虎邑也。从邑、谷聲。’此字从晉夻聲，應即晉國‘郤氏’之‘郤’的專字。”（頁748）“晳”字下：“據帛書辭例應是某種神煞名，音義待考。與‘晳’字異體‘晳’同形，二者非一字。”（頁769）“莤”字下：“莤/糟字異體，與《説文》卷十四酉部訓爲‘禮祭束茅，加於裸圭而灌鬯酒’的‘莤’字同形。”（頁825）“字”字下：“从宀予聲，‘予’旁寫法多見於戰國文字。”（頁852）“獻”字下：“‘獻’字所从‘鬲’旁或變形音化作‘果’。”（頁1070）……類似如此的精彩按語俯拾即是，往往指出馬王堆簡帛文字合於《説文》之重文，如古文、籀文、俗體等，或指出簡帛文字構形的特殊之處，如某字爲某字之異體、省體、訛體、同形字、分化字等。或將構形上溯至戰國文字，或結合秦漢文字的一般用字習慣和演變規律作説明。

馬王堆簡帛文獻數量巨大，内涵豐富，值得長期研究，其中的疑難問題更是短時間内無法一一解決，《全編》成了深入解讀馬王堆簡帛文獻，解決種種疑難問題的管鑰鈐鍵。馬王堆簡帛文獻的内容性質比較複雜，各種著作的撰作年代早晚不一，如帛書《周易》可早至西周晚期，遣策又遲至西漢初期，但主體應是戰國秦漢的文獻。《全編》的完成和出版，不僅僅對漢字發展史研究有重要意義，對上古漢語詞彙的斷代描寫及歷時發展研究，也將起到積極的推動作用，對目前學界比較重視的古漢語字詞關係研究也將大有裨益。此書對考古學、歷史學、語言學、文字學、文獻學等多種學科的專業研究者而言，多有幫助，而且能爲書法研究和普及工作提供足以取法的素材，對書法篆刻藝術愛好者而言，也是可靠實用的工具書。

三在於“情”，真情奉獻，合情合理。作者團隊和編輯出版者對馬王堆漢墓出土的文獻文物充滿感情，爲此書的編纂問世傾注了大量心血，高度認真負責的精神令人感佩。《全編》作者既尊重研究者專業研治的需求，又富於同情心，兼顧到一般讀者閱讀的便捷程度，在不傷害學術性的條件下，在具體材料的斟酌去取之間做到合情合理。如對字頭的分合，字形隸定的寬嚴相濟，對字詞關係的揭示，真正做到文字學、語言學、文獻學的原則與工具書性質的辯證統一。現在各類文字編很多，有些書雖然印刷精良，而内容空洞，定價昂貴，徒然增加讀者的經濟負擔，讓人感喟不已。

《全編》從2010年國家社科基金重大課題正式立項，到現在公開出書，整整十年，正好應了“十年磨一劍”的古話，可知作者團隊和編輯出版者的嚴肅和艱辛。隨着時間的推移，讀者對《全編》的學術價值和實用價值必將有着越來越深刻的體認，而不認爲小文對《全編》的推崇是“溢美”的饒舌。

原載《中華讀書報》2020年2月26日

20世紀上半葉潮汕鄉村社會縮影

——陳淡如、陳泰泉喬梓詩文集讀後

我的家鄉是廣東澄海東端最邊遠的鹽竈鄉上社，1979年到省會廣州中山大學中文系讀書至今，自己極少有文字記述家鄉。2018年春天，黄光武先生以鹽竈先賢陳淡如、陳泰泉喬梓遺著兩種四册惠贈我，《淡如雜著》（下文簡稱“《雜著》”）正續二册、《陳影手記》（下文簡稱“《手記》”）正續二册，此外還有《陳氏宗祠集聯》一册。此數種書爲陳孝徹先生主編，2011年據陳泰泉先生哲嗣陳傑子先生珍藏作者原抄本影印綫裝。作爲鄉邦文獻，對研究20世紀上半葉潮汕地區的歷史文化狀況，有着一定的學術價值。作爲同鄉後學，我覺得自己有必要，也有責任向潮學研究的同仁介紹上述兩種著作。

據《雜著》附録“陳焕湘簡介”，陳焕湘，名長發，字淡如，廣東澄海鹽竈鄉上社人。生於1872年9月11日，卒於1955年11月7日，享年84歲。早年無意於科舉考試，於澄海樟東、饒平隆城等地爲塾師。1928年於縣立中學附辦鄉村師範班第一期畢業，應鴻溝鄉震華學堂之聘爲教師。抗日期間在饒平仙富饒鄉執教，後任鹽竈鄉定國小學校長。1951年退休，從教凡66年。淡如先生擅詩文，工書，寫得一手館閣體楷書。窗課學作約有百數十册手稿，抗日戰亂焚毁遺失殆盡，今存惟《雜著》四卷而已。丙辰年（1916）參加樟林文藝社徵聯卧雲冠首榜發獲第一名（詳見下文）。参加景韓書院詩聯賽兩次均名列第一。樟林陳壽康《慶賞月華》詩鐘活動，壽康之孫陳紹棠保存《蕉園什著》詩鐘手稿一册共 611 對，淡如先生作品入選其中。①

《雜著》四卷，有文稿 77 篇，詩、對聯、像贊 131 首（對）。

鹽竈鄉曾經風景如畫，張純一先生寫道："登蓮峰之巔，朝南俯瞰，有面臨珠海、形同關刀之村落者，澄屬之炎竈鄉也。澳水回環，海山島嶼兀立於前，峰巒起伏，省道幹綫横貫其後。蓮峰左，北山右，蝴蝶翅作兩手緊伸欲抱之勢。該鄉四周環以池沼，景致清幽，地處澄饒交界，毗接閩境，相傳古稱新港埔，海灣委隩，爲商艦漁舟蟻集之所。縣志稱炎竈埔，曩曾設置汛守。"②

所謂"蝴蝶翅作兩手緊伸欲抱之勢"，《雜著》中有《蓮花山蝴蝶嶺》詩云："蝴蝶蓮花得所依，花誇特立蝶雙飛。任教風雨千般烈，花不凋零蝶不歸。"作者自注云："澄邑東北有山聳然特立，高百餘丈，形似蓮花，因名蓮花山。其山脈一支南趨約里許，復轉而東北，蜿蜒至蓮花山下而止，山脈盡處有兩邱，其形酷肖一雙蝴蝶相隨而飛，因名雙飛蝴蝶。"

20 世紀上半葉，社會動盪，軍閥混戰，兵連禍結，匪盗横行，民生凋敝，加之自然災害，人民更是痛苦不堪。《雜著》對當時的歷史事件有一定的反映，有的記述可視如潮汕自然災害史的實録。

1. 戊午地震

《雜著》續册中有《地震》一文，記述民國七年（1918）農曆戊午正月初三日地震，文云："民國七年，戊午之春，元月三日，午後

① 見《澄海史志》1996 年新第 1 期。

② 張純一:《鹽竈鄉記》，《百年紀念刊》，基督教會鹽竈堂會，1950 年，第 36 頁。

一時許，與友人坐談於得月樓上，忽聞地下有聲隆隆，似雷非雷。正疑訝間，覺樓中震撼異常，屋瓦若飛，四壁將隕，門窗器物，動摇靡定。其聲砰磅聒耳，勢將傾墜，岌岌可危。思欲下樓出走，奈足不能立，不能舉步。一時危急，緊抱床屏，勉强枝梧，惟有委諸天命，徒喚奈何而已。約震五十餘秒（行間鉤乙號表示作“秒餘”）鐘，始略底定。斯時精神因而恍惚，頭目爲之昏眩。乃遍視樓中，幸無恙。省視家室，亦無恙。即詢之鄉中屋宇，雖略有損傷，亦幸其未甚。此誠吾鄉之大幸也。但此次地震，十分劇烈，四方屋宇，傾塌無算。壓斃人命甚多，而地之被震而裂者，亦所在多有。此誠千古未有之奇禍也。自是以後，閱數十晝夜，震撼約數百次。雖所震或重或輕，無有一定，而皆聞聲狂走，心寒膽裂。所以然者，緣首次受驚過甚，而人人膽破心寒故耳。查明崇禎十四年十月年間，地震亦甚，傾牆倒屋，壓斃人命，民之受害，與今日一揆。最可駭者，鄉間老少，遭此異常驚恐，夜多避宿於曠野中，不敢在家安寢。其惶恐之狀，如避仇敵，驚疑之態，有心者無不目擊而心傷者矣。嗟乎，既遭兵禍，復罹天災，民之生斯世者，抑何若是其慘耶。”（頁 7—8）

1918 年 2 月 13 日的此次潮汕大地震，據國家地震部門測定，達到 7. 3 級，震中在南澳外海南澎列島附近，對廣東潮汕至福建泉州之間沿海各縣破壞極大。

2. 八二風災

《雜著》續册中有《鹽竈鄉風［潮］巨災紀略》一文，文云：

民國十一年，歲在壬戌，六月初十晚（即陽曆八月二日）風雨甚烈，厥聲如雷，蓋颶風也。既而風聲異常狂急，屋遭震撼，灰瓦墜地。聲不絶耳，聞之人人無不震恐。時夜過半，忽有水從門隙入，聲如瀑布，其味甚鹹，所謂鹹潮是也。倏忽之間，平地水深數尺，甚有至二三丈者。水勢之大，從古未有。蓋不知其何自而來焉。一時陰風怒號，濁浪排空，沿鄉南面及東北隅，屋宇相繼傾覆者數百座，損壞者數百間。風浪危險，天地昏黑，奔走無路，援救無人，男婦老幼，因而死亡者數百命。其幸而不死而身受傷者，其數亦以百計焉。嗟呼，倒屋之家，財物盡付流水，即屋不傾倒者，亦無不倉皇失措，束手無策。漁船任其飄流而不能守，牲畜任其溺斃而不能救，衣服米穀器具，任其毀傷飄没而不能收。其災情之慘，可謂甚矣。損失之多，可謂極矣。天甫黎明，潮始退，而遍地泥濘，頹垣碎瓦，杉木器具，堆積如山，屍骸枕藉，滿目凄凉。有尋屍者，有父子兄弟夫婦相失而不知生死存亡者。號泣之聲，耳不忍聞。此誠亘古以來未有之奇災也。十一早全鄉井水皆鹹，薪炭盡濕，米穀亦多污穢狼藉而不可食。市罷交易，路不可行。故是日受飢受寒者十之八九。嗣是以後，數日之間，哀鴻遍野，待哺嗷嗷。稼穡池魚，損失一空。沿海堤岸，冲决殆盡。而鹹水淹流之地，皆成斥鹵，不可耕種。全鄉生計，幾於斷絶。使無各慈善家設法賑濟，則災民之流離失所飢寒而無可告訴者，又將何以爲生哉！嗚呼傷哉，天之降災斯民，抑何若是其慘耶？戊午元月，地震爲災，固爲開潮以來所未有，而此風潮慘劇，亦豈開潮以來之所嘗聞也哉！五歲之間，兩遭奇禍，復加以兵戈騷擾，盗賊横行，已往之浩劫，既已不勝其苦矣，而未來之境況，又未知何如也。雖然，物極必反，否極泰來，但願我輩忍苦耐勞，改過遷善，修身以俟，而天心或者因此而有悔禍之機焉，未可知也。噫！

原稿文題中缺一字，據文中“風潮慘劇”語擬補“潮”字。

又有《八二風災詩　七律二首》：“八二風災慘亦奇，潮人遭此實堪悲。倏然浪漲三更裏，頃刻水深一丈餘。屋宇摧傾嗟滅頂，波臣召去恨無涯。可憐六萬男和女，共賦悼亡只片時。”“頻年地震又遭兵，八二風潮更可驚。巨艦洪波遂（當作隨——武按）處過，高堂廣厦立時傾。濱海村莊難倖免，罹災老幼盡呼庚。如斯浩劫古來少，歎息馮夷太不情。”

賈燦燦先生指出："根據方志、檔案等史料的搜集整理，統計出清代潮州颱風共登陸143次。其中，公元1661年至1680年是颱風最爲活躍期。從颱風登陸的月份來看，主要集中於農曆五月至九月，八月是高發期。從地域分佈來看，潮陽、海陽、揭陽和澄海是歷年來颱風受災較爲嚴重的區域，饒平、普寧、惠來次之，影響最小者爲豐順和大埔兩縣。颱風來襲後，官府和地方士紳爲維持社會穩定，積極組織賑濟。但隨着時間的推移，尤其是清中葉以後，在颱風災害賑濟過程中，鄉紳勢力對地方基層的社會控制有日趨加强之勢。"① 1922年8月2日（農曆六月初十）廣東韓江下游的潮汕地區遭受一次嚴重的颶風和大海潮襲擊，死亡人數竟達3.45萬人，損失慘重，史稱"八二風災"。② 陳春聲先生曾經以著名僑鄉樟林爲例，對災害情形和救災組織、災後重建等有過深入的研究和闡述。③ 在《雜著》中，淡如先生作爲親歷者，對八二風災有着細膩而形象的描述，爲此次空前災難留下了第一手資料的實録。

鹽竈鄉教堂牧師吳國維對災後情形及賑災措施亦有描述：

鹽竈教會同道之罹難者百有餘人，占全鄉死亡人口數十分之三。……宜夫此次災難，震驚中外，恤災救濟，聲徹雲衢，港汕西商會特募鉅款，組織賑災團，委托華河力、江克禮、林之純三位牧師，率領童子軍至鹽竈沿海放賑。更請鹽竈教會牧師吳國維，長老林章寵、廖獻誠以董其事。於是乎調查搶救，急賑施米，以工代賑，紛至沓來，日無寧晷。築堤防，以捍潮患，造船泊，以通海運，購耕牛，以利家田。慢

① 賈燦燦：《清代潮州颱風的時空分佈及社會應對》，《温州大學學報》2016年第5期，第80頁。

② 王琳乾：《潮汕自然災害紀略》，廣州：廣東人民出版社，1994年，第23—46頁。

③ 陳春聲：《八二風災所見之民國初年潮汕僑鄉——以樟林爲例》，《潮學研究》第六輯，汕頭：汕頭大學出版社，1997年。

急相濟，地方秩序逐漸恢復。惟鑒災後孤雛，無家可歸，乃更籌建孤兒教養院，以收容災後各地孤兒。①

《雜著》下册中有《林俊科鄉長贊》一文，文云："剛直其性，强健其身，魁偉其貌，清爽其神，毫無粉飾，純任天真。職膺鄉長，位屬薦紳。治理煩劇，勉爲艱辛。率隊捕盜，勿稍逡巡。獎邀政府，譽播比鄰。既重教育，又好嘉賓。肅清内匪，扶植良民。力辟迷信，厥德日新。"此文恐非虚譽應酬之作。從閭里故老口述中，知林俊科鄉長確是開明有爲的士紳，頗有政聲，至今鹽竈鄉上社後堤溝北天主教堂南側尚有"俊科路"，正是爲了紀念老鄉長而命名。

《雜著》具有一定的文學價值，作者曾獲得樟林詩鐘競賽的第一名，其詩才可得到充分的證明。《雜著》的文學性，可以《得月樓記》《遊記》諸篇爲代表作。

《題得月樓》七律二首，其一："海濱池上起高樓，南望鳳龜東井洲。水緑山青供賞玩，風清月白任優遊。冲天恨我無鵬翼，把盞同賓看鴨頭。默坐焚香消世慮，閒雲十載空悠悠。"其二："步上高樓興味多，漁燈萬點連星河。座中静坐迎箕伯，帳裏閒眠伴素娥。五嶼參差横碧海，三溝蕩漾耀金波。憑欄遠眺心殊曠，酒醉詩狂自嘯歌。"

《題得月樓聯對》："佳景無邊近臨池塘遠臨海，優遊自得動觀流水静觀山。""門前島嶼參差皆如星羅棋佈，座上賓朋笑語共樂月白風清。""未到五更天欲曙，緑水瀠洄堪作帶；才交六月氣先秋，青山環繞聊爲襟。""水遠山長堪適志，偶起風潮户緊閉；風清月白足娛情，爲邀星月門忘關。""得意忘言惟有焚香默坐，月光如水幸無案牘勞形。""得意時開懷暢飲，月光下抱膝長吟。""得其所哉敢云

① 吳國維：《八二風災與鹽竈教會》，《百年紀念刊》，基督教會鹽竈堂會，1950年，第7頁。

斯樓超象外，月之恒矣只覺此景出凡間。”

《雜志》：“丙辰之冬，樟林文藝社擬徵詩聯，多繕告白，遍貼通衢。余性頑鈍，懶於周旋，株守校中，固未之知，而亦不屑知也。冬至節還家，余侄禎幹，問余嘗作詩聯以應樟文藝社之徵求乎，余曰未也。問何以故，曰：無他，緣前日首會詩鐘，題係‘詩醉’二字，其後分作兩行，各填七圈，不明言如何作法。余以爲詩醉二字冠首，因作冠首聯三對詩云：‘詩伯吟時常把盞，醉翁宴罷却能文。’‘詩中有畫王摩詰，醉後揮毫李謫仙。’‘詩社里中多君子，醉鄉中不鮮賢豪。’不料竟以不合式發回。夫取不取，固無足怪，而以原紙發回，未免拙人太甚。吾不知司是社者爲誰，既不謄明如何格式於命題之先，又不解明如何方爲合式於發回之後，斯人之糊塗齷齪，已可概見。以之閱卷，其眼光之瞶瞶，不想可知。余以故鄙棄之而不屑作也。彼云：此會繕明以‘卧雲’二字冠首，係書屋聯，不拘多少字，閱卷亦已易人，其試作之。强而後可，因作一對，云：‘卧室暢吟，詞賦常驚鬼神膽；雲梯捷步，文光直射斗牛墟。’越日有友人來云，非書屋也，乃陳氏閒居耳。余曰：噫，微子言，則此會又不會式矣。乃改曰：‘卧榻延賓，禮士尊賢宗仲舉；雲臺寄迹，怡情適性仰扶摇。’榜發竟列第一。此特偶然耳。倘所謂文逢知己者非耶。斯時有某某見之，遂大驚小怪，面則讚美不置，未免流於譽，背則謂爲盜襲，未免流於毁。余侄聞而告余，余曰：小人往往如此，何足較哉！前清光緒庚子年，余應景韓書院課，嘗兩次冠軍，帶卷者曰：友人願借觀君卷。余頷之。時李君沐清在坐，謂余曰：風俗澆漓，人心刻薄，子之卷借人傳觀，無乃恐招物議乎？余初不以爲然，然亦因是而中止焉。今觀某某之言論，益歎李君之言之不謬也。連類志之，以見小人用心之慘刻，而人之偶有所得者，不可以自滿也。”

陳孝徹先生考察過清末民初澄海詩壇文苑的文學活動。陳先生考述説：“清末民初，澄海縣樟林埠僑胞陳壽康先生，旅居海外，每年的中秋佳節，必回家鄉，以文會友，組織潮安、饒平、南澳的同好者進行僑鄉藝壇活動，定名《慶賞月華》，設謎臺，辦詩鐘，歡度中秋佳節。繼陳壽康先生的孫輩陳紹棠也是僑鄉藝壇一名愛好者，珍藏有其祖父陳壽康先生當時辦詩鐘時而選擇手抄佳作共 611 副。”①

《遊記》寫民國二年淡如先生遊樟林。文云：“民國二年，歲在癸丑，仲春之末，余偕數友，遊於樟林藍氏之旭園，觀其祠宇洋樓，規模氣象，俱見閎敞壯麗。電話電燈自來水，無不完備。樓前及祠内天井兩旁，遍蒔奇花異卉，佈置井井，遊客咸歎觀止。是日適值該鄉神遊，遠近遊人，無論男婦老少，靡不思一到該園遊玩以爲快，所以人山人海，自晨至暮，擁擠不休，甚形熱鬧。蓋如斯繁華景象，近鄰所未有之景也。午後遊鄭氏之巒園，園只一洋樓，建築尚未盡合式，所植花卉，亦不若旭園之盛，惟遊人之衆，則不減於旭園，何也？蓋巒園地點適在中心，爲遊人必經之處，所以人人相率而遊焉。尋又遊覽到西塘，聞該處係前清乾隆時所築，迄今已百有餘年。其中假山屈曲，茂樹繁陰，方塘曲沼，臺榭亭閣，儼成天然景致。此中逸趣，不次旭園，信可樂也。總之閎敞美麗，西塘雖不比旭園，而古致清幽，則西塘猶駕乎旭園而上。然而遊西塘者，獨寥寥無幾，毋亦世人之喜新厭舊、樂繁華而厭古致歟？”

塾師生活清寒，可從《自歎》《回家妻病》詩略見一斑。《自歎》：“筆硯生涯最苦辛，年年門户傍他人。家君有恙關情甚，數月往還入夢頻。”《回家妻病》：“偶因放假回家鄉，入室荆妻病在床。中饋無人兒女少，代庖未解殊遑遑。”

---

① 陳孝徹：《世間好話佛説盡　苑壇詩文少人知——澄邑晚清至民國初期詩文壇活動實録》，《第七届潮學國際研討會論文集》，廣州：花城出版社，2009年，第 163 頁。

抒發愛國憂民情懷。

《哀閔妃》絶句四首，序云："朝鮮閔妃深明大義，甲午之役力主附俄乞援，崇奉本朝，爲日人所忌，遭兵慘戮。惜哉，余睹其小像，並耳其軼事，不禁歎息不置，而賦詩以弔之。"其一："力主附俄奉滿清，閔妃大義獨深明，可憐國破身遭戮，彤史千秋播美名。"其二："日人蠶食最堪危，獨有閔妃識詐欺。爲問三韓獨立後，於今政柄孰操之?"其三："巾幗之中稱丈夫，賢良與古宣仁徒。運移韓祚終難復，國破身亡空歎吁。"其四："無端倭寇太倡狂，慘戮賢妃尤足傷。影像遺留傳海内，使人一見淚成行。"

1943 年日寇在澄海登陸。次年春，淡如先生避亂山區仙富饒鄉執教，《詩序》云："余不得已於三十三年春，遯到山内仙富饒鄉，設館教授，一則藉以糊口，一則藉以避亂。噫，年逾古稀，遭此景況，傷也何如，幸東家待遇頗覺忠誠，地方亦極僻静，毫無敵人騷擾之虞。當此干戈擾攘之秋，處此林密山深之境，則又差堪自慰，因於課餘之暇，賦詩三首，聊以寄慨云。"其一："東北滿蒙剛被占，蘆溝七七又鏖兵。江山錦繡遭淪陷，衆庶流離受恐驚。擾擾干戈何日息，茫茫宇宙幾時平？可憐物價高千倍，遍野哀鴻呼癸庚。"其二："戰幕掀開禍沉沉，於兹八載淚沾襟。國民顛沛悲何極，倭寇倡狂恨不禁。到處焚燒和劫掠，縱兵慘殺與姦淫。河山有日重恢復，雪耻還同萬衆心。"其三："干戈擾攘欲何之，一事無成兩鬢絲。囊槖空虚行我素，家鄉陷落令人悲。山林深密亂堪避，泉石清幽景亦奇。地僻莫虞敵寇至，優遊聊待太平時。"

曾爲清末民初愛國志士林㮾任撰挽聯："堅强爲遐邇同欽懿行洵堪流芳千古，才德有子孫克紹先生可以含笑九京。"①

① 詳見陳孝徹先生《對淡如挽林㮾任聯的考證》,《陳淡如雜著》附録。

《壽國學堂聯對》：“壽數五千年苟保養有方何嘗老大，國民四百兆宜進修無已以致富强。”

《喜雨》詩：“夜來風雨聲如雷，那計庭前花木摧。溝澮皆盈民大悦，從兹旱魃不爲災。”作者自注：“庚戌歲自春而夏而秋歷三時之久，雨水稀少，民苦大旱。迨七月廿九晚，風雨大作，達旦乃止，人皆悦之。雖雨珠雨玉，不是過也。”

《自嘲》：“你這個老，真真是老顛倒，不逢迎不討好。……一生處世無他求，惟知教學以終老。”（見《陳達華祖譜》第 36 頁）展示了作者諧趣幽默的一面。

陳漢傑先生，焕湘季子，字泰泉，筆名陳影，又名景三，生於 1916 年 6 月 21 日，卒於 1978 年 10 月 24 日，享年 62 歲。自 18 歲開始任教，凡 44 年，曾擔任澄海城西小學校長、鹽竈小學校長。精於詩文書法。長期作日記，今存 1933 年 1 月 1 日至 12 月 31 日全年日記手稿三册，内容記述作者每日起居、見聞、遊歷、訪友、詩作及風土人情等。如建於清咸豐十一年（1861）的樟林書齋“師竹吟廬”，其冠首聯毁於“文革”，而泰泉先生 1933 年 1 月 31 日記述内容適有此聯：“師必於三人有，竹不可一日無。”①《手記》二册只是選録附有感言詩詞的部分日記。

《手記》上册 1933 年 11 月 14 日記云：“一夜酣夢，醒來還是陰沉。聞晨雞喔喔，頻唱不已，余乃啓户外出。零露方濃，晨星閃爍，幾竿修竹，黑影離離，似隱復現。余以手撼之，則點點滴滴，瑟瑟簌簌，有落於頭上者，不禁爲之縮頭彎腰，寒噤連作者數也。因憶古詩有‘甘露降’之句云：‘一夜松梢珠萬顆。’彼蒼者天，其欲眷顧斯民耶？吾日引領望之，於是遂緩行邱麓，以吸新鮮空氣。及歸，聞雞

① 詳見《陳影手記》書前陳孝徹先生《“師竹”冠首涉及的有關考證》一文。

豚犬𤞞之聲，嘈雜盈耳。而萬家燈火，亦或明而或滅矣。　悠悠夢裹聞雞啼，起視晨星猶未稀。甘露一宵如許重，珠璣點點濕輕衣。”

《手記》上册 1933 年 12 月 2 日記云：“下午友多君導蔚青、仰唐諸友來，於是欣然一室，共擊乒乓以遣興。及歸，余等送出里門，彼諄諄約余翌日往彼鄉遊玩，余唯唯，仰唐嗔曰：‘子言非由衷，余不信。聊以此物爲質，不愁不去。’乃脱余冠揚長而去。”寫好友邀約次日赴鄰鄉同遊，竟至奪冠爲質，煞是有趣。

《手記》上册 1933 年 12 月 8 日記云：“曉日初昇，獨行進塾，至山嶺間，日爲雲蔽，空谷無人，陰風習習，剪面不覺其冷，蓋陟履峻嶺，體温大增故也。俯瞰深谷，窈然深藏，薄霧如羅，彌漫於幽谷，團簇於高樹，幽闃寥敻，不可俱狀。噫嘻，單形只影，行萬峰之頂，一睹淒淒雲物，寧不悚然而驚，肅然而恐，凜乎其不可以稍停也。”

《手記》上册 1933 年 12 月 11 日記云：“燈孤影只，對景無聊，閒讀小詩，以遣積悶。未幾，藩翁來，余將行烹茗，藩翁曰：‘吾恒到此，子必烹茗相待，其無奈〈乃〉過於客氣乎？’余曰：‘實告翁，余自來居此，苦無同伴，其得聞翁之言論，與我志甚相浹洽，得翁來此，甚慰我懷。且夫烹茗之事，本極尋常，不過一人獨飲，終非快事，必也得一知己，緩啜低談，爲尤相宜。’翁笑曰：‘然，吾自而立之年，每晚必嗜此味，設一晚爐冷，即覺落落寡歡。’言時聞水聲沸沸，乃持而冲之，且曰：‘寒夜客來茶當酒，不亦善乎？’……”工夫茶之道，在乎知己茶話，邊喝邊聊，有喝有聊，不喝無聊。由上引日記知泰泉先生爲知茶之人。是日日記還記道：“翁復曰：‘……雖然，有客無酒，主道大虧，奈何？’余笑曰：‘詩已言客來茶當酒矣，翁今復索余酒，毋乃有背乎詩乎？’言已復曰：‘今晚一段趣史，已足徵汝吾之志同道合，若真以茶當酒，未免辜負此段佳話，盍沽一壺以酬之?’翁曰：‘設子不言，我亦云然。’於是買肉沽酒，大開豪飲。酒入枯腸，弗知所以，飲罷，漏已輒三更矣。寒夜客來茶當酒，相争爲主未能休。莫將佳茗空留客，須酌香醪把願酬。”此爲酒趣詩興。

《手記》上册1933年12月18日記云：“晨起，朝陽未上，寒氣透骨，冷異常時，兩手若僵，足顫動不能定，然而余族叔則操縱自如無凍縮狀，年雖老而氣未衰，當隆冬嚴寒之際，猶自下海取蠔，固余所習見。矧此時萬萬不及隆冬之寒冷也哉。語云：‘習與性成。’斯言不誠然乎?”《手記》中時常有自省自警之語。

《手記》上册1933年12月24日記父子偕友人同遊山内下河村：“……繞北行，遇一老者，因與之通音問，老者極殷勤，引余等入胡氏祠堂，内頗寬敞，惜無人居住，惟堆薪草而已。右邊牆壁坍壞，覓其隙過之，有果樹數株，叢葉濃茂，蒙茸緑草，瓦礫遍地，雞豚嬉其間，陰風颯颯，令人毛髮聳然，不禁興無窮之感焉。過其地，亦一祠堂，上有‘胡氏宗祠’四字，筆畫夭矯，姿態卓絶。家君欣賞不置。其上之畫棟，繪圖猶存，負棟之柱，遍繞青藤，兩旁書室，因無人居，遂致屋瓦坍墜，惟贈額數片，懸掛梁間，瞻望之餘，不禁悲題匾之猶存，歎人物之盡没，夫何昔盛而今衰，至於此極耶?老者曰：‘自此祠堂建後，吾鄉即衰敗不可收拾，但不知衰敗原因肇於何處。’老者一段悲傷感慨之情，尤足使人諮嗟不置焉。家君曰：‘今日吾儕憑弔其間，使其先人有知，其悲悼又不知如何耶。’徘徊久之，步至鄉後山麓，但見蓁莽荒穢，寂寂無嘩，環行一周，仍至墨莊軒。”弔古傷時，感慨萬千。

《手記》續册6月22日：“晚飯畢，覺雨後夕陽，直照茂林深處，作輝炫狀，余閒步其間，藉以飽吸新鮮空氣，瀏覽風景，聞好鳥相鳴，嚶嚶成韻，逸蟬互吟，悠悠不絶。横柯上蔽，疏枝交映，其茂密處幾不見天日，降而臨清流，則沙壩上有鵝鴨伏卧，見人則起而鳴，若向余表示歡迎者。而夕陽方沉，餘輝未斂，山巔水涯，恍若一黄金世界，覺此間之樂，誠不足爲外人道也。”晚霞滿天，一派美好景色，作者徜徉於山村溪岸，充溢着無比舒暢快樂的心情。

詩人悲秋，自古而然，目睹秋天景物，易生榮枯興衰之感。《手記》下册 8 月 16 日：“早膳後，持籃入園中摘豆，則見莖枯葉萎，扶疏零亂，極形潦倒。不禁歎榮枯之易，與人無異。因感歎不置，乃急步返家。低首縈思，偶得一絶云：‘荳圃凋零草已蕪，堪嗟植物易榮枯。人生蒼狗白雲過，成敗無常足歎呼。’”

此時泰泉先生於内寮村私塾教書。私塾教師生活雖然清貧，但生活尚算穩定，難得作者一直保持一顆詩心去觀察和記録周遭的人事景物。

《雜著》和《手記》記録了生活在鄉村的普通知識分子的所見所聞和思想感情，同時也反映了 20 世紀上半葉粵東地區社會生活狀況的若干側面。

陳淡如、陳泰泉喬梓詩文集記述我家鄉鄰近地區的人情物事風俗，讀來如在眼前，倍感親切。武生也晚，陳淡如先生未及見，却常聽長輩提及。小時候我多次隨季姑父陳岳彪先生造訪泰泉校長，茶敘甚歡，可惜自己少不更事，所得不多。姑父是上社大隊民兵營長，能文能武，曾組織春節燈謎大會，請泰泉校長創作謎語，讓我到其家中取謎語稿本送到大隊部。往事並不如煙，這類小事都給我留下美好的記憶。

雜考之什

爲孩子起個好名字

——“聯姓爲名”起名法數例

瀋陽市有四千八百多個“劉淑珍”。由於同名同姓，給她們的生活帶來諸多不便。最近，一些報刊對這件事加以報道，可見怎樣給孩子取名、從而避免相同的問題已引起了人們的注意。在此，筆者願提供一種“聯姓爲名”的起名方法，供大家參考。

漢族人的姓五光十色，斑駁陸離。其中，單姓占絶大多數。而用來代表姓的字在漢語中本來各具意義，不少還是多義詞。它們可以表示各種事物、動作或性質情狀。聯姓爲名正是利用漢族姓氏用字的特點，將姓氏代表字原來的某種意義跟名字的含義緊密結合起來，構成一個完整的意義單位。這樣，姓名的各個音節（一個漢字代表一個音節）就都有了具體的含義。它的容量擴大了，藴含的内容自然更爲豐富多彩。如姓“高”名“齊雲”，意義爲“欲與天公試比高”，“高路入雲端”；姓“屈”名“可伸”，即俗話“大丈夫能屈能伸”之意；陳説寶貴的箴言（勸誡之言）作爲座右銘，成了“陳寶箴”；余，我也，“余心樂”即我心裏甜滋滋的，體現了曠達樂觀的人生態度……

聯姓爲名還可用典，如“程九萬，字鵬飛”，典出《莊子·逍遥遊》“鵬之徙於南冥也，水擊三千里，摶扶摇而上者九萬里”。拆字法本是修辭的一種辭格，它也可用來聯姓爲名，“張長弓”一名正是這樣來的，把“張”字拆成“長”和“弓”兩部分，再組合在一起，整個姓名意即拉開長弓，自然和諧，令人忍俊不禁。

單名聯姓爲兩字的例子，如黨和國家領導人萬里、葉飛、粟裕的姓名就是。

宋代有位寫了《雲煙過眼録》一書的作者叫周密，姓與名同義而複合……

上列諸例，均屬聯姓爲名，文字簡樸，平中見奇，又不易雷同。

“久聞大名”是過去流行的一句客套話。很多人彼此無一日之雅，却從姓名得到深刻的第一印象，這説明名字的重要。

原載《羊城晚報》1984 年 1 月 22 日第 3 版

縮龍成寸　巧妙取名

有些人的姓名是由格言警句或成語典故簡縮而成的，於是顯得凝練莊重，韻味悠邈，耐人尋思。這就是我們要談的簡化熟語、縮龍成寸、巧妙取名的方法。

好名字能够成爲一個人處身立世的座右銘。簡縮熟語起名字，好就好在推陳出新，精闢警策。成語、格言是語言中的菁華，是人民智慧和思想的結晶，利用它們來作爲個人的標志不是很合適嗎？孔夫子説過："朝聞道，夕死可矣！"您看，老先生對真理的追求多麽熱切！美學家王朝聞的名字立意正同。孔子的高足弟子曾參説："吾日三省吾身。"嚴於律己的精神溢於言表。古文字學家于省吾先生取名不忘師法先哲，一生卓有成就。潘允中先生的名字則表現了積極進取、嚴肅認真的人生態度："惟精惟一，允執厥中。"語見《尚書·大禹謨》，意思是：只求精粹，只求專一，努力保持中正。

漢族人的姓名一般是兩個字或三個字，要把寓意深刻的熟語化爲名字，必須選取關鍵字眼，做到言約旨遠，意在言外。前舉諸例正是這樣的典範。又如焦若愚，名字本於成語"大智若愚"。取"大智"兩字失於淺露。取"若愚"兩字則含蓄得多。蘊涵"大智"之意，富有辯證法的旨趣。至如有人叫林鶴立，取名於"鶴立雞群"，若不叫"鶴立"而叫"雞群"，那就和本意大相徑庭了，相信誰也不會這樣做。

當然，對熟語原文的取捨也可以靈活變通。唐代有個盧藏用，清代有個陳藏器，當代有位王利器先生（字藏用），其實名字都源於“藏器待用”或“藏器待時”的古語。“器”指才器、才能。成語“平步青雲”指一下子達到很高的地位或境界，父母給孩子取名往往用來表達望子成龍的心願。可以縮略爲“步青”，如數學家蘇步青；或稱“步雲”，如譚步雲；甚至還能聯姓爲名作平步青（清代學者，著有《釋諺》等書）。

人們起名字，無非爲了便於稱謂，或有所紀念，或有所勸勉，或有所祝頌。簡縮熟語取名與聯姓爲名並行不悖，殊途同歸。如成方圓、寧致遠分別是“不以規矩，不能成方圓”（《孟子·離婁上》）和“非寧静無以致遠”（諸葛亮《誡子書》）的簡縮，又是聯姓爲名，意在克己礪節，志存高遠。明人高攀龍，名字取自漢代揚雄的話“攀龍鱗，附鳳翼”，這也算是“高攀”吧。

在祖國語言的海洋裏，格言警句、成語典故就像顆顆驪珠，串串珍貝。願我們的長輩着意采擷，把孩子們打扮得更美麗。

原載《五月》1985 年第 3 期

稱謂趣談（兩則）

古老當時髦

正如旗袍又變成時裝一般，“小姐”一詞隨着開放改革的浪潮又時髦起來。

小姐通常用來稱呼未婚的女子。不過，在弄不清對方的婚姻狀況時，人們往往也泛稱青年女性爲“小姐”。廣州有句俗語：“十個女崽，九個認細。”大意是，十個女孩子，有九個喜歡人家説她小。正因如此，人們在社交場合習慣於稱年齡與己相仿的女性爲“小某”，不稱“老某”。在男權社會中，女人背負沉重的包袱，以色侍人，色衰愛弛，人老則珠黄，因此女人那麼忌諱人家説她“老”，也就不難理解了。這變成一種文化心理積澱下來，有力地左右着人們的稱謂行爲。

宋元時代，“小姐”一般用來稱呼官婢、侍妾、藝人等，這些女性大多地位卑微，後來多作富貴人家少女的敬稱，如《西厢記》一本楔子：“只生得個小姐，小字鶯鶯。”成婚後，也有沿稱的，如元代雜劇《金安壽》一折：“俺小姐夾谷人氏，童家兒女，小字嬌蘭，娶爲妻室。”明清時期“小姐”還用作妓女之稱，如《履園叢話》説：“吴門稱妓女曰小姐。”當是從宋元時“婢妾”之義引申而來。

“小姐”“少爺”“太太”等稱謂在新中國誕生之後一度被目爲封建地主階級和資産階級的東西，而且只在批判的文章裏邊露臉。如今，“小姐”和“太太”又回到人民大衆口耳之間，這可説是對十億人民只用一個稱謂詞——“同志”的一種反動。詞語的興衰際遇，有時就是世態炎涼、人情冷暖的縮影。

“四海之内，皆兄弟也”

對人的稱謂，若簡單而分，有親族稱謂和社交稱謂兩大類，前者用以稱呼有血緣關係或婚姻關係的人，後者用於一般社會交際。不過，親族稱謂與社交稱謂往往互相滲透，彼此並無截然的界限。

古時語言質樸，稱謂多有含混籠統的特點。其時華夏人不論有無親族關係，對男性長輩都稱爲“父”或“舅”，女性長輩都稱爲“母”或“姑”。這在後代漢語中還有不少遺迹，如《漢書·高帝紀》：“高祖乃謝曰：誠如父言，不敢忘德。”此“父”非指父親，因此，西漢揚雄《方言》説：“凡尊老，南楚謂之父。”漢高祖曾生長於楚地。“田父”“漁父”之“父”都是男性長者尊稱。“母”字的情形與“父”字相似，“乳母”“保母（後寫作姆）”也是女性長輩之稱。後世由於倫理關係不斷趨於嚴密，“父”“母”“舅”“姑”等稱謂詞的意義也相對縮小，一般只限於作親族稱謂。

最初一些稱謂詞没有親族與非親族的區别，後來才逐漸區分開來。這時，將親族稱謂用於没有親族關係的人身上，就産生了認同的效應，使人倍感親切，如老人稱小孩爲“孩子”“小兄弟”“小妹妹”，或小孩稱老人爲“爺爺”“奶奶”“阿公”“阿婆”。事實上，現代除了“父親”“母親”“丈夫”“妻子”及相應的詞不作社交稱謂外，“公”“婆”“叔”“伯”“兄”“弟”“姐”“妹”“姨”等都可用以稱呼没有親族關係的人。在廣州肉菜市場，貨主不停招呼顧客，“叔記”“哥記”“姐姐”“阿姨”之聲不絶於耳，常令顧客駐步“幫襯”。

親族稱謂普遍用於社交場合，縮短了彼此交往的心理距離，使人際關係顯得和諧，交流的氣氛更加融洽。這種富於人情味的稱謂現象，也許就是中國漢語中留下的鮮明印記吧。

原載《新世界》1989 年第 7 期

戲稱領導爲“頭兒”

我們每天都生活在稱謂的世界裏，而且時常爲稱謂所困擾。君不見，前不久有人在報上批評現在的年輕人不禮貌地稱單位領導爲“頭”，如局長爲“局頭”，所長爲“所頭”，姓黎的稱“黎頭”，姓丁的稱“丁頭”。其實，我們經常見到報端有“國家元首”和“政府首腦”的稱謂，“元首”和“首腦”不正是頭麽？下級稱領導爲“頭兒”，大多是戲謔的稱呼，顯得親切、熱乎，被稱的人都樂於接受。這正是幹群關係融洽和諧的表現哩。

語言不是硬梆梆的鐵板，人們需要幽默，需要詼諧，語言裏的戲稱應運而生，成爲調適人際關係的潤滑油。戲稱，可以反映一個民族樂觀向上的精神風貌。在天安門廣場慶祝建國35周年的遊行隊伍中，一群大學生打出了“小平您好”的標語，這是使人倍感親切的戲稱，假若稱“鄧小平同志”“鄧小平主席”或“鄧小平主任”就韻味頓減了。這群大學生並未被“劾大不敬”，因爲他們充滿了善意！同樣道理，稱領導爲“頭兒”也是可以的。

話説回來，戲稱還得看場合。該莊則莊，宜諧則諧，亦莊亦諧，語言始呈活力，生活才有佳趣。

原載《羊城晚報》1988年12月15日第4版

“女士們，先生們”

“女士們，先生們”，在莊重的場合，人們常常使用這樣的稱謂排列，而不説“先生們，女士們”。今天女權運動遍及世界各地，先稱女性，後稱男性，正是女權運動影響語言的結果。其實，在“男女平等”這個口號中，“男女”就已經不平等了。語言有一種“重前”的規律，重要的語言成分通常置於句子前端。

天下，曾經是女人的天下，那是母系社會的事。人類一步入父系社會，女人就退居第二綫了。這一退却付出了持續萬年的沉重代價。重男輕女、男尊女卑的性别歧視不僅存在於社會現實中，而且深深地影響到語言。以漢語爲例，“士女、男女、兒女、夫婦、夫妻、父母、考妣、爺娘、爸媽、公姑、舅姑、公母、公婆、祖妣、臣妾、奴婢”等性别稱謂，無論它們的意義如何變化，它們在“男前女後”排列上都基本一致。由此可知，人們使用語言是受到男尊女卑觀念制約的。排列男女的不同稱謂，初始可能是有意識的，久而成爲語言習慣，人們自覺不自覺之間，就都“男前女後”“夫唱婦隨”了。

不過，世界上没有絶對的事物，“女前男後”的稱謂還是有的。敦煌變文中，“女男”與“男女”同義，指兒女，漢唐之間稱爲“姑章”或“姑蚣”，金元戲曲“夫妻”又作“妻夫”，這都帶有出自口語、急不擇詞的特點。而且，它們比起“男前女後”的稱謂排列，可就小巫見大巫了。

原載《羊城晚報》1988 年 12 月 17 日第 4 版

“内外”有别

古時夫稱妻爲“内”，妻稱夫爲“外”。梁代徐悱有《贈内詩》，其妻劉令嫺有《答外詩》，俱見於詩集《玉臺新詠》中。這種語言現象，不用説是有着濃厚封建色彩的。

由“内”生發出來的稱謂詞不少。諸侯的夫人稱爲“内主”，《左傳·昭公三年》：“若惠顧敝邑，撫有晉國，賜之内主。”或稱妻爲“内子”，如白居易的《贈内子》詩。宋孫光憲《北夢瑣言》有“孫内子”，則是稱别人的妻子，後來只限於稱己妻。己妻又稱作“内人”，如梁簡文帝的《詠内人晝眠》詩。或稱己妻爲“内舍”，陳琳《飲馬長城窟行》：“作書與内舍，便嫁莫留住。”清代謙稱己妻爲“賤内”。與“舍”相類的稱謂詞有“室”，《禮記·曲禮》：“三十曰壯，有室。”鄭玄注：“妻稱室。”孔穎達認爲：“妻居室中，故呼爲室。”或稱“室人”，江淹作有《悼室人》詩。現代河南方言將妻子叫作“家裏”或“屋裏的”，男人則稱爲“外頭人”。妻稱夫爲“外”，又稱爲“外子”，但比起表“内”稱謂來，表“外”的稱謂少得多。

夫妻稱謂反映了不同的社會分工。有的少數民族語言稱妻子爲“穿針婆”，有的漢語方言稱爲“燒飯的”，古人還謙稱己妻爲“箕帚婦”。婦女經濟地位之低依稀可見。

原載《羊城晚報》1989年1月21日第4版

送您一頂烏紗帽

中國人有個習慣，喜歡用官銜去稱呼人，久而久之，某些原先帶“官”味的稱謂進入了日常用語，變成了尊稱或美稱，與原義没有多大關係了。

“相公”，今已罕用，但人們並不陌生。聽地方戲，耳熟能詳；讀舊小説，觸目皆是，都用作一般男子的尊稱。推本溯源，“相公”原來僅是丞相、宰相的敬稱，從漢代至宋朝都如此。王粲《從軍》詩：“相公征關右，赫怒震天威。”這“相公”指曹操。如果以爲舊小説中被稱作“相公”的人都是丞相，這就錯了。

古代有“公、侯、伯、子、男”五等爵號，後世“公”和“子”都可作民間男子的敬稱，孔子生前並没有封號，但一直被尊爲“子”，六朝時盜賊都可稱爲“子”呢。“君”是天下最大的官，後代連乞丐都可用作互稱。“卿”，本爲周代大臣之稱，大夫或稱爲“卿”，位居“士”之上，後來也通用於尊稱普通人。醫者手握起死回生之術，於是稱爲“大夫”“郎中”。後世醫生雖有“赤脚”的，照稱“大夫”“郎中”不誤。“員外”本是“員外郎”之省，居於職官之列，後即俗稱財主富翁爲“員外”，不必實有此官。没有爵禄的手藝人如木匠、玉匠、泥水匠，也要來個安慰獎，稱爲“待詔”，今日所謂“候補”是也。

有官的，用官銜去稱呼，無話可說。無官的，也用官銜去稱呼，最初未免帶有諂諛的意味，久而久之，就習焉不察了。緣因官在社會上的地位、特權令人心馳神往，人人希冀官運亨通。這樣，一頂頂廉價的高帽戴到了無官者的頭上。被戴帽的人心裏舒服，給人戴帽的人心裏也舒服。這可説是中國文化中官本位觀念在漢語稱謂上烙下的印記。

原載《羊城晚報》1988年12月26日第4版

官用親稱

親族稱謂氾濫之下，也施於有官爵者身上，我們姑且把這種現象叫作“官用親稱”。

中國人習慣於稱地方官爲“父母”或“父母官”，源出《孟子·梁惠王》上：“爲民父母，行政，不免率（義爲因）獸而食人，惡（義爲何、怎麽）在其爲民父母也。”這原是一種比喻，相沿成習，到了宋代以後民間已稱縣令爲父母官。知府以上官員稱爲“公祖”，如《水滸傳》第三十四回：“那慕容知府將出那黄信的飛報申狀來，教秦都制看了。秦明大怒道：‘不拿了這賊，誓不再見公祖！’”“公祖”正是稱慕容知府。清代王士禛《池北偶談》説：“今鄉官稱州縣（官）曰父母，撫按司道曰公祖，沿明代之舊也。”明清時代稱地方官爲“公祖”，亦稱爲“祖公”。古代下級稱上級，僕役稱主人，都可叫作“老爹”“爹爹”或“爹”，或稱官吏和有權勢者爲“爺爺”“爺”。

官用親稱，認爹爹，拜奶奶，和權貴拉拉扯扯，反映了人們的諂諛心理，比民用官稱有過之而無不及，均屬“諛稱”，聽來十分肉麻。略加推究，這也是階級壓迫底下的變態現象，是弱小者保護自己生存的一種手段。小農經濟爲主體的社會環境一變，官用親稱也隨之消失。這也是社會變遷之必然。

原載《華商時報》1992年1月11日第4版

“布袋”有底嗎?

宋元時人稱入贅女婿爲“布袋”，北方話稱“倒插門”，時髦叫法是“男到女家落户”。

朱翌《猗覺寮雜記》説：“世號贅婿爲布袋，多不曉其義，或以爲如入布袋，氣不得出頂，故名。附舟入浙，有一同舟者號季布袋，或問曰：如何入舍婿謂之布袋？衆無語，忽一人曰：此誤訛也。昔人家有女無子，恐世代自此絶，不肯嫁出，招婿以補其代，故謂之補代耳。”宋無名氏《潛居録》説：“馮布少時贅於孫氏，其外父有煩瑣事輒曰：俾布袋（代）之。至今吴中以贅婿爲布袋。”

人們大概覺得“布袋”這一稱謂有趣，於是各自揣度它立名的依據，推求它的語源。詞的這種依據叫作“俚俗語源”。那麽，“布袋”有底嗎？筆者曾疑“布袋”是指傳佈子孫後代，只是斟酌諸説，以爲“補代”之説似較近道理。元曲《老生兒》第一折：“無倒斷則是營生的計策，今日眼睁睁都與了補代，那裏也是我的運拙時乖。”這裏的“補代”是贅婿張郎自稱。

由於歷史的發展，語言的變遷，稱謂求源是一件既有趣、又困難的事，“布袋”一詞就是例子。

不是多餘的人

宋元時代以“布袋”指入贅女婿，使我們想到探索“贅婿”的由來。

漢賈誼《治安策》說：“秦俗日敗，故秦人家富子壯則出分，家貧子壯則出贅。”“出贅”是指出門作人家的贅婿，唐顔師古如此解釋：稱作贅婿，是因爲他不當出在妻子家，就像人體上的贅疣本來不應有一樣。這一説法看似很有理，其實不符秦代的社會現實。清人錢大昕根據秦漢時代賣子的習俗駁正了顔說。原來，古人曾用貝殼作貨幣，“贅”字從貝得義，就是“以物質錢”的意思，猶如今天的典當。《漢書・嚴助傳》：“歲比不登，民待賣爵贅子以接衣食。”民間賣子給人家叫作贅子，三年不能贖回就淪爲奴僕。秦人家貧子壯出贅，父不愛子，唯利是圖，捐棄骨肉，不以降作奴僕爲耻。那些出贅而不贖回的男子，主家以女匹配，就稱爲贅婿，於是受到當時人們的鄙視。

《淮南子・本經》説：“贅妻鬻子，以給上求，猶弗能澹。”“贅妻”是賣妻給人家作婢妾，與“贅婿”情形正同。我們可以説，“贅婿”指的是被出賣的男人，而不是多餘的人。

稱謂的“三角關係”

《南史·后妃傳》下記載：“貴嬪父道遷，天監初，爲歷陽太守。盧陵威王之生，武帝謂之曰：‘賢女復育一男。’答曰：‘莫道豬狗子。’世人以爲笑。”這説的是，梁武帝的妃子生了個男孩，武帝告訴他岳父，他岳父謙稱外孫爲“豬狗子”。可笑之處就在於道遷忘記自己的外孫也是武帝的兒子，謙稱外孫爲“豬狗子”，無異於駡武帝爲豬狗。

我們説，梁武帝的岳父忽略了稱謂的“三角關係”。在武帝與道遷的對話中，存在兩個三角關係。“賢女復育一男”，武帝是稱謂者，他的妃子是被稱謂者，道遷就是稱謂關係人，即貴嬪之父。道遷的答語中，他是稱謂者，盧陵威王是被稱謂者，武帝就是被忘記了的稱謂關係人。

稱謂關係人有時是隱含的，如上舉的例子即是；有時則直接出現，如殷代的一條甲骨卜辭，記述商王占卜其妻生育是否吉祥，辭云：“貞：子母其育？不死?”楊樹達先生《積微居甲文説》卷下指出“子母”猶言“子之母”。那麽，“子母”猶如唐代人稱妻爲“兒母”（見《公羊傳·哀公六年》徐彦疏），即今人所謂“孩子他媽”是也。“子”“兒”“孩子他”均是稱謂關係人。

奶聲奶氣　甜甜蜜蜜

在古代小說戲曲中，上陣搦戰的小將軍常被敵將嘲笑爲“乳臭未乾”。現實生活裏，年紀一大把的人使用“疊音稱謂”也總是奶聲奶氣，興許自己還渾然不覺哩。

“爸爸”“媽媽”“爺爺”“奶奶”“姥姥”“哥哥”“姐姐”“弟弟”“妹妹”……這些都是疊音稱謂。疊音稱謂首先帶有“兒語”的特徵，即是說，兒童咿啞學語，在稱呼人時喜歡用相同或相近的音節重疊，這樣便於學習語言，加深印象。因此，疊音稱謂可以說是兒童在言語習得的實踐過程中取得的成果，而且這些成果受到社會的承認，在語言詞彙寶庫中保存下來。疊音稱謂不僅小兒用，大人也用。孩子們使用疊音稱謂稱呼親人，常常是純真情感的自然流露，大人爲這種親切的氣氛所感化，自覺不自覺地模仿了兒語，“聊發少年狂”，稱呼幼小者也喜用疊音稱謂了。如孔平仲《代小子廣孫寄翁翁》：“爹爹與妳妳，無日不思爾。”當然，從發生學的角度看，我們的祖先創造語言，質樸粗疏，真有點像後世幼兒學舌一般，或許疊音稱謂向來就流行於成年人的唇吻之間吧。

從傳世載籍看，疊音稱謂多見於接近口語的書面材料。如《北齊書·南陽王綽傳》：“綽兄弟皆呼父爲兄兄，嫡母爲家家，乳母爲姊姊，婦爲妹妹。”敦煌變文《搜神記》：“其田章五歲，乃於家啼哭，唤歌歌孃孃。”“歌歌”即父親，“孃孃”即母親。至如女人自稱“奴奴”，則不止奶聲奶氣，還嗲聲嗲氣了。

世界上許多語言都有疊音稱謂，如英語稱父親爲“papa”，稱嬰兒爲“baby”，也都帶着親切、口語化的色彩。

親昵的“冤家”

常言道，打是疼，駡是愛。此話一點不假，看看語言中的“昵稱”，您就明白了。

最典型的昵稱，莫過於男女相親相愛的詞。六朝時女子稱少年情人爲“郎”，如古樂府《西洲曲》：“開門郎不至，出門采紅蓮。”又稱爲“歡”，如古樂府《子夜歌》：“歡愁儂亦慘，郎笑儂便喜。”唐人以“卿卿”作情人間對稱，如温庭筠《偶題》詩：“自恨青樓無近信，不將心事許卿卿。”宋元時代男子稱情人爲“小鬼頭”“奴哥”，女子稱情人爲“不良”“不良才”“殺才”“多才”“薄幸”“冤家”，或稱情夫爲“義男兒”，潘金蓮呼西門慶爲“達達”（“爹爹”的轉音）。明代稱所歡者爲“乖親”。如此種種，都是甜蜜發燙的昵稱。

長輩對幼小者喜用昵稱。明代田藝蘅《留青日劄》卷十五説：“今人愛惜其子，每呼之曰寶寶，蓋言愛惜如珍寶也。”“寶寶”之稱沿用不絶，此外還有“寶貝兒”“寶貝疙瘩”“心尖兒”“心肝寶貝兒”，均是對小兒女的昵稱，充滿長者老牛舐犢般的慈愛之情。

晚輩尤其是幼小者對尊長也有昵稱。“奶”本是乳房之義，古代楚地人用作母親的稱謂，後轉稱祖母。尋根問柢，自然是奶聲奶氣、乳臭未乾的昵稱無疑。

若論昵稱産生的方式，最引人注目的是以反爲正，佯嗔實愛，似

“冤家”“不良”“殺才”之類，罵之愈烈，愛之彌深。當然，這裏有一打緊之處，即語調，聲色俱厲的一聲“殺才”與情意纏綿的一聲“殺才”，效果大不一樣。至於昵稱用疊音表示的問題，我們已有小文另作討論。

旁敲側擊　因卑達尊

古代，尊稱別人有“陛下”“殿下”“閣下”“麾下”“節下”“轂下”“膝下”“足下”等詞，雖説指稱的對象不盡相同，但在表達方式上有共同之處，都是不直接指稱對方，而是旁敲側擊，以卑達尊。

最早解釋這類尊稱詞的是東漢蔡邕，他在《獨斷》中指出：“群臣與天子言，不敢直斥，故呼在陛下者而告之，因卑達尊之意也。及群臣士庶相與言，曰殿下、閣下、執事之屬，皆此類也。”唐人段成式《酉陽雜俎》説得更清楚：“秦漢以來，於天子言陛下，皇太子言殿下，將言麾下，使者言節下、轂下，二千石長史言閣下，父母言膝下，通類相與言足下。”“陛”是皇宫中臺階，“殿”指皇族居所，故“陛下”“殿下”分别成爲對皇帝和太子、親王的尊稱。“麾”本是軍旗，“麾下”原意是將旗之下，以卑達尊而指將帥。古代使者必秉節乘車，“節”是符節，使者持作信物；“轂”可指代車；因而尊稱使者爲“節下”或“轂下”。州郡行政長官由朝廷任免，猶如皇帝的使者，於是唐代又稱刺史、太守爲“節下”。兒女曾依繞在父母身旁，故尊稱父母爲“膝下”。

事實上，這類尊稱的用法是有變化的，如“足下”原用於卑對尊，“大王足下”即其例。推而廣之，同輩之間（即段成式所謂“通類相與”）稱“足下”，甚至尊稱卑也是“足下”了。古代三公（輔助國君掌握軍政大權的高級官員）和郡守都有“閤”，因卑達尊而稱“閤下”。至唐代，“布衣（平民百姓）相呼，盡曰閤下”（趙璘《因話録》卷五）。

今天，“陛下”“殿下”還出現於某些外交場合，用於尊稱外國國王或皇太子。“足下”“閤下”“膝下”偶爾也用於書信稱呼，關鍵是要用得準確，避免張冠李戴。

“老婆”未必老

俚俗夫稱“老公”，妻稱“老婆”，元明時代習見。如《金瓶梅》第二回：“他老公便是縣前賣熟食的。”《竇娥冤》劇第一折：“兀那婆婆，你無丈夫，我無渾家，你肯與我做個老婆。”“老公”之稱已在現代漢語普通話中消失，只見於方言，如廣州話、上海話。大家知道，論年紀，“老公”不一定大，“老婆”也未必老。用語言學的話説，這個“老”字是詞頭，湊湊音節，没有實在意義。若再往上追溯，“老婆”之“老”就不是無關緊要的了。初唐高僧寒山子有詩云：“東家一老婆，富來三五年。”“老婆”即指老婦人。現在潮汕話單以“老”字稱丈夫或妻子，如“伊阿老”可指“她的丈夫”，也可指“他的妻子”。這個“老”字大概是“老公”或“老婆”的省稱吧。

稱父親爲“老子”，曾引起宋代大詩人陸游的興趣：“予在南鄭，見西陲俚俗謂父曰老子，雖年十七八，有子，亦稱老子。乃悟西人所謂大范老子（雍）、小范老子（仲淹），蓋尊之以爲父也。”（《老學庵筆記》卷一）稱父爲“老子”，是跟稱兒子爲“小子”相對而言的，“老”字與“老婆”之“老”又有不同。正因爲意義的重心落在“老”字上，故現代用以稱父的“老子”，“子”念輕聲，從而與稱道教始祖太上李老君的“老子”區别開來。

北京話稱排行最末的兒子爲“老兒子”、女兒爲“老姑娘”“老丫頭”“老閨女”，稱最小的舅父爲“老舅”，這種“老”字的意義也是實在的。

萬物無情人有情

人有人稱，物有物名，似各有畛域，互不關涉。不過，有心人稍加留意，即可發現語言中屢屢借用人的稱謂指代事物的現象。

人爲萬物靈長，固有別於天地萬物的特質，只是太初原始的人們對這些特質還不甚了了而已。上古之人以爲天地間有着主宰一切的神明，各種具體的自然現象如電閃雷鳴，颳風下雨都有專神掌管，“雷公”“電母”，“風伯”“雨師”，紛紛安上人的名號，有男有女，或親或疏，像模像樣。

後來，人們指稱具體事物，時常以物名套上人的稱謂，這在修辭上叫擬人。如“石兄”“竹弟”“石公”“井公”等。古人戲稱酒爲“麯道士”，消暑的竹几又叫作“竹夫人”。暖足瓶有錫製的，有銅造的，又稱爲“湯婆”“湯婆子”“湯媪”“錫夫人”，花名真不少。黄庭堅寫過兩句俏皮詩：“千錢買脚婆，夜夜睡到明。”這個“脚婆”也是暖足瓶。《爾雅・釋魚》：“三鮀。”郝懿行疏云：“……今呼‘花花公子’是也。”古時蟋蟀或稱爲“懶婦”，牡丹稱爲“貴客”，猴子雅號“王孫”，銀子又叫“琴公”，這一類則是直接以人稱代替物名了。俗諺云：“龍生龍，鳳生鳳，老鼠的兒子會打洞。”“老鼠的兒子”可以充任這類物稱的代表，反映了漢族人的幽默詼諧，一派詼趣。他如“父天母地”“妻梅子鶴”“兄日妹月”“友風子雨”，活用稱謂詞，移情寄物，更是超塵絶俗，不同凡響。

由此看來，物用人稱可分作兩個層次，較深一層是上古萬物有靈論的產物，如“風伯”“雨師”之類；較表層則因人們的幽默心理而產生，如“懶婦”“王孫”是也。它們適應人們在不同歷史階段或不同環境表情達意的需要。

原載《語文月刊》1990 年第 11—12 期合刊

“法律”之稱起於何時?

（1988 年）4 月 26 日丁益先生在《古代法官和律師》一文中稱：“‘律’之能够成爲佛教戒律的專用簡稱，而與法律不相混雜，是因爲佛教傳入的東漢時代，仍和先秦、秦漢一樣，法律另有它的專名：法。……而不説‘法律’或‘律’。”這一説法失考而誤，特贅數語，略加辨正。

東漢佛教東漸，傳入華夏，“律”固然可以成爲佛教戒律的簡稱，但並不妨礙它作爲法律之稱。法律稱“律”也遠非自“隋律”“唐律”始。《周易·師》云：“師出以律。”三國時人王弼注云：“失令有功，法所不赦。”可見“法”就是“律”（編按：學者或以爲“律”指音律）。《荀子·成相》：“罪禍有律，莫得輕重威不分。”這也是先秦法律稱爲“律”的例證。睡虎地秦墓竹簡《語書》：“法律未足，民多詐巧……凡法律令者，以教導民，去其淫僻，除其惡俗，而使之之於爲善也。”又：“舉劾不從令者，致以律，論及令、丞。”這裏或“法律”“法律令”統稱，或簡稱“律”，都是秦代言語。睡虎地還出土《秦律十八種》，有“田律”“廄苑律”“倉律”“金布律”“工律”“徭律”“軍爵律”“置吏律”“傳食律”等稱。其實，“法律”一詞已見於先秦時代的《韓非子·飾邪》：“捨法律而言先王明君之功者，上任之以國。”《漢書·刑法志》：“於是相國蕭何捃摭秦法，取其宜於時者，作律九章。”“法”“律”同義互文。東漢鄭玄《周禮·士師》注云：“野有田律。”也稱“律”。

總之，“律”“法律”之稱起於先秦，一直沿用，並非東漢以前只有“法”才表示法律，更非因此而以“律”爲佛教戒律的“專用簡稱”。

原載《羊城晚報》1988年5月10日第4版

皇帝與字詞

封建制度下，皇帝的權力至高無上。皇帝發號施令，專制得驚人。他們對社會生活施加了種種影響，這裏要説的是他們影響漢語漢字的幾條實證。

朕（zhèn）　東漢文學家蔡邕《獨斷》説過："朕，我也。古者尊卑共之，貴賤爲嫌，則可同號之義也。秦始皇二十六年，制定'朕'爲天子自稱，後世因而不改。"（"共之"，共用它，即同樣稱"朕"。）補充一句，後代太后臨朝聽政也自稱"朕"。

皇帝　傳説上古時代有三皇五帝。嬴政自以爲兼併六國，囊括四海，功蓋前古，於是將"皇"與"帝"合言，自稱"始皇帝"，又追尊他死去的父親莊襄王爲"太上皇"。這樣，漢語中就開始有了以"皇帝"稱天子的用法，也出現了"太上皇"這個複合詞。

黔首　秦代以前，就有用它來稱老百姓的，不過極少見。秦始皇統一中國後，規定"黔首"作爲老百姓的專稱。從此"黔首"在古文中的使用就變得普遍了。

制、詔　皇帝有關制度方面的命令叫"制"，一般的命令和文告稱爲"詔"，這也出自秦始皇的旨意。"詔"原意是告誡、告諭。

雒水　古代河名，流經雍州，本與流經豫州的洛水絶不相混。三國魏黄初元年（220），魏文帝曹丕下令説，魏朝在五行次第上屬土，水得土而流，土得水則柔。因此應該除去“雒”字的“隹”旁，換成水旁，變“雒”爲“洛”。這樣，“雒水”與“洛水”就没了區别，有些人甚至竄改魏以前古籍中的“雒”字，造成古書的錯亂。

無偏無頗　唐玄宗讀《尚書·洪範》，覺得“無偏無頗，遵王之義”的“頗”和“義”聲音不相諧，御筆一揮，即把“頗”改爲“陂”。其實，“頗”和“陂”上古是同音的，與“義”字押韻也是和諧的。後來語音發展了，“頗”與“義”的讀音才分了家。唐玄宗不懂古音，妄改古書，終致貽人笑柄。

國　裏面的聲旁是“或”，古書常借“或”爲惑亂、迷惑的“惑”，武則天害怕有人惑亂天下，於是改“國”作“圀”（意指由武氏坐鎮天下）。有人説，“武”困在“囗”中，與“囚”字無别，最不吉利，武氏急忙改“國”爲“圀”，意謂鎮住八方。

曌（zhào）　這是武則天標新立異，爲自己所起的名字，聲音與意義都同“照”字。武氏還因此將“詔書”改稱“制書”。

卍　古代佛教的一種護符，意思是“萬德吉祥之所集”，公元六九三年，武則天規定這個符號讀作“萬（wàn）”。

封建皇帝對漢語某些字詞的强硬規定，往往暴露了他們驕横跋扈的作風，如秦始皇對“朕”“皇帝”和“黔首”等詞的用法的規定正是這樣。“黔首”猶如“黎元”，有人認爲這本來就是一種污蔑性的稱呼。字詞的改易，有的是統治者出於政治宣傳的目的而造成的，如“雒”字；有的是由於統治者的無知而造成的，如“頗”字；有的則是産生於統治者猜忌多疑的天性，如“國”字。漢代賈誼説“秦俗多忌諱”（《過秦論》語）。唐代張鷟也譏諷武則天“好改新字，又多忌諱”（《朝野僉載》語），都是一針見血的。

有些詞的用法雖説不是皇帝親自規定的，但只限於代表與皇帝有關的事物、行爲和動作，這實在也是最高統治者淫威下的産物。如

“宫”指住宅，“輦”指人力拉的車子。先秦時期，一般人所居所乘與天子所居所乘在叫法上並無二致。秦漢以後，“宫”和“輦”就成爲皇帝“私有”的啦。帝王以萬乘之尊，外出駕臨之處，道路戒嚴稱“警蹕（bì）”，帝王平時所作所爲及所用之物多冠以“龍”字、“御”字、“欽”字；如此種種，不一而足。至若數起帝王避諱的例子，那就指不勝屈了。這裏單舉“秀才”一例。“秀才”本指優秀才能，漢代設置薦舉人才的科目叫“秀才”，東漢因避光武帝劉秀之諱，就將“秀才”改稱“茂才”。三國以後才恢復了“秀才”的叫法。

語言隨社會的發展而發展。帝王們給漢語漢字打下的烙印早被時代的積塵罩得嚴嚴實實。然而，這些在歷史上産生的現象，是我們閲讀古書時不能不瞭解的。

原載《語文月刊》1986年第2期

小議析字構詞

讀過現代文學史的人大概很熟悉舒舍予、曹禺和張長弓這些名字吧。老舍原名舒慶春，舍予是他的表字，舍、予二字正是舒字的分解。曹禺原叫万（萬）家寶，曹禺就是筆名，艸（草，諧音曹）和禺剛好構成個“萬”字。張長弓義爲拉開長弓，既析字，又聯姓爲名，就更有情趣了。姓名也是詞彙的組成部分，舒舍予、曹禺和張長弓這些名字用的都是析字的構詞法。

宋代有個學者叫陶穀，編有《清異録》一書，專門收集事物的種種别稱，記録了好些析字構詞的例子。如黥是古代的墨刑，即在犯人臉上刺上墨以示懲罰，有人就戲稱黥面武士來自“黑京”。“尿”，古書常作“溺”，於是“溺”或稱“房中弱水”。再如胡椒叫作“木叔”，槐角（藥名）稱爲“鬼木串”，“韓恭叟離合巖桂爲嚴山圭木”，采用的都是析字的構詞法。

清代厲荃的《事物異名録》引《袖中錦》説：“京師婦人美者謂之‘搭子’，陋者謂之‘七’。搭子者，傍著子爲好字，七字不成女字，謂其不成婦女也。”這是説，京城裏稱美婦人爲“搭子”，醜陋的叫作“七”。“女”字少了一撇，與“七”字形似，故謂醜女爲“七”。

《通俗編·婦女》：“宋謝幼槃詞：‘破瓜年紀小腰身。’按俗以女子破身爲破瓜，非也。瓜字破之爲二八字，言其二八十六歲耳。”剖開“瓜”字，就成了兩個“八”，二八十六，因此“破瓜”一詞指十六歲。古詩文每以“三五”指十五日或十五歲，以“二八”指十六日或十六歲，實是析字構詞法的變種。

析字可分化形與化音兩端，化形是根據方塊漢字的形體特點，對某字加以離析分解，然後重新構詞，可以在新詞中有所增益，或有所減損。化形析字構詞往往帶有詼諧的色彩，文人學士喜歡它，民間喜聞樂見的文娛形式——謎語的製作也常用此法。上舉諸例多屬化形析字構詞，其中不乏幽默，至如近代把“兵”叫作“丘八”，顯然志存揶揄了。

化音是把一個漢語音節（即一個字）分解爲兩個音節。這種現象早在先秦時代就已出現，如茨謂之蒺藜，寺人披曰寺人勃鞮，都是化音。“之乎”爲“諸”，“之焉”爲“旃（zhān）”，“不可”爲“叵（pǒ）”，都是急讀造成合音，若反過來説，則“之乎”“之焉”“不可”分别是“諸”“旃”“叵”的緩讀化音了。後來産生了反切，這是一種用兩個字相拼來爲一個字注音的方法，如《廣韻》：“妥，他果切。”即是説，“妥”的讀音 tuǒ 是由“他”的聲母 t 和“果”的韻母、聲調 uǒ 拼切而成的。古人爲了注音的需要，也爲了研究漢語語音的面貌，造了大量的切語，大量切語的産生，正是得力於化音析字法的。

由此看來，析字構詞能充分體現漢字和漢語語音特點，它是值得我們在學習祖國語文時注意的。

原載《語文月刊》1987 年第 4 期

“胞中略轉”新解

嵇康《與山巨源絶交書》云：“每常小便，而忍不起，令胞中略轉乃起耳。”有人解釋説：“這二句説忍到令尿在胞中略略轉動而將脹出時才起身去小便。”也有人説：“小便常常忍到使膀胱幾乎轉動，才起身去便。”向疑二説未允。“胞”用爲“脬”，自不待言，關鍵在於“略轉”的訓釋。《朝野僉載》卷四云：“家裹偷便轉，集得野澤蜣蜋。”蔣禮鴻謂：“轉乃遺矢之謂，便轉二字同義連文。”大便謂之轉，則小便未嘗不可。因意“胞中略轉”之“轉”實指排尿而言，而苦無佐證，近檢得《左傳·定公三年》云：“夷射姑旋焉。”杜預注：“旋，小便。”頓覺胸中豁然，知“轉”指小便更無足疑。運行謂之旋，亦謂之轉；小溲曰旋，溺液曰轉，動静有别，義實相因。爲何“轉”可訓溺呢？大概從運行一義引申出棄置義，如《孟子·梁惠王》下：“君之民老弱轉乎溝壑。”楊伯峻注：“轉，棄屍的意思，《淮南子·主術訓》云：‘是故生無乏用，死無轉屍。’此‘轉’字即‘轉屍’之意。”尿爲廢棄之物，故可用“轉”字表示，這跟小溲曰“小遺”相類。“潠”字義爲噴水，與旋、轉在小便的意義上同源。潮汕方言凡灑水撒尿曰［suaŋ6］，正是古語之孑遺。

由此言之，“胞中略轉”，似可釋爲“膀胱中稍稍尿遺出”。如此理解，亦益見嵇康桀驁誕漫、鄙薄禮法之情態。故志之以俟高明。

原載《學術研究》1988 年第 2 期

“孩提”新解

人們追憶童年往事時説“孩提時代”如何如何，本來無可非議。可是有人批評説，“孩提”指兩三歲的小孩，不應濫用詞語，那麽，《祭十二郎文》用“孩提者”稱五歲十歲的孩子，“文起八代之衰”的韓愈豈不要挨教鞭啦？這裏不妨來考察一下“孩提”的本意。

《孟子·盡心上》：“孩提之童，無不知愛其親者，及其長也，無不知敬其兄也。”修訂本《辭海》《辭源》也因仍趙注。

《孟子》《漢書》以及後代的很多作品，一般都把“孩提”當一個詞用，作定語時義爲“幼小的”，如上兩例；作主語、賓語時當“幼兒”講，如李紳《却渡西陵别越中故老》：“傾手奉觴看故老，擁流争拜見孩提。”

筆者認爲，“孩提”的“提”當是“啼”的假借字，“孩”是笑，“提（啼）”是哭，反義而複合，詞素的次第可以變易，“孩提”或作“提孩”，如：

莫須相囑和，傳示及提孩。（韓愈：《詠雪贈張籍》）

兩家各生子，提孩巧相如。（韓愈：《符讀書城南》）

“提”與“啼”古音相同，故可通假。《詩·大雅·抑》：“匪面命之，言提其耳。”陸德明《釋文》曰：“提，音啼。”往往从“是”

从“帝”諸字多可相通，如“蹄”或作“踶”，“睼視”也作“諦視”。《孟子》借“提”爲“啼”，影響深遠，後代大多作“孩提”“提孩”，不作“孩啼”“啼孩”。但也有例外的：

子生咳啑，師保固明仁孝禮義導習之矣。（《顔氏家訓·教子篇》）

試比較：

故迺（乃）孩提有識，三公三少故明孝仁禮義道（導）習之。（《漢書·賈誼傳》）

兩例文意及詞句大致相同。《漢書》作“孩提”，《家訓》作“咳啑”，“咳”即“孩”，《説文》：“咳，小兒笑也。……孩，古文咳从子。”“啑”爲“啼”的異體字（見《集韻·齊韻》）。“孩提”即“孩啼”，《家訓》一字“道破天機”。

另外，古書中有“孩抱”一詞，如：

續雖在孩抱，奉之不異長君。（《後漢書·李善傳》）

就筆者耳目所及，“孩抱”一詞不見於先秦兩漢，隋唐以後也絶少使用，僅見於晉宋時人的著作，它是否由六朝人誤信趙岐的《孟子》注而翻造，抑或别有淵源，在有確鑿證據之前，筆者還不敢輕下斷語。

原載《刊授指導》1985年第8期

噴嚏續聞

打噴嚏本是一種生理現象，但在不同地區、不同民族往往有不同的闡釋。今年（編按：1989 年）1 月 8 日《羊城晚報》“晚會”版載穆翼先生的《噴嚏奇趣録》，介紹了好些“洋噴嚏”，我想補充一點“中式噴嚏”的材料，以資談助。

《詩經》是中國詩歌的老祖宗，在其中的《邶風·終風》有一句詩：“願言則嚏。”漢代大經學家鄭玄解釋説：“言，我；願，思也。……今俗：人嚏，云：‘人道我。’此古之遺語也。”照鄭玄的話，“願言則嚏”是説一女子思念她的戀人，因而打噴嚏。後人有將“嚏”字解作“憤怒”的。撇開對“願言則嚏”的争論，近兩千年前的漢時風俗，一打噴嚏就説“人道我”却是實實在在有的。而且，這種民俗綿亘不絶，《容齋隨筆》《通俗編》等書都有記述。宋馬永卿《嬾真子》三：“俗説以人嚏噴爲人説，此蓋古語也。”“嚏噴”與“噴嚏”同義。蘇東坡《元日》詩：“曉來頻嚏爲何人？”康進之《負荆》曲：“打嚏耳朵熱，一定有人説。”今天潮汕人打噴嚏，常説“有人在數念我”。“中式噴嚏”雖無法律依據，却有禮儀規定。《禮記·内則》説：“在父母舅姑之所……陞降出入揖遊，不敢噦噫、嚏咳、欠伸、跛倚、睇視，不敢唾洟。”儒家經典認爲在父母公婆面前不能打噴嚏，否則就是不禮貌了。打噴嚏不光會傳播疾病，還常常一鳴驚人，古人覺得不好意思，只好自我解嘲説：“人道我。”

棋·語

圍棋的故鄉在中國，象棋的故鄉也在中國。圍棋、象棋、彈棋合稱爲“棋”，又與另一相似娛樂方式“博”合稱爲“棋博”或“博弈”，是我國古代人民的智慧之花，是數學、軍事學、哲學的融合與濃縮。李學勤先生有一段話可説明博弈同哲學的聯繫：“日本京都大學的小南一郎先生在1987年撰有《六博的宇宙論》一文，專門討論了博局圖案的宇宙論性質問題。他根據大室干雄對圍棋的研究，説明圍棋有宇宙論的象徵性，六博的局上也描繪着‘象徵天地構造的圖形’。（附帶説一下，象棋黄河爲界的圖形也象徵着古人心目裏天下大地。）”①《二刻拍案驚奇》卷二：“話説圍棋一種，乃是先天河圖之數，三百六十着，合着周天三百六十五度四分度之一。”雖是小説家言，却道破了棋弈與數學的關係。兩千多年來，棋弈成了上自王侯將相、下及布衣庶民的文化生活的一部分，消閒燕樂，啓迪睿智，鍛煉思維，陶冶情性，其功大矣哉！

有道是：“當局者迷，旁觀者清。”難怪我們每天説着漢語，寫着漢字，却未必察覺好些詞語與棋藝有關。

“局”，原來既是博局，又是棋局，後以稱棋盤爲常。下一盤棋

---

① 李學勤：《比較考古學隨筆》，香港：中華書局，1991年，第37—38頁。

稱一局，引申之，其他運動項目比賽一次也稱一局。“局面”本指對局中某一階段雙方棋子分佈的狀態，“局勢”本亦指雙方棋子分佈和對立之勢，轉指普通事物的形勢、情況。“世局”謂世界形勢，“戰局”謂某一戰爭局勢，“大局”“全局”則指整個局面、整個形勢，這些詞都以棋事喻世事。“通盤”“全盤”均作形容詞用，表示全面，當亦來源於表示下棋的盤面形勢。“局部”却是表一部分。“局内人”（亦稱“局中人”）、“局外人”原來分别表示與下棋有關或無關的人，後指與某事有關或無關之人。對弈雙方在一局棋的初始階段排兵佈陣就叫“佈局”，後來泛指對事情作全面安排。事情陷於僵持的境地可叫作“僵局”。對弈將結束時的局勢稱爲“殘局”，事情失敗後或社會變亂後的局勢也稱“殘局”。事情的結果叫“結局”，本來是指下棋最終的局面。“騙局”，指騙人的圈套，而“局騙”則指設計騙人，如《水滸傳》廿五回：“那婦人拭着眼淚説道：‘我的一時間不是了，吃那厮局騙了。’”

“著（zhāo）數”原指下棋的步法，後用以比喻計策或手段，如《朱子語類》卷一三二：“蔡京們着數高，治元祐黨只一章疏便盡行遣了。”“著數”亦作“着數”“招數”。與“著數”一詞相聯繫，“著著”表示“樣樣”或“逐漸地”，義較虚泛。“妙著”亦作“妙着”，原指巧妙的一步棋，轉指妙計。“高著”本謂棋藝出衆，轉義是“高明的主意”。

棋弈術語“先手”有兩種意義：一是開局時先走子的人，一是棋局形勢中的主動者。比喻義指先下手或占得主動權，如蘇軾《送周正儒知東川》詩：“告歸謝先手，求去悔不勇。”

“馬後炮”作爲象棋術語，是指殘局或中局階段一種頗有力量的殺著。失時無效的舉動也稱爲“馬後炮”，如《元曲選》佚名作者《隔江鬥智》二折：“今日軍師陞帳，大哥須要計較此事，不要做了馬後炮，弄得遲了。”《漢語大辭典》認爲，“馬後炮”指“不及時的舉動”一義是由象棋術語借來的。事實恐非如此。古代在攻城掠地的戰鬥中，無論以機發石的“砲（礮）”，還是宋元之際發明的“火炮”，均應部署在騎兵前面作戰，如落在騎兵後面，就喪失了作用了。因此，“馬後炮”的比喻義不是來自棋盤上，而是來自戰場上。

此外，漢語中還有一些與棋藝有關的成語、諺語，如“棋佈星陳”、“星羅棋佈”、“棋逢敵手”（或作“棋逢對手”）、“棋高一著，縛手縛脚”、“棋錯一著，滿盤皆輸”、“一著錯，滿盤皆落索”、“人情似紙張張薄，世事如棋局局新”，等等。

縱觀與棋藝相關的各種詞語，可知自古即以棋局比附世局，以棋事喻説人事。只是有些詞語與棋弈的關係比較直露，一目瞭然，有些詞語則頗爲隱晦，不易察覺。棋盤裏藴藏着古人玄妙的哲學觀念，難怪棋事總是用以説明人事，並在漢語裏留下不淺的印痕。

原載《語文建設》1997 年第 3 期

古漢語代詞的一些特殊用法

古代漢語的代詞系統内容很豐富。如同是表示對稱，就有“爾”“女（汝）”“若”“戎”“乃（迺）”“而”等形式，它們之間雖無絶對的區别，但在產生的時代先後和使用習慣上還是有所不同，它們既表示單數，又表示複數，這些比起現代漢語的對稱單數用“你”、複數用“你們”、尊稱用“您”來，可就複雜多了。古代漢語的代詞比較複雜，本文只是談談代詞的一些特殊用法。

一、 代詞的活用

古漢語的代詞一般分爲人稱代詞、指示代詞和疑問代詞三大類，其中又可分爲若干小類。不同類的代詞各有一定的用法，這叫詞有定類。有的代詞可以兼類，但兼類的代詞在應用上也是穩定的，如“彼”“夫”既當人稱代詞（《漢書·賈誼傳》：“彼且爲我死。”《左傳·桓公二十六年》：“夫不惡女乎?”），又作指示代詞（《戰國策·秦策》：“息壤在彼。”《荀子·解蔽》：“不以夫一害此一。”），詞兼多類，用法不同，而它們的語法意義是固定的，如“彼”“夫”用於他稱相當於“他”“他們”，用於遠指相當於“那個”“那裏”。與詞有定類不同的是詞的活用，與它原來的固定用法和意義不同，這就是代詞的活用。

（一） 代詞内部不同小類的活用

"其""之"用如自稱代詞：

陛下不知其駑下，使待罪丞相。（《史記·陳丞相世家》）

今也父兄百官不我足也，恐其不能盡於大事。（《孟子·滕文公上》）

愈蒙幸於執事，其所從舊矣。若寬假之，使不失其性。（韓愈《上張僕射書》）

君今來討弊邑之罪，其亦使聽從而釋之，必不泯其社稷。（《國語·魯語上》）

若從君惠而免之，三年將拜君賜。（《左傳·僖公三十三年》）

今先生儼然不遠千里而庭教之。（《戰國策·秦策》）

"其""之"用如對稱代詞：

子曰："何傷乎？亦各言其志也。"（《論語·先進》）

足下家中百物，皆賴而用也，然其所珍愛者必非常物。（韓愈《與崔群書》）

賜女土地，質之以犧牲。（《國語·魯語上》［犧牲，用於祭神的牲畜。］）

本來，"其""之"作人稱代詞時一般用爲第三人稱。可是，上列各例加點的"其"和"之"有活用爲第一人稱代詞的，同"吾"和"我"；有活用爲第二人稱代詞的，同"爾"或"汝"。如前舉《論語·先進》篇説"各言其志"，同書《公冶長》篇則作"各言爾志"，記録的都是孔子對學生説的話。上述各例都見於對話和書信中，活用他稱代詞來作爲自稱和對稱，避免徑直稱"吾""我"和"爾""汝"，這不失爲一種修辭手段，意在自謙和尊人。而且還能起到互文見義、防止單調重複的作用，如最後一例活用了的“之”字就與“女（汝）”字臨時同義。

“吾”“我”用如第三人稱代詞：

終没吾世，不敢以儒爲戲。（《禮記·儒行》）

君平卜筮於成都市，以爲卜筮者賤業，而可以惠衆……從吾言者，已過半矣。（《漢書·王貢傳》）

莊因終身不仕，以快吾志焉。（《史記·老莊申韓列傳》）

其子下車牽馬，父推車，請造父助我推車。（《韓非子·外儲説右下》）

孝惠爲人仁弱，高祖以爲不類我，常欲廢太子，立戚姬子如意。如意類我。（《史記·吕后本紀》）

諸公要人爭欲令出我門下，交口薦譽之。（韓愈《柳子厚墓志銘》）

活用“吾”“我”爲第三人稱代詞，都是著書作文的人暗引别人的話時不改變人稱所致。唐代學者孔穎達説：“終没吾世，不敢以儒爲戲者，是哀公之言，記者述而録之。”（《禮記·儒行》疏）指的正是這個道理。最後一例出自韓愈大手筆，暗用“出我門下”一語，揭露了“諸公要人”附會風雅、强認門生的醜態，並使整句話頓然生色，襯托出柳宗元嶄露頭角、才華洋溢的英姿。再者，用“我”而不用“其”或“之”，就不致與句中指代柳宗元的“之”字混淆。

（二） 代詞活用爲動詞

信臣精卒，陳利兵而誰何。（賈誼《過秦論》）

文帝且崩時，屬孝景曰：“綰，長者，善遇之!”及孝景立，歲餘，不孰何綰。（《漢書·衛綰傳》）

游雅嘗衆辱奇，或爾汝之。（《魏書·陳奇傳》）

人能充無受爾汝之實，無所往而不爲義也。（《孟子·盡心下》）

見公卿，不爲禮；無貴賤，皆汝之。（《隋書·楊伯醜傳》）

且也相與吾之耳矣，庸詎知吾所謂吾之乎？（《莊子·大宗師》）

“誰”“孰”“何”“爾”“汝”“吾”活用爲動詞，有獨用，有並用，有帶賓語的，也有不帶的。活用後，它們還保留了原來的某些特點。如“誰何”“孰何”本來都是疑問代詞，在上例中活用爲動詞。分別指“叱問”和“過問”。“爾”和“汝”是古代尊長稱卑幼者的代詞，一般不能用於下對上或平輩之間的稱呼，不然就是不禮貌。活用後的“爾汝”“汝”指“稱……爲爾汝”“稱……爲汝”，帶有輕賤、侮辱的色彩。最後一例的“吾之”意思是“稱自己爲‘吾’”。

二、 代詞的單複數

古漢語的代詞一般可以兼表單數和複數，也有一些只用於單數的，如第一人稱代詞中的“台”（音 yí）、“卬”（音 áng）和“余”，前兩個多見於《詩經》《尚書》等先秦古籍，後世罕用。代詞指代的是單數還是複數，有時一目瞭然，有時却頗費周折，需要細玩文意才能確定。單複數無別的例子如：

嫂嘗撫女指吾而言曰：“韓氏兩世，惟此而已。”（韓愈《祭十二郎文》）

（韓信）告諸將相曰：“此，壯士也。”（《史記·淮陰侯列傳》）［“此”，指那個曾侮辱韓信的人。］

子曰：“以吾一日長乎爾，毋吾以也。……”（《論語·先進》）［“爾”，指子路、曾皙、冉求和公西華，孔子的學生。］

長沮桀溺耦而耕，孔子過之。（《論語·微子》）

秦吏卒尚衆，其心不服。（《史記·項羽本紀》）

我二人共貞。（《尚書·洛誥》）［“貞，當也。”“共貞”意爲共同承事。］

假如把上舉代詞當作没有單複數的形式標志，那麼，加在代詞後面表示人稱多數的“儕”“輩”“曹”“等”“屬”等字則可以算作形式標志了：

然大國之憂也，吾儕何知焉。（《左傳·昭公二十四年》）

（阮）籍曰：“禮豈爲我輩設也？”（《世説新語·任誕》）

如彼等者無足與計天下事。（《史記·黥布列傳》）

上以若曹無益於縣官……今欲盡殺若曹。（《漢書·東方朔傳》）

而屬父子宗族蒙漢家力，富貴累世。（《漢書·元后傳》）

“儕”字比較特殊，只見於“吾儕”一詞。而“輩”“曹”“等”“屬”可以隨意附在代詞後面表人稱複數，如“曹”字可跟其他詞結合作“我曹”“汝曹”“爾曹”“若曹”等。簡單一點可以用現代漢語的“們”字對譯“輩”“儕”“曹”“等”“屬”這類字。但是，它們並不等同於“們”字，原因就在於它們的實詞性較强，意爲“一類人”“一班人”。而且還能附着於人名之後表示複數，甚至以“之”字隔開，如“龔等”“吕、霍之屬”。

值得注意的是，“等”和“曹”與代詞結合不一定就指人稱複數，如《漢書·外戚傳》：“衍曰：‘夫人所言，何等不可者？’”“何等”意爲“什麼”，杜甫《曲江》詩：“哀鳴獨叫求其曹。”“其曹”指它的同類，即同伴。

原載《刊授指導》1985年第7期

談談古文今譯

把古代漢語的書面語轉換成現代的書面語，這就叫古文今譯。古今漢語一脈相承，在詞彙、語法、修辭等方面既存在許多共同之處，又有不少差異之點。翻譯古文正是要存同化異，充分利用古文與現代文相同的因素，並把那些不合現代漢語語言習慣的東西加以正確處理，使之合乎現代文的規範。本文擬簡要地談談古文今譯的基本方法和一些基本要求。

一、 直譯與意譯

翻譯古文有兩種交叉進行的基本方法——直譯和意譯。它們各有所長，又各有所短，相輔相成，缺一不可。所謂直譯就是不改變原文的語法結構，逐詞逐句進行翻譯。例如：

司馬光《給子康書》："會數而禮勤，物薄而情厚。"

譯文：聚會頻繁而禮節周到，食物清淡可是感情深厚。

《史記·范雎蔡澤列傳》："爲我告魏王，急持魏齊頭來！"

譯文：替我告訴魏王，趕快提着魏齊的腦袋來！

上面二例分别屬於敘述句和祈使句，我們都加以直譯，既不打亂原來的語序，又不改變句中各詞的詞性，而是按照順序，一一對譯。直譯的優點在於能够較準確地表達原文的内容，並能較完整地保持原作的語言風格，不使文章因爲譯爲白話文而情趣頓减。

不過，直譯也有局限性。在翻譯古文的過程中，常常碰到無法直譯的句子。這時如果仍然采取逐詞對譯的辦法，那就會流於“硬譯”。例如，《國語·召公諫弭謗》：“其與能幾何?”有人譯“他的支持者能有多少呢”，貌似緊扣原文的直譯，實際上却是不合文意的硬譯。正確的譯法應是：“那能維持多久呢?”“與”字在句中當語氣助詞，不必譯出。不顧古今語言的差異，生搬硬套的直譯是必須避免的。能彌補直譯缺陷的是意譯。所謂意譯就是只求譯出原文的意思，而不受原文中詞的數量、詞的順序和語法關係的限制。

《左傳·曹劌論戰》：“小大之獄，雖不能察，必以情。”

譯文：大大小小的案件，雖然不能調查得一清二楚，但一定要拿出誠心來辦理。

這個句子中，“必以情”是一個省略了謂語的句子，在介詞結構“以情”的前面或後面省略了“斷之”或“聽之”，而且“情”字不當一般常見的意義“情况”“感情”講，因此只能意譯。有人譯爲“大大小小的案件，雖説不能够是非分明，一定得合情合理”。既然不能“是非分明”，又怎能“合情合理”呢?這樣的翻譯顯然有違原意。

意譯可以適當增删詞語。

《史記·張釋之馮唐列傳》：“嗟乎！吾獨不得廉頗、李牧時爲吾將，吾豈憂匈奴哉!”

譯文：天哪！我就是得不到廉頗、李牧這樣的人當我的將領，若是有了他們，我哪用擔心匈奴入侵啊!

上例因話説得急促而省略了條件分句“得之”或“苟得之”，只有補出才能使文意連貫。

意譯可以適當調整原來的語序。古漢語的一些語序是與現代漢語不同的，有的則在古漢語中就已有特殊性了。例如：

《國語·吴語》：“孤將有大志於齊。”

譯文：我將對齊國實施重大的計劃。

《淮南子·主術》：“夫疾風而波興，木茂而鳥集。”

譯文：風勢猛烈則波濤涌起，樹木繁茂則飛鳥翔集。

前一例的介詞結構“於齊”作補語，按現代漢語的習慣是放在動詞謂語之前作狀語。後一例則是爲了使句子有變化，以免凝滯呆板而把“風疾”倒裝爲“疾風”，與“木茂”的語法結構不再雷同了。翻譯古文遇到這類倒裝句都應變爲順裝。

二、 準確性與生動性

譯文準確，是對古文今譯的最基本的要求，無論直譯還是意譯，都必須忠實原作的意思。人們還要求譯作流暢自然，形象生動，富於文采，這其實是在準確性基礎上的更高要求。直譯和意譯都是爲了達到使譯文既準確又生動的目的，不過手段有所不同而已。準確性的問題，前文已稍有涉及，現在再作些補充。

要使譯文準確可靠，首先必須細讀原文，正確理解文意，然後才可着筆翻譯。

《左傳·宣公十一年》：“吾儕小人所謂取諸其懷而與之也。”

譯文：這就是我們小人所説的從他人懷裏拿了東西又還給他的道理呀。

晉代杜預注釋説："謂譬如取人物於其懷而還之，爲愈於不還也。"意思説，猶如拿了別人懷裏的東西，然後又送還他，這樣比不還好。但有人却不明文意，將"取諸其懷而與之"譯爲"從懷裏拿出來給他"。這就不準確了。

一篇佶屈聱牙、艱澀難讀的譯文很難準確有力地表達出原文的内容。因此，譯文應儘量做到文從字順、流轉如珠。前文我們介紹過的意譯有所增削、有所調整，目的就在這裏。

古人説話作文，往往妙語疊出、辭采紛披。即使闡述的是抽象的道理，或流露的是隱晦的感情，也會博引旁徵，調動各種修辭手段，借助於具體化、形象化的事物。如果譯作能忠實於原文，那麽距離形象性、生動性的要求也就不遠了。

賈誼《弔屈原賦》："彼尋常之汙瀆兮，豈容吞舟之魚！"

譯文：那十尺八尺的小水溝，哪容得了能吞船隻的大魚！

以"吞舟"形容巨魚，在修辭上屬誇張，而整句話又是一種暗喻，兩種修辭格現代漢語都有，只要照字面譯出，原文的修辭用法和效果就能保存如初了。

處理原文的修辭是否得當，對譯文的準確性、生動性影響頗大。

《論語·公冶長》："雖在縲絏之中，非其罪也。"

譯文：雖然（公冶長）他進了監獄，但這不是他的過錯。

以監獄對譯"縲絏"，是因爲現代漢語不再有以大繩索指代監獄的修辭用法，如將"縲絏"直譯爲大繩索反而失真。

文章要譯得允帖流暢，必須有不斷的知識積累和寫作實踐。然而，在各人現有的知識水準上，仍然可以努力把文章譯得更好一些，只要不與原文的思想内容、語言風格相衝突，譯文就可以多加錘煉，多選用文學色彩較濃的、表現力强的詞語。

《戰國策·唐雎不辱使命》："布衣之怒，亦免冠徒跣以頭搶地爾。"

譯文：老百姓發怒時，只不過丢掉帽子，甩開鞋子，拿腦袋撞地罷了。

本例的"免冠"，我們不譯作"脱下帽子"，也不以"光着脚板"來對譯"徒跣"，這是因爲"脱下""光着"的詞義較平淡，不够生動，未能突出秦王心目中老百姓的急躁相，也就體現不了原文嘲諷的口吻。

三、 嚴肅性與靈活性

古代的書面語是歷史的産物，翻譯古文只是使古人的思想内容换成一種新的表現形式，不同於文學創作或其他著述，因而不能抛開原文，信筆揮灑一通。古文中的一些詞語帶有明顯的時代特點，如人名、地名、職官名、器物名（隋珠、和氏璧）、哲學術語（氣、仁、陰陽）等都不好轉譯，一般只好不譯，照録到譯文裹，否則將會吃力不討好，造成不切原意的毛病。譬如，有的書將"愚公"譯成"傻大爺"，把"智叟"譯作"乖老頭子"，似乎比較風趣，但未必合理。翻譯古文還要注意人物所處的時代。如《唐雎不辱使命》寫的是唐雎折服秦王嬴政的故事，當時是戰國末期，嬴政尚未稱"始皇帝"。爲了符合歷史事實和避免誤解，原文中的"秦王"可譯爲"秦國國君"，不宜譯作"秦始皇"。

我們提倡堅持嚴肅認真的翻譯態度，有了這種態度，譯文的準確性、生動性才會有保障。然而，古文今譯又有很大的靈活性，有的句子既可以直譯，又可以意譯，原文中的修辭手法有時可以保留，有時又必須放棄，一切視具體情況而定，哪一種形式最能傳達出原文的思想，就采取哪一種形式，這就是所謂古文今譯的靈活性。

學會並熟練地運用古文今譯的基本方法，積累豐富的翻譯經驗，譯出準確、優美的文章，這一切都只有通過古文今譯的實踐來完成，因此，要多實踐，多練習，才能把古文譯好。

原載《刊授指導》1985 年第 8 期

博古通今　學以致用

——大學生學習古漢語之我見（提要）

四十年前，余光中先生撰有《哀中文之式微》，今天我們就有更强烈的感觸了。

劉逸生先生説過："白話文雖然已經盛行，却遠遠未能囊括世間的知識，既然中國文化絶大部分還藏在古書裏，古文就不能不懂，古書也就不能不讀。"①

以中文爲主修專業的大學生，確有必要學好古漢語。此處所謂古漢語，其實只是古代的書面語，也就是文言文。由於去古漸遠，我們對古代的瞭解不如對現代的瞭解來得真切，學習古代漢語困難重重。如何減輕學習的壓力，提高學習古漢語的效率，我想就自己耳目所及，結合前輩學者的經驗，談些粗淺的看法。

漢語古籍浩如煙海，戰國秦漢時代的古文已臻成熟，秦漢以後文法大多承襲前代。佳作妙文俯拾即是，一個人窮其一生，所能讀到的古籍終究有限，學習文言文最好能够選擇名著名篇範文，精讀熟誦。如古代的《昭明文選》《古文觀止》，現代王伯祥先生的《左傳讀本》《史記選》，吕叔湘先生的《筆記文選讀》等。例如，晚明張大

① 劉逸生：《讀古書》，劉逸生著：《藝林小札》，廣州：廣州出版社，1998 年，第 208 頁。

復《梅花草堂筆談》卷十《缺陷》："明月驅人，步不可止，因訪龔季弘，不相值。且歸，遇諸途。小憩月橋，水月下上，風瑟瑟行之，作平遠細皺，粼漣可念，二物適相遭，故未許相無也。人言'尋常一樣窗前月'，此三家村語，不知月之趣者。月無水，竹無風，酒無客，山無僧，畢竟缺陷。"此類小品，固宜含英咀華，反復吟誦。著名作家孫犁先生曾經特别强調《古文觀止》的優點，他身體力行，一直到晚年還堅持讀《古文觀止》。中山大學中文系本科生將古代漢語列爲必修課，修習一年，且要求學生背誦一百篇古文，還在二年級下學期組織朗誦比賽。

學習古漢語可適當選取一些出土文獻的材料，有助於提高學生的興趣，開闊學生的視野。出土文獻包羅萬象，其中有許多趣味盎然的材料，如出土文學文獻放馬灘秦簡的志怪故事、出土法律文獻睡虎地秦簡《秦律雜抄》和張家山漢簡《奏讞書》、出土兵學文獻銀雀山漢簡《將德》、出土方術文獻睡虎地秦簡《日書·詰咎》和馬王堆帛書《五十二病方》等。目前大多數古代漢語教材的文選僅限於傳世文獻，選録出土文獻的教材甚少，或者雖有選録，但所占比例亦不大。

漢代王充《論衡·謝短》篇説："夫知古不知今，謂之陸沉。……夫知今不知古，謂之盲瞽。"章太炎先生説過："今人思以白話易文言，陳義未嘗不新，然白話究竟能離去文言否？……以此知白話意義不全，有時仍不得不用文言也。……白話中藏古語甚多，如小學不通，白話如何能好？"① 現代漢語由古代漢語演化而來，學習古漢語應切合現代日常的語文實踐，讓學生在語言文字應用中領會古漢語的精妙之處。從日常生活所接觸到或從報章書刊所看到的語言作品中，有許多與古漢語表達習慣不吻合的實例。如臺灣媒體曾將

---

① 章太炎：《白話與文言之關係》，《文化建設》1935 年第 9 期，第 165—167 頁。

"自由經濟貿易區"簡稱爲"自經區",遠不及大陸地区稱爲"自貿區"。古代稱上吊自殺爲"自經"。屢見青年人述職結束時會道謝説"謝謝聆聽"、稱别人的父親爲"先父"、交碩士論文時説"老師,我的論文請您拜讀"。

1997年啓功先生爲北京師範大學撰寫的校訓:"學爲人師,行爲世範。"詮釋"師範"二字,用辭淺顯,内涵深刻。若能將首句"爲"字改成"作",避免同字重複使用,有"作"有"爲",對仗更工整,且變成"仄仄平平,平平仄仄",更有韻律感。

大學生要熱愛母語,博古通今,勤學苦練,學以致用,從吟詩作對,到書信日記,再到牌匾廣告,處處可見學習古漢語的重要性。大學生學習古漢語還可練習文言文寫作,提高實際文字功夫。周振甫(《怎樣學習古文》,中華書局,1992年)和張中行(《文言津逮》,北京出版社,2002年)等前輩學者對此都有很好的論述。

原爲"傳統語文學的教與學:關於中文主修學生古漢語知識與能力結構的研究"工作坊會議論文,香港教育大學,2016年11月26日。

翁萬達父母《壙志》校補

翁萬達爲有明一代名將，所撰《明累封資善大夫兵部尚書先君梅齋公暨贈夫人先許氏合葬壙志》（簡稱“《壙志》”）久佚，而今重見天日，經鄭智勇和彭妙豔兩位同志董理校注，於《澄海文史資料》第二輯刊表。校注探賾燭幽，類多精核。然智者千慮，或有未密。兹就愚見所及，附贅數語如次。

《壙志》云：“七月報至，不肖孤瀝血陳情，拜疏乞終制，未徹。北虜後寇畿甸，中外皇恐。”《注》⑪云：“未徹:《明史·翁萬達傳》、劉本《揭陽縣志·翁萬達傳》均作‘未達’，義同。”《注》⑫云：“北虜:抄文作‘聽虜’，今暫改。”其實，作“聽”本不誤，“不徹聽”爲一讀，“虜後寇畿甸”復爲一讀。“徹”指達，“聽”指聽受，“未徹聽”是皇上拒絶自己奏疏的意思，只是略顯委婉。前文既有“會北虜寇雲中”之語，此不必復稱“北虜”，後文言“會虜退”，亦不稱“北虜”。

《壙志》云：“言勒於兹,珉刻之方梓，大略可稽。”《注》⑩云：“珉刻之方梓，大概言地方已付刊刻印行。‘珉’，似玉之美石。”今按，該句當讀作“言勒於兹珉，刻之方梓，大略可稽”。翁萬達謂其父母平生行狀已刻在美石上，也雕鐫在書板上，大致可以查考。

《壙志》云：“萬山於我，而後陵谷變遷，仁人君子，見而與憐，助以抔土，申爲善者勸焉。”“萬山於我”不詞，不宜讀斷。“而後”二字當屬上，作“萬山於我而後，陵谷變遷……”

原載《澄海文史資料》第三輯

轎子上摔跤

——粵東鹽竈村遊神側記

正月二十日下午，隨着村子東頭“老爺宫”前一陣響亮的鞭炮聲，五乘轎子分别從不同的祠堂衝出，沿着招魂的“安路”狂奔，轎子旋即進入“老爺場”，“老爺場”頓時歡聲雷動……

潮汕人稱菩薩爲“老爺”。鹽竈是廣東澄海縣的一個小漁村，相傳宋代末年一位名叫劉布袋的人在此定居，親手開鑿的劉厝池如今尚在。古時候，某地漁民來鹽竈村觀看遊神，將鹽竈菩薩從轎子上拉進老爺場邊的池塘——海池洗冷水澡，是年該地魚蝦水産大豐收。此後，鄰村來鹽竈觀看遊神，都想拉菩薩下水，本村的人拼命護神，遊神變得既像摔跤，又像拔河。“鹽竈老爺——欠拖”的話也就流傳開去。

家有新喪或産育者不能參加遊神。遊神之前要洗澡，由老年人用石榴枝沾井水（俗稱“紅花水”）灑身。遊神者個個耳際簪着石榴花，赤裸上身，只着花短褲，腰紮紅綢帶。紅綢帶鮮豔奪目，寓吉祥喜慶之意，又能防止短褲往下掉。嘗有一個漁民出海歸來，遊神早已開始，他不等整容受洗就上轎摔跤，短褲缺乏防衛措施，竟被撕爛而不自知。

鹽竈遊神叫“走老爺”或“營老爺”，上轎摔跤的地方就是“老爺場”。老爺場寬千餘平方米，正月二十下午，場子中央早已人頭攢動，摩肩接踵，場子周圍的房頂上觀衆如雲，一些破舊房子的主人在輕聲慢語地懇求觀衆下來，生怕人們壓塌屋頂。

老爺轎比舊時的“八乘大轎”還大，也結實得多。十二個擡轎的青年都是牛高馬大，膂力方剛。每乘轎子從安路跑來，快進場子時，五條彪形大漢立刻爬上去，一人抱住轎子後端的竪木，稱“掠杕”（掌舵），指揮四人屏禦兩邊，迎接挑戰者。進了場，挑戰者紛紛涌向轎子，很多被擡轎的人蕩開，爬得上的就跟護轎者扭成一團，抱腰的，拽腿的，你推我搓，你拉我摁。常可看到有人從轎子上跌下來而在人頭上爬動的情形。據説，能拔到老爺鬚（菩薩鬍子）的人在新年裏將會大吉大利。在轎子上角逐中，要闖過護轎人的攔截而拔得老爺鬚頗不容易，能拔到的自然得意非凡。一乘轎子載着十幾名摔跤手，在人海中顛簸前進，一旦出了場子，非護轎者就必須趕快下轎，不然人家真會揍扁他的，這跟拔河由界綫定輸贏相似。接着，轎子又沿安路狂奔而去，等着第二輪進場。五乘轎子輪着來，一直鬧到天黑方罷。人們把轎子和菩薩擡去藏起，留待明年正月二十再鬧一番。

轎上的菩薩真不輕鬆，人們怕它們被搶走，用紅綢帶牢牢綁住。遊神完場，老爺的鬍子早已被拔得精光，下巴頦簡直像被挑了蛹的蜂窩一般。你説鹽竈老爺是哪些？它們是聖仁爺馬援、大王爺文天祥、二王爺雷萬春、三王爺高致雲、媽祖天后聖母。浄是歷史上替人民做過好事的人物，後來民間就加以神化，奉祀香火，頂禮膜拜了。

或曰：鹽竈走老爺是“野蠻的展覽”。帽子似乎大了一點。不錯，鹽竈遊神的迷信色彩頗濃。轎上角力也很激烈，嘗有人從轎上摔下來，當場昏了過去，送往老爺宫跪拜一番才悠悠醒轉。人們誤認是老爺顯靈，其實，昏迷的人被送往老爺宫時，七手八脚的搬弄起到了做人工呼吸的作用，一個壯小夥也就很快復蘇。遊神後的幾天内，村裏幾名老中醫的門檻都快被人踩爛了，求醫者都是那些撞傷的、挫傷的、拉傷的、跌傷的、香火燙傷的……説來奇怪，遊神創傷往往三劑兩劑即藥到病除。人們當初賽龍舟不也是含有迷信色彩嗎？現在龍舟照樣冲出亞洲，走向世界。據筆者耳目所及，遊神采取轎子上摔跤的武遊形式實屬鮮見。1953 年斯大林逝世的消息一傳來，發揚蹈厲的遊神戛然而止，人們原地静默片刻即緩緩散去。看來人們並未被封建迷信的狂熱衝昏頭腦。對遊神活動與其粗暴干涉，一律取締，倒不如因勢利導，合理利用。在健康的文體活動奇缺的鄉村，如果革除了封建迷信的東西，完善競賽規則，那麽，澄海縣鹽竈村“轎子上摔跤”將是賞心悦目的運動，它或許還能引起民俗學家的强烈興趣呢。

原載《民間文學》1987 年第 1 期

我寫《説鵝》·説鵝

我寫《説鵝》

大學一年級時，我寫了《説鵝》這篇習作。説明文旨在説明事物的特性，比方寫鵝，應力求表現出鵝有别於其他家禽的生理特徵、生活習性及其對人們生活的影響。要做到這一步，作者就要做生活的有心人，細觀察，勤思索，平時注意實踐知識的積累，動筆之前再作一番調查研究，核實寫作對象的特性。我生長在農村，格外喜歡經常喂養的獅頭鵝，對它瞭解較多。拿鵝聲來説吧，那是變化多端的：小鵝羽毛未豐，適應性差，受凉則啼聲凄清微弱，受熱則尖厲急叫，雄鵝聲音洪亮粗獷，母鵝則柔和婉轉……根據平素細心的體察，我對鵝聲著墨頗多。鵝雖是水禽，但是下蛋總要跑回自己的窩，奥秘何在呢？經過實踐，我知道鵝蛋很怕水，一個受過精的蛋，如果泡過水，就孵不出小鵝來。把這些特點寫出來，文章就有特色了。假若自己不熟悉某一事物，却要强作解人，硬塞給讀者，難以想象這樣的説明文會是一篇好文章。

在熟悉寫作對象、廣搜博取的基礎上，還得對頭緒紛繁的素材下些爬梳剔抉的功夫，不陷在材料堆裏無法自拔。例如，我國養鵝歷史悠久，至少在春秋戰國時期就已有文獻記載。歷代關於鵝的故事傳説不勝枚舉，騷人墨客的鵝詩鵝賦比比皆是。從鵝本身來看，鵝肉、鵝蛋是筵席上的佳餚，鵝蛋殼體潔白，畫家施以丹青，即能成爲精巧的工藝品，鵝毛早就被古人用來織衣製扇……可寫的材料委實太多了。因爲我根據自己的見聞，側重寫鵝尚未泯滅的野性，便圍繞這一點來剪裁材料，編織成文。

說明文有多種類型。我寫的是“逸事趣聞”，講究知識性和趣味性，内容要新，形式要活。寫此文時，我從電視紀録片《動物世界》的解説詞中受到啓發。它亦莊亦諧，妙語如珠，往往調動比喻、比擬、誇張、通感等修辭手段，把人類社會同動物世界巧妙地聯結起來，講的雖是深奥的生物學知識，語言却新鮮活潑、形象生動，使觀衆既學到了科學知識，又享受了藝術的樂趣。我寫《説鵝》，也在語言形式的加工上作了一些努力，但效果如何却很難説了。

説鵝

我的故鄉廣東澄海縣盛産獅頭鵝，家家户户都養着大小不等的一群。我家養鵝差不多有二十多年歷史了，我從小就幫着家裏放牧，聽長輩們講鵝的故事，知道一些有關鵝的逸事趣聞，很願意給大家説説。

獅頭鵝是聞名全國的優良鵝種，我們那裏最大的可以長到三十斤，活像一隻立着桅杆的航船。背部的羽毛爲灰色，腹部則是白色，也有渾身上下白得像個雪球似的。跟所有的鵝一樣，獅頭鵝前額有黑褐色肉質突起，公鵝較母鵝高。但它還有自己特殊的標志：頭大眼小，齶下有扁平的肌肉下垂；公鵝臉上還點綴着許多灰色小肉瘤，並隨年歲增加而長大。看它們那雄美健壯的樣子，人們很容易聯繫起百獸之王——獅子，所以給它取了個“獅頭”的美名。鵝脚有蹼，黑色或橙紅色。公鵝叫聲粗獷洪亮，母鵝則柔和婉轉。

據説，鵝跟雁是同宗，自從它被人們馴化後，便從野雁變成了家禽。人們養鵝已經有很長的歷史了，而鵝至今却還保存着一些“野性”，明顯地區别於性情温順的鴨子。我們有時會發現，四野一片寧静，鵝群却突然發生騷動，紛紛伸長脖子聒噪起來。原來是空中傳來雁群的鳴叫，那熟識的呼聲引起了鵝的共鳴，也許還唤起它們對早已逝去的自由生活的回憶哩！雁有“頭雁”，群雁高飛頭雁領。鵝也有“頭鵝”，群鵝遊行它總是作前導，昂首引吭高叫。

鵝雖然成了受人豢養的家禽，但喜愛遊玩的性格並未改變。平常，養鵝人每天都要趕着鵝到野外去放牧，即使遇上颳風下雨的惡劣天氣，養鵝人也要把鵝群放出來，讓它們在空闊的場地溜達或在魚塘遊戲。如果一天到晚老是把鵝圈在鵝欄裏，鵝就會大聲叫鬧，仿佛在抗議示威。而當養鵝人把鵝群從欄裏放出來時，所有的鵝就都喜形於色，一齊展翼撲棱，疾走如飛，像平地颳起了一陣旋風，蔚爲壯觀。

鵝在野生時的勇敢性格也一直保留下來。它毫不怕人，當你走近時，它會伸長脖子，撲打雙翼奔到你跟前，用扁而闊的鋸齒般的嘴撕破你的衣服。如果你企圖趕走它，它反而更起勁地咬你的手脚。我小時候喜歡逗鵝玩，有幾次還給咬哭了哩。因此，連狗、牛都怕鵝三分。鵝又很警覺，一聽到聲響，便立刻高聲噪叫，有人就把它當狗一樣使用，分派它守門口。鵝寮可以夜不閉户，養鵝人只管放心睡覺好了，小偷是不敢光顧的。等到拂曉，鵝就引吭高歌，其聲音之洪亮，數里可聞。

鵝的睡態很美，像白鶴一樣，單足立地，另一隻脚縮起緊貼腹部，頭轉伏於背上，眼微閉，嘴插進翼毛裏，偶爾發出一聲低吟。它能這樣睡好長時間，直至醒來。那悠閒自在、安然文静的神態跟它勇敢的性格相映成趣。

鵝屬水鳥，很愛清潔，天天都要洗澡，用嘴把身上的羽毛洗刷得光潔耀目。我們看到鵝寮常設在溪旁塘邊正是這個道理。鵝雖不會飛，却是游泳能手，能遠游，能在水裏打滚翻筋斗，彼此對咬，下潛良久，嬉戲動作豐富多彩，是頗堪娱目的。歷史悠久的潮州音樂有一首膾炙人口的樂曲《雙咬鵝》，廣東省 1979 年攝影展覽中，有一幅榮膺一等獎的照片《群鵝戲水圖》，就都以鵝爲題材，形象生動地再現了鵝在水中嬉戲的有趣情景。

鵝是卵生動物，同其他水鳥一樣在水中交配。鴨子在水裏下蛋，鵝則在岸上下蛋。有時一群鵝在路上行走或在水中游蕩，忽見其中一兩隻離開鵝群匆匆往回走，這便是母鵝要回鵝寮下蛋了。養鵝人也不理睬，只管讓它們自己走回去。

母鵝在每年秋收前後開始下蛋，獅頭鵝的蛋比一般鵝蛋大，平均每個有四兩重。母鵝産蛋年可四道，每道生十三四個蛋後，就開始抱窩。在孵蛋的四個星期中，母鵝除喝水外，再不吃其他東西，單靠消耗體内養分維持。等到小鵝出殼，母鵝就餓得連走路都摇摇晃晃，有的體重甚至減輕了一半。在繁殖優良品種方面，母鵝真是勞苦功高呵。

附：

一點説明

陳偉武同學現在是中山大學中文系漢語史專業的研究生。1980 年當他還是本科生一年級學生時就寫了《説鵝》這篇知識小品。文章中心明確，材料取捨得當，説明層次清楚，既富於趣味性，行文也清新活潑。這次發表這篇習作時，請他寫了一篇短文，談談自己的寫作體會。相信這樣現身説法，會對大家有所幫助。

蕭德明

一九八四年十一月

原載《刊授指導》1985 年第 1 期

脱口臭

吹——漢語之美

大家好！

2018 年 12 月 28 日，我第一次登臺參加中文系迎新晚會，表演了順口溜：《吹——老師之愛》。去年，我又報名準備了節目：《吹——漢語之美》。可是，12 月中旬我到北京參加“教育部‘長江學者’特聘教授培訓班”一個星期，不能請假。20 日結業的當天，恰好是我們中文系的迎新晚會，我乘坐飛機回到廣州已是深夜兩點多，中文堂早就曲終人散。我當然很失望。更悲涼的是，還得餓着肚子等待參加第二天學校的例行體檢。今天終於能够如願表演節目，明年若再來一個《吹——漢字之美》，就成了“吹”字三部曲了。節目是我自己創作的，屬於中山大學中國語言文學，不是“凡爾賽文學”。

1979 年我 17 歲考上了中山大學中文系，才開始學普通話，有時詞不達意，還要借助紙筆與同學交流。幾十年過去了，自己的普通話依然講不好，潮州腔的普通話叫作“潮普”，朋友老取笑我，也是“嘲普”，嘲笑我們潮州腔的普通話。今晚的節目不管怎麽説，肯定説不好，於是就叫“脱口——臭”！

漢語歷史悠久，源遠流長。中國是聯合國常任理事國，漢語是當今聯合國總部的工作語言之一。漢語，可以在中國大地上說，也可以在美國紐約聯合國總部說。漢語，楊利偉可以乘着“神州五號”飛船說，那可是距離地球300多公里的太空上；全海深載人潛水器“奮鬥者號”上的科學家也可以在10909米深的馬里亞納海溝裏說——這時說的悄悄話最保險。我們中文系的吳承學、彭玉平、張海鷗等教授可以唱出時代的最强音，用漢語寫成大塊文章，可以寫成優美的詩詞歌賦，我也可以用市井小民的俚俗語言在舞臺上插科打諢。中文系裏能寫詩的老師不少，男詩人可叫作“騷人”，女詩人不合適，怕引起誤會。

好，表演就要開始了。漢語如詩如畫如夢，漢語真美，要學好也不容易。無論古今，學者文人喜歡給自己取個書齋名，但有的書齋名並不好聽，如清代有“抱殘守缺齋”“待死齋”，現代有“兔廬”之類，也不大好聽。

我給研究生上課，講得口乾舌燥，聲音嘶啞，學生關心我說：“老師，您先喝口水吧。”我說：“叫我喝茶還差不多，口水怎麼能喝呢?”人們說，“開心就好”，心臟病做手術也叫作“開心”。話是不能隨便説的。“話”與“語”是同義詞，但“鳥話”就不好說，要說成“鳥語”，“鳥語花香”“花香鳥語”都好。臺灣大學教授徐富昌，用廣州話念不好，用普通話讀就是了。再如“一路順風”“一路走好”“英年早逝”“全集”等在使用時都值得注意。

好，表演開始了。

系主任彭玉平顏值高，學生私底下稱爲“玉人”“玉郎”。《西廂記》說：“拂牆花影動，疑是玉人來。”玉平兄說：“酒喝多了，就扶牆。”

1. 水生

90年代中山大學的黨委書記是黃水生同志。我曾經問過現任的陳春聲書記，大學機構不能隨便以個人命名，中大爲什麼還有“水生經濟動物研究所”呢？他曉得我是明知故問，只莞爾一笑而已。學術研究有時很無聊，魚鱉蝦蟹之類不叫，却偏偏要叫成“水生經濟動物”，還不是因爲可以賣錢。

2. 雷州人

我有一位學生是廣東湛江人，是廣州某大學教授。湛江自古稱“雷州”，簡稱“雷”。學生要我爲他的博士論文寫序，序言開頭第一句是：“某某某，雷人也。”書出來時，學生告訴我說：“老師，編輯在您的序言加了一個字，作‘某某某，雷州人也’。”加了個“州”字當然周到，不過趣味就少啦。

3. 山洞裏的茶

舞劍有劍道，寫字有書道，聞香有香道，喝茶有茶道，種茶還有“地道”。

2009 年暑假，中國文字學會年會在武夷山召開，會後旅遊，一百多人被旅遊車接到一個大商場，聽導購小姐推銷茶葉，她講完後我大聲問道：“小妹，武夷山大紅袍是種在山上呢，還是種在山洞裏？”她說：“當然是種在山上的。”我說：“不對，你剛才反復說你們賣的是‘地道’的大紅袍，肯定是種在山洞裏的。”

4. 題字

有一次，暑假回家鄉汕頭探親，我侄子陳慎思邀我到他一位莊姓朋友的公司參觀，誰知到了之後，在接待室擺好了文房四寶，要我題辭留念。我問：“公司生産什麼的？”莊老闆說：“生産文胸，遠銷意大利，意大利的文胸有五分之一是我們生産的。”（看來這老闆是真的，不是裝的。）於是，我欣然題了四個大字：“胸懷天下。”

5. 小瓷小杯

2008 年在美國芝加哥大學開會，剛好碰上萬聖節，晚宴上許多朋友喝白酒，我只喝啤酒。有喝白酒的朋友似乎看不起喝啤酒的，我回敬說：“你們喝白酒是小瓷（慈）小杯（悲），我們喝啤酒才是大瓷（慈）大杯（悲）!”

6. 尿尿

從1998年調回中文系至今，我不間斷地開了22年的選修課，叫作“出土文獻學概論”，原來就是受到一門學問的啓發。普普通通的拉尿問題學問可大着哪，專門研究尿頻尿急尿痛尿蛋白尿等待尿不盡尿不出尿不濕……這種學問叫作“尿流動力學”。

7. 周公

周朝天下八百年，周文王姓姬名昌，周武王姓姬名發。周公就是周武王的弟弟。以前臺灣大學中文系周鳳五教授很喜歡人家叫他“周公”，1998年5月我到臺北參加紀念甲骨文發現一百周年研討會，有一天，在南港的晚宴上，周先生喝了一口酒，又故意吐回酒杯裏，讓人聯想到“周公吐哺，天下歸心”。我說：“周公不好當啊。”周先生問：“爲什麽?”我說：“周公姓姬名旦，名叫雞蛋太普通了。”知道周先生喜歡鬧酒的風格，我也儘量配合他。初次見面，周先生對我們介紹他的夫人説：“這是内人林素清教授。我是外人。”我開玩笑説：“叫外人不好，《史記》《漢書》裏就有‘丁外人’。”席間他還對其他臺灣朋友介紹我説：“這是内地學者中山大學的陳某某。”我回答説：“周先生不能稱我爲‘内弟學者’，林素清教授不是我的姐姐。”周先生還説：“學問好的人就很精瘦，如在座的裘錫圭先生。”我接着説：“難怪天下那麽多人愛減肥，原來大家都在追求學問啊。”

8. 孔子

2003年“非典”之後，大家知道野生的動物不能隨便吃。一般的野生食品藥品，往往品質要好過人工種的、人工養的。春秋時代的孔子成了萬世師表，“天不生仲尼，萬古如長夜”。千年古室，一燭即明。孔子是他父母不合禮法野合生的，名副其實的“野生”，品質最好。

吹牛吹水吹海螺，今天我的表演用口水吹完漢語之美，最好吹一聲海螺就結束了。

雜詠之什

中大北門觀賽龍舟

（1986 年 6 月）

初晴天又雨，
江滿白雲低。
驤首群龍舞，
凱風送鼓鼙。

過嚴子陵釣臺

（1987 年 8 月）

白水青山次第開，
長林豐草隱亭臺。
悠然嚴子投香餌，
釣得時人接踵來。

謁鶴山雙郁亭

（1987 年 8 月）

鶴山桃李兩三株，
午雨初晴色漸姝。
雙郁亭前徒躑躅，
濕衣江霧潤如酥。

原載《詩詞》1988 年第 18 期

暑期還鄉代長兄偉文小店賣書

(1987 年 8 月)

夏雨淋漓漱石除，
鄉鄰舉傘競相呼。
米魚鄉里開新業，
老爺場邊賣舊書。①

① 正月遊神賽會之所，俗稱老爺場。

賀李章飛學長得子

(1987 年 9 月)

虎囝臨凡不爽期，
椿萱甘苦幾時知?
床頭便轉丹青手，②
黄口嗷嗷即是詩。

② 便轉，唐人語，溲遺也。

深圳大學蓬萊客舍望海

(1988 年 8 月)

潮飽風停不起瀾，
千鷗漫卧逐流歡。
排軒俯視茫茫碧，
驟覺心怡天地寬。

原載《詩詞》1988 年第 18 期

讀新編《鹽竈鄉志》

（1988 年 9 月）

布袋池塘八百年，
泥爐煮海但餘煙。
蓮峰濯雨猶春色，
白浪吞雲變稻田。
唐宋衣冠承襲久，
美歐風氣浸濡先。
熔今爍古開新竈，
來日海隅尤有天。

原載《詩詞》1988 年第 6 期

暮泊澳山下

（1989 年 7 月）

海沙如粲映銀輝，
茶罷頤香笑語稀。
碧浪白鷗渾不見，
夢中猶道石斑肥。

原載《詩詞》1989 年第 3 期

遊大連小平島

（1989 年 8 月）

遊客稀疏處，
蓬萊島外天。
三山浮入海，
午後起雲煙。

重陽香山遊

（1989 年 10 月）

黄櫨素裹襯紅顔，
鞶蹩成妍雪霰間。
遠客蕭郎終有意，
緣君甲第在香山。

赴北大校勘清代鼓詞《封神榜》

（1989 年 10 月）

風摇銀杏歲將闌，
南雁北飛休覺寒。
我樂雕蟲終不悔，
曾窺宋槧與元刊。

原載《詩詞》1989 年第 3 期

秋興

（1992 年 9 月）

淡淡秋山入眼奇，
楓林如醉炫嬌姿。
趁時螻蟻營新穴，
禹步書生誦杜詩。
天道冥冥猶可究，
人情察察最難期。
長風破浪何時有，
堪笑吾愚白也癡。

原載《詩詞》1992 年第 1 期

梁守中先生余月圓女士晏爾誌慶

（1993 年 5 月）

其一

月圓輝潤守中梁，
細語西窗夜未央。
東屋雄雞知趣否？
聲聲容易擾鴛鴦。

其二

梁公年少繪神仙，
筆下巉岩不可攀。
求畫朋儕情意切，
恨伊燕爾未能閒。

讀兵書隨感

（1994 年 2 月）

青燈寒夜伴孫吳，
朱墨迷蒙如血污。
三略無非誅鬼陣，
六韜總是破城圖。
可憐敗將多俊傑，
輕歎兵家亦屠夫。
學劍無成何足懼，
扁舟夢裏泛江湖。

妻女户口入城戲題

（1994 年 9 月）

時見塵沙舞碧空，
寒蛩斷續唱秋風。
老妻本是鄉間子，
蛇女何妨下中農。
有幸晉身無產者，
療飢作計蠹書蟲。
I Q 叵奈屬三等，
只配學文非理工。

梅關遊

（1995 年 3 月）

梅嶺尋梅花半含，
雄關攬古意癡耽。
中原北望雲山邈，
雁陣聲寒南復南。

詠丹霞山陽元石

（1995 年 5 月）

陽元石祖振雄風，
求子女男齊折躬，
莫道此君無掩飾，
錦袍一襲是蒼穹。

海南行二首

（1995 年 10 月）

火山口

百萬年前血口羶，
衝天一吼衆生殘。
焦岩猶淚聽泉滴，
死虎搔鬚膽亦寒。

紅樹林

莽蒼遮白浪，
紅樹詫非紅。
鷗鷺身姿俏，
蟛蜞行色匆。
繫舟尋古意，
緣木有遺風。
奮臂舒吭吼，
無心起蟄龍。

春播

（1996 年 2 月）

無勞布穀引吭鳴，
撥弄泥漿童齔情。
情種自茲翻綠浪，
稻香將待賽龍聲。

北行吟草四首

（1996 年 12 月）

遊僞皇宮

未必皇兒勝布衣，
忍將華夏賣東夷。
龍床反側祈神佑，

留得污名入我詩。

長春賞雪

寶馬奔馳競雅流，
行人觳觫避街頭。
今朝喜見彌天雪，
遮却凡間幾許羞。

購書

闊別京師又七年，
忍飢走巷苦衣單。
癡迷堪笑師兄弟，
書肆周遊屢賠錢。

京華街景

北風萬里過皇城，
獵獵酒旗歌舞聲。
忽見摩天樓下客，
凄凄丐討影煢煢。

牛年春日憶少時牧牛

（1997 年 2 月）

書蟲疇昔是牛郎，
友鶴妻梅性亦狂。
箕踞墳頭争博弈，

高攀樹上捉迷藏。
泥鰍燉艾祛風劑，
松子煮泉清補湯。
廿載浮塵香漸杳，
凡心障眼斂鋒芒。

參觀鄭成功總兵府

（1997 年 2 月）

雄鎮關前深澳灣，
艨艟雲集捲狂瀾。
從茲揮劍玉山去，
橫掃紅夷歌凱還。

遊南澳宋井

（1997 年 3 月）

宋室江山幾陷空，
東南水裔困真龍。
臨安夢斷笙歌杳，
南澳魂飛血淚紅。
汩汩甘泉消近渴，
茫茫碧海竟途窮。
千年古井明如鏡，
依舊濤聲振瞽聾。

詠廬山

（1997 年 7 月）

飛瀑天池倚險峰，
淡雲薄霧碧葱蘢。
朱熹鹿洞傳儒典，
慧遠東林撞梵鐘。
寂寂王侯痕迹渺，
熙熙黎庶市廛隆。
江環湖抱清幽谷，
常憶當年虎嘯風。

秋深隨經法師晨登峨眉

（1998 年 11 月）

冲天健翮赴川西，
秋色斑闌上客衣。
泉鬧梵鐘騰逸響，
雲横金頂鎖天梯。
心虔緣淺佛光杳，
霜重山深星斗稀。
遮路靈猴共留影，
纜車攬我覽千奇。

原載《詩詞》2000 年第 21 期

山居

（1999 年 8 月）

吐露港邊水接天，
村居逸爽半成仙。
沙田街市人如鯽，
大埔池塘鷺若蓮。
采藥閒尋蛇舌草，
觀潮偶見小飛鳶。
讀書識字糊塗死，
掩卷稍休夢逝川。

吐露港畔會友樓上聽鳥語

（1999 年 8 月）

海畔松林築彼家，
高枝豪興噪昏鴉。
排軒放眼群山碧，
數片歸舟載晚霞。

戲作

（1999 年 9 月）

姜伯勤教授嘗旅居吐露港畔會友樓三月，余今亦寄寓焉。近期姜先生來港講學，今晚北京大學教授唐曉峰沈建華伉儷於沙田酒家設宴餞行，武叨陪末席。宴畢同返會友樓旅舍，以工夫茶相待。適風雨大作，雨霽送客後戲作此小詩。

飛廉偶爾露形容，
作雨興雲威幾重。
凋謝尤憐逐花葉，
升騰且喜化魚龍。
淺斟濃淡鋸朵仔，
高論古今姜太公。[①]
瘦月趁晴羞送客，
聚難散易自來同。

① 選堂饒宗頤先生每稱姜先生爲姜公。余嘗笑而敬告饒公，潮語“姜公”與“聖人”類似，均由“偶像”義轉爲詈詞。

香江買藤馬

（1999 年 10 月）

揮金買馬馬鞍山，
牽惹旁人笑笑看。
白髮選翁飛騎上，
童心馳驟樂開顔。[②]

② 香江買可搖藤馬一具，擬贈表侄陳納新，選堂饒公見而喜之，飛身作馳驟狀。

隨雪齋張光裕教授遊高雄旗津

（1999年10月）

輕舟破浪下旗津，
煙樹龍幡映日新。
醉裏猶論今古字，
口乾呼取熱茶頻。

憶鷓鴣聲

（2000年2月）

中山大學鷓鴣鳴處有二，一馬岡頂，一簕竹園。園爲沚齋先生手辟，歷十數載，茂林修竹，飛鳥游魚，勝概也，武每訪學其間。去歲先生喬遷，園側新設市廛，塵氛囂擾，淺人伐木，鷓鴣遠遁，園蕪，武傷之。

幽篁翠柏鷓鴣喧，
夾徑芝蘭自在妍。
猶記敲棋求字日，
觀魚俯仰問長天。

原載《詩詞》2001年第6期

初上黄山

（2000年8月）

咫尺近天都，
煙雲捲復舒。

杖藜猶慄慄，
揮汗自吁吁。
石上棋三局，
松間茶一壺。
願拋諸擾擾，
此際結茅廬。

辛巳清明

（2001年4月）

凄凄芳草雨彌天，
挈婦將雛行路邅。
佇立怔怔追舊夢，
低徊惘惘隔重泉。
移栽翠柏攔風煞，
焚化新書作紙錢。
我欲招魂陰霧密，
子規聲咽淚漣漣。

遊香港中文大學詩三首

（2001年8月）

詠吐露港畔孔子像

泠然萬里下南溟，
衣褐扶笻見赤誠。

忠恕有心匡社稷，
王侯每每誤蒼生。

填海

潮消潮漲白鷗忙，
犁浪興風畫舫翔。
叵奈禹民堙美港，
殷勤精衛亦荒唐。

文物館觀畫

空谷幽蘭鐵骨香，
草蟲緣附獨彷徨。
嶙峋山石饒天趣，
道在悠然不顯揚。

采藥

（2001 年 9 月）

秋風過海入蒼山，
俯仰溪泉竹石間。
百草苦辛親咀嚥，
擷歸梓里解慈顏。

黄坤尧教授宴客沙田敦煌酒家

（2001 年 9 月）

敦煌獵獵酒旗風，
陳釀葡萄醉裏紅。
不見烽臺刁斗月，
何來羌笛暮秋蛩。
論詩博弈几筵上，
懷古戍邊迴夢中。
海量堪誇文教授，[①]
舉杯頻敬老詞翁。

① 文幸福先生，臺灣師範大學國文系教授。

初宿赤泥坪

（2002 年 3 月）

杜鵑花發杜鵑啼，
犬吠雞鳴美夢稀。
起坐憑欄邀曙色，
清風攜霧濕繒衣。

遊武夷山水簾洞

（2002 年 9 月）

山雨婆娑緑濕枝，
珠簾飛掛漲秋池。

三賢祠側論今古，
理學活源唯在斯。

武夷天遊峰一遊

（2002 年 9 月）

手足並施人類猿，
登臨千仞喜高攀。
一樽清茗松前弈，
不枉新晴入碧山。

遊九曲溪

（2002 年 9 月）

我本漁家子，
權充嶺上人。
浮槎嗟綠水，
擊節喚童真。
九曲溪如練，
一聲吼震雲。
篙移殊景色，
舵手笑顏親。

隨符啓訓闔家遊三亞南山

（2003 年 2 月）

南山禪寺梵鐘鳴，
春暖來朝心自誠。
採豆狙公緣古木，[①]
追魚小女戲沙汀。
白鷗俯仰渾無意，
老友窮通總盛情。
渴飲鮮椰飢啖餅，
浪遊終日早忘形。

① 南山下有酸豆樹二百餘歲，承主人恩允，啓訓兄同余如猱升木，採豆留念。

癸未天行

（2003 年 3 月）

瘴霧沉沉鎖海天，
路人掩鼻意難安。
松前無賴翻靈素，
漫向岐黄乞妙丹。

赴宴沙田敦豪酒家[②]

（2003 年 3 月）

瓊漿珍茗素飧餐，
詩興將闌酒力殫。

② 沚齋夫子偕麥蒔耘、吕永光二兄蒞港，黄坤堯先生宴請於沙田敦豪酒家，武叨陪末座。

聽倦東枝鳴衆鳥，
笑人長夜入眠難。

隨張雪齋先生觀摩新出越王州句劍

（2003 年 4 月）

泥爐烈焰鑄精銅，
血雨腥風浴玉龍。
吳越爭鋒煙霧盡，
州句篆字餘鳥蟲。

九華山紀遊

（2003 年 8 月）

梵林仙境舊嘗誇，
遂願今朝上九華。
雄視長江雲障眼，
静窺黄嶽霧生花。
村姑松下烹春韭，
老衲庭前種水瓜。
暑氣漸隨鐘鼓杳，
且留佛性問新茶。

隨桂園先生赴會荆門

（2003 年 10 月）

鐵龍款款過荆門，
郭店簡書相與論。
漫步江湄霜露重，
夜闌翻覺話題繁。

隨經法師遊銀川沙湖

（2004 年 6 月）

瀚海平湖水接天，
白雲緑葦若相憐。
鳶飛魚躍輕舟過，
只道置身南海邊。

乙酉盛夏重上武夷天遊峰

（2005 年 8 月）

暇日遠行堪解憂，
肩輿奉母到天遊。
蛙鳴峽谷情偏怯，
蟬噪崇林勢正遒。
山色蒼茫幾亂眼，
清風瀟灑亦迴頭。

此生寒弱無他用，
甘爲高堂作馬牛。

隨經法師和韋戈先生客寓華南師大粵海酒店

（2005 年 12 月）

且借五山爲客廬，
煮茶粵海論工夫。
説文問字平安夜，
聖誕老翁入夢無？

乙酉歲闌新會旅次口占二首

（2006 年 1 月）

讀《水雲軒集》有感

情茂才高惹劇憐，
貫珠漱玉水雲軒。
海鷗非是池中物，
健翮翱翔天地間。

憶水雲軒飲茶奉和海鷗教授

品茶初造水雲軒，
古韻新風並愛憐。
酒後尤知春茗妙，
張生詩興半醺間。

附張海鷗先生和詩《答偉武兄用原韻》

會心人惜水雲軒，
傾蓋書生意氣憐。
解道池中今古事，
莊生夢幻有無間。

北戴河海濱戲水

（2006 年 8 月）

午休酣足夢依依，
海闊潮消日漸西。
片片遠帆同白鷺，
叢叢近樹炫紅衣。
游魚似曉人非客，
飛鳥何知沙絶泥。
擊浪中流猶憶舊，
浮沈俯仰自情迷。

澄海樓

（2006 年 8 月）

蒼龍水出老龍頭，
澄海人登澄海樓。
蓬島仙翁今可在？

煙波萬里最銷愁。

山海關

（2006 年 8 月）

夢裏幽奇處處尋，
雄關千古喜登臨。
青青今日城頭草，
未解牆磚恩怨深。

赴臺北文字與書道研討會

（2006 年 10 月）

插翅東南飛亦遥，
近觀臺北捲紅潮。
漢文繁簡尋常事，
統獨緑藍喧未消。

工夫茶

（2006 年 10 月）

師友二三閒品茶，
且譚篆隸共桑麻。
溲遺夜半風偏冷，

可笑工夫未到家。

重上九華山

（2008 年 4 月）

戊子清明後五日，余隨經法師遊九華山，忽憶沚齋夫子法號志豆，乃廿餘年前遊此所得，而去歲夫子有佛國之旅，正所謂志豆得豆，禮佛成佛者也。

九華春色醉鳴禽，
禪寺陸離依緑陰。
遥想當年田志豆，
老僧賜號福緣深。

夜宿南沙高爾夫球會

（2008 年 6 月）

緑波千頃色空濛，
一夜村居效老農。
細雨婆娑渾不覺，
煮茶論學興偏濃。

戲題王見教授《望眼欲穿圖》

（2008 年 10 月）

本是天邊雁，
幽棲若奈何。
非回須鶴侶，
飲啄復高歌。

長白行

（2008 年 10 月）

長白山長白，
今朝越險巒。
天池興浪碧，
雪嶺覺風寒。
變態留芳影，
忘情歎大觀。
導師頻促返，
何日再盤桓？

芝加哥簡帛論壇紀行

（2008 年 11 月）

白雲舒捲喜相隨，
二萬行程一日飛。

契闊寒暄頻致意，
新知故雨盡傾卮。
街頭選戰由他急，
席上簡書容我吹。
閒覽大湖波澹澹，
朔風輕暖送人歸。

葉玉英博士宴客厦門鷺江賓館[①]

（2008 年 11 月）

初冬鷺島暖氤氳，
勝景珍羞酒數斤。
望海名樓依舊在，
漁燈新月伴人醺。

① 偕詹鄞鑫李國英林志强諸友人赴飲。

磨牙

（2009 年 5 月）

花蓮夜色美如花，
默默街燈對鼓蛙。
無奈釗哥宵遁去，
山君可恨愛磨牙。

自嘲，步唐友波先生原韻奉和

（2010 年 2 月）

爆竹聲聲舊歲除，
東風何日過屠蘇？
有心面壁耽書册，
無膽貪杯向酒酤。
早別青春真飯桶，
頻生白髮老於菟。
趁時耕耨知勤勉，
樂見繁英千萬株。

附唐友波先生詩《欣悉偉武吾兄庚寅歲逢本命，再步原韻以賀》

春元順次序屠蘇，
日月如梭歲歲除。
白髮而今如是至，
方知英武兆於菟。
崇山廣野充常步，
玉露煙霞作小酤。
入世才來書肆過，
遥看李樹萬千株。

立夏歎茶

（2010 年 5 月）

樓外蓮香未著花，
明前龍井試鮮茶。
鼎湖且煮三番熟，
無賴更深數鼓蛙。

虎年得孿生犬子感賦

（2010 年 8 月）

嗜茗成癡道不孤，
天公賞我二茶壺。
歌啼疑是知更鳥，
便溺權當傲雪圖。
今日赤身窮小子，
來兹白領好兒夫。
但祈昆仲皆康健，
莫論媸妍鄙與都。

頌沚齋先生七十榮壽

（2011 年 12 月）

西翠園邊不老松，
容商沾溉有高風。

雄才詞賦文精絶，
博學釋儒道貫融。
長葆詩心憐物我，
每揮椽筆走蛇龍。
吾儕喜介沚公壽，
醉卧莫辭傾萬鍾。

龍年元日戲作

（2012年1月）

今歲壬辰好妊娠，
龍孫龍子競尋親。
來年嫁娶寬心待，
熟女餘男切莫嗔。

五十自壽

（2012年8月）

彈指一揮五十秋，
平心瘦虎復何求。
孝慈偶作老萊戲，
娱稚時充孺子牛。

五十初度暨徙居客村周年有感

（2012 年 8 月）

自古悲秋多寂寥，
人生五十不爲夭。
危樓屋漏知風雨，
殘夜夢迴忘晏朝。
繞膝孿兒啼切切，
倚門老母望迢迢。
郙居時可聞雞犬，
閒炙魚蝦酒一瓢。

學書

（2012 年 10 月）

少時多怠惰，
五十老糊塗。
搦管心如戰，
臨几汗若珠。
稍關黄米蔡，
何涉柳顔蘇？
人比黄花瘦，
書痕賽墨豬。

赴美過香江訪陳致兄

（2013 年 8 月）

西貢灣前檣若林，
臨風對酌喜盈襟。
老夫本是漁家子，
借宿良宵感荷深。

附陳致兄和詩

偉武兄過我，翌日同赴達慕思大學，參加清華簡國際會議。乃小酌西貢，晤語盡歡。勝友相對，快意何如？偉武兄復以詩柬見遺，乃步元玉，奉和如左：

汲古同居翰墨林，
好風颯遝掃塵襟。
明朝便卜雲程去，
簡帛蟲魚探淺深。

陳致教授於美國驅車超速遇警

（2013 年 8 月 30 日於美國達慕思大學）

賃得鐵龍登古原，
天昏馳驟急揮鞭。
一聲警笛遮前路，

猶喜斯君未罰錢。

附陳致教授和詩

擘車與偉武兄自波士頓共赴達慕思大學，夤夜驅馳，不覺超速。爲美警所攔。知我二人急於赴會，乃略申誡語，未予罰單。

夤夜驅車越坰原，
相從笑傲著先鞭。
泰西交警誡佳士，
只問緣由不認錢。

偕雪齋少剛志華永秉諸師友茗敘達慕思大學客舍

（2013 年 9 月 30 日）

美人美酒兩無緣，
新茗鮮烹笑語歡。
雪丈劉郎多妙謔，
排軒驚覺夜闌干。

《愈愚齋磨牙集》編後有感

（2013 年 9 月）

皤然回首歎蹉跎，

亦有傷悲亦可哥。
訪友尋師非放浪，
咬文嚼字費摩挲。
楚綠秦簡參同異，
吉語詈詞探少多。
一葦飄摇餘短楫，
茫茫學海欲如何？

奉謝沚齋先生賜題愈愚齋匾額

（2014年1月）

中心雄萬變，
健筆引千鈞。
熠熠懸寒壁，
醫愚誡子孫。

賀曾經法師八秩華誕

（2015年1月）

青春黽勉學容商，
壯歲壯遊隨選堂。
八十功深閒著筆，
偶扶老伴到銀行。

馳賀長兄偉文得孫男

（2015 年 2 月）

紅梅欣報一枝春，
長侄生兒兄抱孫。
千里還鄉飛翼賀，
興文他日賴斯君。

中山大學饒宗頤研究院成立感賦

（2015 年 4 月）

桃李陽春花滿園，
八方賢達會仙邨。
選翁百歲重光降，
饒院一朝尤可尊。
陶古鑄今經世用，
格非求是立新論。
從來學問辛酸事，
跋涉兼程向昆侖。

夜宿集沚臨川樓

（2015 年 7 月）

韓江入海流，
洲渚夕朝浮。

懷古思天地，
熏風過竹樓。

康園酒後贈曾立純兄

（2015 年 8 月）

慷慨當年蹈海東，
鑄刀七載欲屠龍。
率然拋却功名去，
挈婦歸來奉母翁。

高中畢業三十九周年感賦，步李章飛學長原韻

（2016 年 4 月）

卌年渾似夢，
師訓每重温。
契闊驚霜鬢，
沉浮誡子孫。
營生争旭日，
養性惜黄昏。
虛譽無心待，
高情恒可存。

附李章飛學兄原玉《中學畢業三十九年聚會感懷》

校園重聚首，
闊別敘寒温。
執手疑容貌，
開言問子孫。
生涯方跬步，
歲月近黄昏。
長願人安好，
青春得永存。

吳義雄教授喬遷誌喜

（2016 年 8 月）

樓外江如練，
晴窗攬緑雲。
桐城餘一脈，
黄埔轉斯文。

吳國欽師八十華誕喜賦

（2018 年 1 月）

碩學令聞真，
漢卿添諍臣。
玄思精釋古，

妙謔每超塵。

潮劇修良史，

南音播遠芬。

友生齊舉爵，

九秩賀開新。

原載《吳國欽八十華誕慶賀文集》，

中山大學出版社，2018 年

釜山廣安里客舍

（2019 年 1 月）

長虹卧浩波，

白浪詠輕歌。

一枕朝明月，

家山入夢多。

獲評“長江學者”特聘教授感賦

（2019 年 8 月）

玉人傳吉語，

今日過長江。

彳亍羊腸徑，

煎熬雞肋湯。

磨牙欣有得，

媚竈愧無糖。

恩謝師經法，
聿懷容與商。

賀表兄余琪榮休

（2019 年 10 月）

柘林灣畔賞風濤，
耕海少年多苦勞。
問道西醫心氣盛，
懸壺東界口碑高。
丹溪仁術深參驗，
青主良方喜執操。
諸病疑頑施治妙，
解危紓困亦英豪。

黄光武先生八十華誕喜賦

（2020 年 11 月）

赫赫嘉名八十秋，
工農兵學任遨遊。
金文類纂難成稿，
古港新書易白頭。
殘碣馬槽親校驗，
僑批契約頗蒐求。
且斟新茗譚鄉野，

策杖康園身自悠。

原載黄光武著《秀華集——黄光武文史研究叢稿》，

中山大學出版社，2021 年

奉謝許禮平先生郵贈新著《舊日風雲三集》

（2021 年 1 月）

許公健筆捲風雲，

文苑鉤玄得本真。

翰墨名軒存典要，

詩繩五世傳斯人。

題陳樹浩兄墨竹圖

（2021 年 2 月）

勁節禦周風，

江干發翠叢。

峥嶸臨熟眼，

千載慕文同。

重遊白雲山

（2021 年 2 月）

白雲山上白雲飛，

詩絮綿綿何許歸?
湖畔酒家茶自備,
晴嵐樹影滿新衣。

聞李啓彬兄報仙邨饒宗頤研究院橡木花發

(2021 年 3 月)

韓祠橡木遠山栽,
喜報芳華次第開。
中大祥符饒院見,
動人好事撫時來。

附李啓彬兄和詩《辛丑春日喜見饒院橡木花開,步止戈丈韻》

韓木蒼蒼饒院栽,
勢參北斗見花開。
斯文千祀傳今古,
繼絶起衰待後來。

賀偉鴻表弟南澳履新[①]

（2021 年 4 月）

早年追夢小瀛洲，
雄鎮關前意氣遒。
兩代戍邊尤可敬，
陽春風暖喜登樓。

① 20 世紀季姑父陳岳彪先生從軍守南澳九載，退役還鄉任民兵營營長多年，表弟偉鴻幼時嘗從遊寶島，今赴南澳任副縣長兼公安局局長，特賦小詩申賀。

辛丑中秋憶饒公

（2021 年 9 月）

恒園五柳下，
對月憶饒公。[②]
觀海一銀鏡，
聽濤萬壑松。
舊琴邀玉兔，
新茗煮香風。
數度歡欣聚，
同聲謝錦鵬。

② 首聯爲郭一鳴教授所撰。

博士生入學考試感賦

（1991 年 3 月）

鷗鷺機先覺，
海天帆影斜。

聽蟬嘉樹，
厲谷鼓蛙。
年少無心亦道家。
驚世變，
咒嗚鴉，
是非物我錐心血，
慟所怙升遐，
姑父謝英華。
親恩難報，
而立韶光鏡裏花，
發奮蠹書汗雨，
方格學蝸爬。
馳驟稻粱計，
遑論酒當茶。
命屬山君且磨牙，
待來日，
嘯吟林莽堪誇。

下課歌

（2015 年 5 月）

又見東湖荷連天柳依依，
別了，聽課的學妹學弟。
莫道是出土文獻不够神奇，
休嗔怪期中考有點無理。

費留一聲歎息，

但餘歡天喜地。

數月教與學還算默契，

千祈知我誠意。

年過半百依然淘氣，

傳道授業聊當遊戲。

祝君鵬程萬里，

將搞笑進行到底！

原載《文字·文獻·文明》，上海古籍出版社，2019年

吹——老師之愛

（2018年9月）

陳可哥　陳可何（代擬者：陳偉武；朗誦者：陳偉武）

我叫陳可哥，我叫陳可何，

我們是雙胞胎，有小小詩才，

今日登臺，張口即來，不用彩排，

嘮嘮叨叨，像老奶奶。

嗨，老師之愛，

如麵包牛奶，如紅蘿蔔，如大白菜，

無時不在，無處不在。

老師之愛，如園丁造林，精心剪裁，用汗水灌溉。

如清風徐來，驅散霧霾，掃除心靈塵埃。

拉扯先進，排除障礙，鍛煉英雄氣概。

鼓蕩後進，苦口婆心，培養家國情懷。

老師之愛，真金白銀，
不是山寨，没有瞎掰，不容疑猜。
老師之愛，
如廣州塔，如千丈樓臺，光照雲彩。
老師之愛，
如鮮花盛開，永不衰敗，
如長江大海，洶涌澎湃。
有了老師之愛，我們心比天高，無比豪邁。
有了老師之愛，我們鬥志昂揚，不敢懈怠。
老師之愛，
絶不忘懷，
哪怕我們成了老頭子和老太太。
擁抱中國夢，
迎接新時代，
歌唱老師之愛，
祝老師們幸福康泰！

2018 年教師節初稿，12 月 28 日改訂

聯語

自撰聯

（1984 年 8 月，潘允中先生書）

奇松生絶巘，

短笛伴漁歌。

丁丑春節自書春聯

（1987 年 1 月）

風平井畔聽泉涌，

日上牆頭見鵲鳴。

自撰聯

（1989 年 3 月，孫稚雛先生書）

弱質無爲空屬虎，

嘉名不副漫從文。

贈鄭澤民學兄聯

（1990 年 5 月，陳永正先生書）

海上弄潮堪憶，

爐邊煮酒誰雄？

戲題

（1998 年 9 月）

麥老賣老，

初生楚生。[1]

[1] 麥老，麥蒔耘（耘）教授兄。初生，陳之犢（初生）教授，湖南漣源人。

贈表兄余琪聯

（2002 年 6 月，陳永正先生書）

聽琴每憶潮消長，

烹茗頗知天雨晴。

爲長兄偉文撰半聯

（2002 年 10 月，陳煒湛先生書，上聯由先生所出）

得方便時且方便，

堪逍遥處任逍遥。

爲北京國信協誠律師事務所撰聯

（2004 年 4 月）

國信鳴謙申大義，

民安息訟致元禎。

爲尚品堂王學琛先生撰聯

（2005 年 11 月，饒宗頤先生書）

尚賢師古察天地，

品畫味書論文章。

爲尚品堂王學琛先生撰聯

（2005 年 11 月，饒宗頤先生書）

入法眼無非尚品，

出山門又是通途。

賀侄子陳雄辭曾秀芬新婚

（2007 年 3 月）

雄心能廣子孫業，

秀口最怡父母情。

爲林兄映群撰聯

（2007 年 11 月）

尊前論道意恒切，

燈下讀書心亦寬。

贈表弟陳偉鴻春聯

（2008 年 2 月）

翠竹今朝新發筍，

石榴明日又開花。

賀吳健儒先生百歲華誕

（2008 年 9 月）

壯歲壯遊萬里路，

百年百福一堂春。

爲王學琛先生祖屋撰聯

（2008 年 9 月）

高樹向榮春日暖，

青藤成蔭凱風輕。

賀孫可兄（孫雍長教授哲嗣）新婚

（2008 年 11 月）

名門雅樂新迎鳳，

静女淑賢最可人。

贈張桂光教授聯

（2009 年 2 月）

丹桂滿園花滿樹，

素心多福字多牛。

贈表弟偉鴻春聯

（2009 年 2 月）

芳樹輕搖嗔暖意，

春陽高照喜多牛。

賀侄子陳慎思林恰蓮新婚

（2009 年 3 月）

少年早結同心鎖，

今日喜開並蒂蓮。

賀表侄謝湜黄晓玲新婚

（2009 年 4 月）

九年朋友成夫婦，

八面詩書教子孫。

贈林吉孝世伯聯

（2009 年 5 月）

鐵馬冰河堪憶，

群山珠海樂觀。

賀侄女陳令耘潘國隆新婚

（2010 年 6 月）

吉士玉人恩義重，

香車良宅子孫多。

賀韓山師範學院饒學研究所成立

（2011 年 4 月）

韓山起鳳，清鳴八極，

饒學張軍，碩實千秋。

贈王輝（小松）學棣聯

（2012 年 7 月）

博士曾經種地，

小松當可參天。

賀表侄陳自得彌月

（2013 年 3 月）

碧宇晴明萬里闊，

紅棉燦爛一枝春。

賀陳凱榮林立（林倫倫教授女公子）新婚

（2013 年 6 月）

歸良港，名門好女有榮乃立，

乘大潮，師弟長才振凱而還。

應王學琛先生約爲其畫廊“廣東畫苑”撰聯

（2013 年 9 月 3 日於紐約克飛香港航次）

起鳳騰龍於廣東，

模山範水斯畫苑。

贈符啓訓學兄聯

（2013 年 9 月）

尊前慷慨論西學，

牛背從容讀漢書。

賀龍婉芸先生九十華誕

（2013 年 10 月）

世家語學推前輩，

劭德壽星耀後昆。

贈范子文張蘭珍大夫伉儷聯

（2014 年 2 月）

續斷糾偏稱令尹，

接生助産學觀音。

贈陳衛民學兄聯

（2014 年 3 月）

精衛銜高志，

逸民遺雅懷。

贈蔡照波學兄聯

（2014 年 3 月）

詩家鏤月西窗照，

名士追風南海波。

贈林映群兄聯

（2014 年 4 月）

群山松茂濤聲壯，

珠海風和春日長。

賀澄海中學百年校慶

（2014 年 5 月）

百歲黌宫，振鐸啓民智，

千秋功烈，立基育棟材。

賀佃介眉研究會成立

（2014 年 8 月）

篆隸真行，博學平生輕俸禄，

詩文畫印，盛名身後動京華。

贈王學琛先生哲嗣平原君聯

（2014 年 11 月）

平心惟向學，

原埜任揮鞭。

應王學琛先生約爲見山樓撰聯

（2014 年 11 月）

酒醒排軒欣遠見，

茶餘研墨作春山。

賀曾經法師八十華誕

（2015 年 1 月）

樂乎大敏曾侯鐘磬，

福在博通漢字古今。

時有雄文鳴海宇，

偶扶老伴到銀行。（上聯爲沚齋陳永正先生所擬）

說文考字功勳著，

證史解經福壽長。（代蔡照波學長擬）

贈哈迎飛教授聯

（2015 年 10 月）

讀史品文堪作樂，

蒔花烹茗且偷閒。

鹽鴻中學一九七七届學生畢業卅九周年紀念

（2016 年 4 月）

攜手戰天門地，三年增友誼，

回眸沐雨櫛風，一世感師恩。

贈吴承學教授聯

（2016 年 9 月，黄光武先生書）

神思遊六合，

椽筆掃千軍。

爲表弟偉鴻撰春聯

（2017 年 1 月）

數色梅花清可賞，

一壺紅酒喜相逢。

應王學琛先生請爲時下金句擬上聯

（2017 年 6 月）

潮興將鬧海，

風起再揚帆。

贈張玄英公子焯然聯

（2017 年 7 月）

焯昭功烈容人建，

然諾風神足自矜。

贈張玄英女公子煬琦聯

（2017 年 7 月）

煬和覘萬事，

琦瑋重一心。

遊北京紅螺寺

（2017 年 8 月）

倦遊茶歇紅螺寺，

暢想醉談銀雀山。

爲温哥華第十八届國際潮團聯誼大會撰主題聯

（2017 年 8 月）

大潮興四海，

鄉誼盛五湖。

題黄小安女士老中大瓦當攝影作品

（2017 年 10 月）

漢唐韻致，

嶺海風華。

賀嚴波生先生哲嗣嚴威新婚

（2017 年 11 月）

威聲爰振，喜筵澎湃謝親友，

儀表乃興，新婦婉孌愛子孫。

爲表弟偉鴻撰春聯

（2018 年 2 月）

沙鷗翔集水知暖，

江日照臨草轉青。

賀表侄陳納新大婚

（2018 年 4 月）

適逢美澳斯文，佳偶興家室，

樂見漢唐風雅，新人愛子孫。

代澄海女企業家聯誼會擬聯賀泰國澄海同鄉會成立七十周年

（2018 年 9 月）

泰華翹楚，篤仁興業敦純德，

桑梓榮光，樂善振邦弘令名。

賀侄孫陳雲凡彌月

（2019 年 2 月）

雲根滋秀色，

凡世仗長才。

自撰聯

（2019 年 8 月，曾經法師書；黄挺教授書）

雖習古書無甚解，

時嘗新茗有餘甘。

贈何建行大夫聯

（2019 年 12 月，代余琪表兄擬）

建鼓聚賢，遊刃除諸病，

行觴慶捷，懸壺濟衆生。

賀趙誠先生米壽

（2021 年 3 月）

戎裝換筆，等身著作添嵩壽，
語學開疆，如炬目光建偉勳。

賀澄海第一屆林檎節

（2021 年 8 月）

秋光仙果妙，
澄邑物華新。

賀中華書局成立 110 周年

（2022 年 1 月）

弘教興文，一百十年成偉業，
傳經繹史，千秋萬代樹豐碑。

挽季姑父陳岳彪先生

（1990 年 1 月）

九尺英軀騎鶴去，
萬聲爆竹招魂來。

挽潘師弢庵（允中）教授

（1996 年 7 月）

堪嗟黃埔論兵，未展平生韜略，

長憶馬岡走筆，鎔裁漢語春秋。

原載《南國楹聯》1997 年第 1、2 期合刊

挽黃家教教授

（1998 年 9 月）

閒情寄親情友情才情，莫道是才掩於情，

妙語解粵語閩語啞語，更那堪啞然無語。

挽馬國權教授

（2002 年 4 月）

出入夏彝商鼎周鐘楚簡，

縱橫學界報壇書苑印林。

窮究甲金簡帛莫嫌辭簡，

兼精篆籒草行忍送公行。

挽曾師內弟沈新輝大夫

（2002年7月）

白雲銜恨，雄才猶欲資窮達，
珠水失聲，藥石竟難起死生。

挽啓功先生

（代中大中文系擬，2005年7月）

詩書畫絶，幸靈珠永耀三珠樹，
精氣神凝，慟國寶深藏八寶山。

挽陳懷典姻丈

（2005年10月）

敬德敬親敬主神馳天國，
愛家愛社愛鄉情繫人間。

挽徐復教授

（2006年7月）

功烈可風，王段真傳昌國學，
精神不朽，章黄嫡派化人文。

挽沈孟英世伯母

（黄文傑教授之母，2008 年 5 月）

修爲無量性情敦雅，
養育有方子嗣賢良。

挽四姑父林戊英先生

（2009 年 1 月）

卅載從戎忠報國，
一生克己善宜人。

挽林吉孝世伯

（2012 年 12 月）

雲山致敬，雄才惠及勞工千萬，
珠水銜悲，懿德澤霑子嗣百年。

挽周鳳五教授

（2016 年 11 月）

九天鳴鳳，精研國學成遺響，
萬里歸魂，猶代耶蘇佈福音。

挽陳衛民學長

（2017 年 6 月）

弘文興教，星沉乍隕淚，
崇禮尊師，運蹇尤椎心。

挽詹映奎世叔祖母

（謝湜祖母，2019 年 1 月）

子孝思難已，
孫賢志可嘉。

澄城傳懿範，
珠水慟慈容。

挽李學勤教授

（2019 年 2 月）

無奈春寒星隕，學林失鉅擘，
悽惶月隱岱崩，史苑慟宗師。（代中大古文字研究所擬）

博學弘通，著述功兼文史哲，
雄才卓識，運籌源溯夏商周。（與曾經法師聯名敬挽）

挽張維耿教授

（2020 年 11 月）

歌喉亢爽陵天籟，

學問深沉慟永思。

挽蔡鴻生教授

（2021 年 2 月）

寅老嫡傳，史識哲思成絶唱，

季公推許，辯才文采慟遺篇。

後　記

與此前出版的《愈愚齋磨牙集》《愈愚齋磨牙二集》兩本學術文集不同，這本《愈愚齋雜俎》大體無關學術，只是自己幾十年間喜怒哀樂留下的一些痕迹。就像一個潮州菜的拼盤，將自己多年來的一些感懷之作、序跋、書評、知識性短文、打油詩和對聯等羅致在一起。六十虛度，出了這個集子，對自己一個甲子的人生之路算是有點紀念。

關懷知遇過我的前輩師長甚多，我會心存永念。出於各種因緣，雜文部分多篇文章感念一些師長栽培之恩和獎掖之情，這是自己最爲喜愛的作品，有的篇什數易其稿，或請師長審閲，未嘗敢以輕心掉之。已刊詩文皆標出處於後。當年《羊城晚報》一位姓戴的編輯朋友約我開一個談漢語稱謂的專欄，登了幾篇之後，就不再登了，那些退回來的稿子，素未發表，現在也收在《雜俎》之中。《雜俎》中的文章不少是早年習作，淡而寡味，只是爲了暴露我自身的淺薄和愚笨罷了。從此書的目録可以看出，我不喜作序，好作跋，不喜寫前言，愛寫後記。向來甘居人後，在同胞姐弟五人中排行最小。

我有不易改的毛病，脚皮厚，走過不少彎路，臉皮厚，認定的事，也不怕人家笑話，依然做自己的。我自小生長在窮鄉僻壤，也没所謂家學，天性鄙野，獨好嬉鬧，從小學四年級開始至高中二年級畢業，每年都有“文藝匯演”，紀念毛主席在延安文藝座談會上的講話發表若干周年，在老師自編的節目中，我往往扮演小丑之類的角色，到學校和鄉村巡演多場，如初中一年級班主任許靈祥老師創作的曲藝“三句半”，我負責的就是搞笑的全部“半句”。1976 年底，高中二年級班主任陳晉生老師（1969 年畢業於中山大學數力系）創作了諷刺“四人幫”的活報劇，我扮演的是江青，戴着老師自製的道具墨鏡，上身穿着向我祖母借的大襟衫，下身穿着從我大嫂的二姐陳曉宜老師借來的裙子。事隔數年，我讀大學放假回鄉，走在村間小巷上，還會有調皮的小孩在遠處衝着我叫“江青”。碩士畢業後留在中大古文獻所工作，尤其愛讀歷代筆記小説，工作任務是整理車王府曲本，十一年後才從古文獻所調到中文系。俗曲讀過不少，不知不覺中俗已入骨，説話行文也就喜歡插科打諢了。

2005 年 7 月，我陪家人到武夷山旅遊，從後山上天遊峰，雇轎子擡着老母親上山，將近抵達山頂時，我請前面的轎夫停下來，由我擡了一兩百米，好玩，好玩，母親第一回坐轎子，我也是第一回擡轎子。2009 年 8 月，中國文字學會年會在武夷山召開，重上天遊峰，我又如法炮製，幫曾經法（憲通）師擡了一回轎子。大半輩子，做過的事功不值一提，我能先後爲老母和恩師擡轎子，聊表孝親與敬師之情，也可體會轎夫的艱辛，却是一直都引以爲豪的事情，也是自己愛嬉鬧的本性所使然。

我讀小學和中學期間，正好是“文革”十年，浪費了讀書的大好時光。平生不學無文，此次編輯《雜俎》，却愛附庸風雅，收録了一些詩作。其實，我上大學本科聽“古代漢語”課，對詩詞格律才算有所接觸，只是没有機緣，並未究心此道。大約碩士畢業留校工作後，開始稍爲留意學習舊體詩的寫作。其時《羊城晚報》連載劉逸生先生的“微型詩品”，讀後頗受教益。自己偶爾胡謅數句，不懂藏拙，也就冒昧呈正於周圍的師友，得到沚齋陳永正先生的指教尤多。只是自己不爭氣，多年之後也不長進，愧對師友。素來行事，黑白太分明，我討厭的人，無論如何也喜歡不起來，自己喜歡的人，總是感激不盡。“多情應笑我”，我是一個容易喜怒形於色的人，《雜俎》中的打油詩，只是試着寫了一點五絕、七絕、五律、七律，甚至收了幾首“順口溜”。多多少少記録了我的所見所聞所感所思，多年萍蹤，往來酬應，偶見於此。心路歷程，亦可略知一二。

詩學如海，而我淺嘗輒止，讀詩不多，用功甚少，且受本人所操方言影響，“雜詠”中或有出韻、不合律之處，只好由它去吧。例如，2021 年中秋節晚上，在中山大學饒宗頤研究院微信群裏和朋友聊天，香港中評會副主席郭一鳴教授深情回憶同饒公共慶中秋的情景，吟了兩句詩：“恒園五柳下，對月憶饒公。”我續貂湊了幾句：“觀海一銀鏡，聽濤萬壑松。古琴邀玉兔，新茗煮香風。數度歡欣聚，同聲謝錦鵬。”最近聽從饒院同仁李啓彬君之勸，亦將此詩收録於書中。“鵬”字屬蒸韻，在這裏不合平水韻，用我們的潮汕話念，還是合韻的，爲了同鼎力支持饒學研究的皇朝家居集團董事長謝錦鵬先生開玩笑，也就過而不改了。

韋戈（陳煒湛）先生聽聞我在編《雜俎》，笑笑地説：“現在還不是編這種書的時候。”我明白老師是在善意地批評我不務正業。本來想着早點了斷《雜俎》的編校，在 2021 年寫一篇“後記”就像“年終總結”，不料一拖再拖，變成了 2022 年的“新年獻辭”。

沚齋先生一直待我甚厚，又爲這本小書題簽。近時蒙沚齋先生賜詩一首，承其首肯，弁諸書前，以光篇幅。受惠優渥，篆感於心。先生爲了鼓勵我，還説雜文詩作有特色，其實我有自知之明，無才便是德，功夫不够才被説是有特色。

從2021年暑假之前我就開始録入和編校《雜俎》，許多早年的文章没有電子文檔，只好蝸行牛步，零敲碎打，慢慢録校。後來請博士生劉凱先、林焕澤、賀張凡，碩士生曾宇等學棣幫我做了一些文稿的處理工作，張凡費神尤多。范常喜教授一直從旁敦促，又校讀了雜文部分，啓彬兄校讀了詩稿和聯語，責任編輯田穎女士通校全書，勞神費力，都糾正了我不少錯誤，謹在此一併致謝。

編《雜俎》早就過了合同規定的時限，這種違約行爲，却得到中西書局秦志華先生和田穎女士格外開恩，從寬處理，真的無比感激。雖然如此，我還是頗爲焦灼。平時我總喜歡到中大西門外一家小店理髮，小店老闆蔡師傅手藝好，收費貴一點，每次一百零八元。最近幾個月，爲了省錢，也爲了省時間，不用到髮廊排隊，我頭髮長了，就拿起剪刀對着鏡子"自裁"。前不久，華南師大的吳曉懿教授一見我，就説："老師，您可能壓力太大了，右邊太陽穴上方頭髮掉得厲害，俗稱'鬼剃頭'。"我説："頭是我自己剃的，你敢罵我是鬼呀？是我手藝不精，剪髮見及頭皮，又參差不齊，你誤會了。"曉懿護師心切，後來還向我推薦了一位朋友專治"鬼剃頭"的偏方，配好了藥要送給我。不過我的白髮長得快，早已平復如初了。爲了編《雜俎》，真的是白髮盈顛、皺面如川啊。

2019年8月2日晚上近十一點，中大中文系主任彭玉平兄打來電話説，我評上教育部"長江學者"特聘教授，真是喜出望外。因年齡關係，我是最後一次機會，仰仗諸多師友的庇蔭，總算僥倖坐上末班車。别的"長江學者"又有學問又有錢，我只是"江"字去掉水旁的"長工學者"，從本科到碩士到博士再到留校工作，四十餘年一直未離開過中大。在《磨牙二集》的後記裏，我還在調侃自己是三級教授，現在可以"凡爾賽"地向諸位關心我的父老鄉親和讀者看官報告，2021年底我僥倖地混過了二級教授，"三級"總算摘帽了。李時珍《本草綱目》卷四十八記載五臺山一種寒號蟲，夏天羽毛豐滿時自鳴得意的叫聲就像是“鳳凰不如我”，冬天羽毛落盡受凍時，叫聲又像是“得過且過”。自己經歷了風霜雨露，嘗過了人生的酸甜苦辣，才短筆拙，心態變化起伏，實在有點像寒號蟲的叫聲。

2022 年 1 月 5 日陳偉武記於康樂園愈愚齋

圖書在版編目(CIP)數據

愈愚齋雜俎/陳偉武著. —上海: 中西書局, 2023

ISBN 978-7-5475-2080-2

Ⅰ.①愈… Ⅱ.①陳… Ⅲ.①中國文學—當代文學—作品綜合集 Ⅳ.①I217.2

中國國家版本館 CIP 數據核字(2023)第 057954 號

愈愚齋雜俎

陳偉武 著

封面題簽 陳永正
責任編輯 田 穎
助理編輯 王濼雪
特約編輯 龍騰遠
裝幀設計 黄 駿
責任印製 朱人傑

出版發行 上海世紀出版集團
中西書局(www.zxpress.com.cn)
地　　址 上海市閔行區號景路 159 弄 B 座(郵政編碼: 201101)
印　　刷 上海盛通時代印刷有限公司
開　　本 700 毫米×1000 毫米 1/16
印　　張 24.75
字　　數 309 000
版　　次 2023 年 10 月第 1 版 2023 年 10 月第 1 次印刷
書　　號 ISBN 978-7-5475-2080-2/I·241
定　　價 150.00 元